Die Karten des Todes: Ein romantischer Krimi voller Geheimniss

Charlotte Berger

Published by Charlotte Berger, 2024.

This is a work of fiction. Similarities to real people, places, or events are entirely coincidental.

DIE KARTEN DES TODES: EIN ROMANTISCHER KRIMI VOLLER GEHEIMNISS

First edition. November 17, 2024.

Copyright © 2024 Charlotte Berger.

ISBN: 979-8230959526

Written by Charlotte Berger.

Also by Charlotte Berger

Der Jade-Glücksdrache: Ein charmanter Detektivroman voller Geheimnisse und Romantik
Der Geisterjäger von Heidelberg: Ein spannender Krimi zwischen Realität und Mythos
Tod am Bodensee: Ein romantischer Krimi
Die Karten des Todes: Ein romantischer Krimi voller Geheimniss

Inhaltsverzeichnis

Prolog 1
Kapitel 1 13
Kapitel 2 29
Kapitel 3 43
Kapitel 4 57
Kapitel 5 71
Kapitel 6 83
Kapitel 7 97
Kapitel 8 109
Kapitel 9 125
Kapitel 10 139
Kapitel 11 153
Kapitel 12 169
Kapitel 13 185
Kapitel 14 199
Kapitel 15 209
Kapitel 16 223
Kapitel 17 237
Kapitel 18 251
Kapitel 19 265
Kapitel 20 279
Epilog 291

Prolog

Der Himmel über Rothenburg ob der Tauber war in ein melancholisches Grau getaucht, das so perfekt zu Sophies Stimmung passte, als hätte es ein himmlischer Bühnenbildner extra für diesen Moment arrangiert. Sie zog ihren Schal enger um den Hals und sah auf die Uhr.

„Klaus, beeil dich doch! Ich habe keine Lust, noch länger in diesem eisigen Wind zu stehen," rief sie, während ihr Blick auf ihrem jüngeren Bruder ruhte, der aus dem Café „Zum Goldenen Engel" taumelte, eine Tasse dampfenden Kaffees balancierend. Sein Mantel war halb offen, die Krawatte schief – wie immer.

„Sophie, warum so eine Eile?" Klaus grinste breit, setzte die Tasse ab und zog ein zerknittertes Notizbuch aus der Tasche. „Du weißt doch, ich habe meine Quellen gefragt. Die sagen, du bist auf der falschen Spur. Vielleicht solltest du den alten Müller im Archiv nachsehen lassen – er hat ein Gedächtnis wie ein Elefant."

„Wenn ich auf dich hören würde, Klaus, wäre ich wahrscheinlich in einer Kellerwohnung eingesperrt, die voller Akten liegt und nach altem Kaffee riecht," schnaubte Sophie, zog ihren Mantel enger und musterte ihn von oben bis unten. „Ich habe mehr als genug von deinen 'Quellen'. Weißt du, was mich weiterbringt? Harte Arbeit. Und ein bisschen Glück."

„Glück?" Klaus hob eine Augenbraue. „Du bist Journalistin, keine Wahrsagerin."

Sophie schüttelte den Kopf und griff nach ihrem Rucksack. „Das Glück macht man sich selbst. Und jetzt hör auf, dich wie ein besorgter Vater aufzuführen. Ich muss los."

Klaus' Lächeln verblasste. „Wohin? Und warum so plötzlich? Du hast doch gesagt, du würdest noch bleiben."

Sophie sah ihn an, einen Moment lang unschlüssig. Es war ein Blick voller unerwähnter Geheimnisse, eine Andeutung, die Klaus sofort als ungewöhnlich empfand. Doch bevor er etwas sagen konnte, hatte Sophie sich schon wieder gefangen.

„Nur eine Recherche. Ein Interview mit jemandem, der nicht ewig warten kann," antwortete sie und setzte ein erzwungenes Lächeln auf. „Mach dir keine Sorgen. Ich bin in ein paar Tagen zurück."

Klaus' Stirn legte sich in Falten. „Und du sagst mir nicht, mit wem? Sophie, das klingt..."

„Es klingt nach Arbeit, Klaus," unterbrach sie ihn, ein scharfer Ton in ihrer Stimme. „Du bist nicht mein Aufpasser, also hör auf, so zu tun, als wärst du es."

Er hob die Hände, als wollte er jede Diskussion vermeiden, doch sein Unbehagen blieb. „Na gut. Aber sei vorsichtig, okay? Du weißt, dass manche Geschichten besser im Dunkeln bleiben."

Sophie lachte kurz, ein heller Ton, der in der kühlen Luft fast unpassend wirkte. „Die besten Geschichten sind immer im Dunkeln, Klaus. Und genau da finde ich sie."

Eine Viertelstunde später stand Sophie allein auf dem Bahnsteig, die Finger in die Taschen ihres Mantels vergraben. Der Zug ratterte in die Station, und mit ihm kam eine neue Energie. Sie trat ein, fand ihren Platz und setzte sich, während der Waggon langsam in Bewegung kam.

Durch das Fenster sah sie Klaus, der noch immer dort stand, die Hände in den Taschen seines Mantels, seine Augen auf sie gerichtet. Es war ein Bild, das Sophie noch lange in Erinnerung bleiben sollte – ein Moment, der wie eingefroren wirkte, während die Welt sich weiterdrehte.

Doch weder Sophie noch Klaus konnten wissen, dass dies das letzte Mal war, dass sie sich sahen.

Die Glocken der Jakobskirche schlugen neun, als Klaus Baumann durch die engen Gassen der Altstadt von Rothenburg eilte. Seine Schritte hallten auf dem Kopfsteinpflaster wider, und der kalte Abendwind zerrte an seinem Schal. Mit jeder Minute, die Sophie unauffindbar blieb, stieg die Nervosität in ihm wie ein schlecht gezapftes Bier.

„Sophie! Hör auf mit dem Blödsinn!" rief er zum dritten Mal, wohl wissend, dass er damit höchstens die Aufmerksamkeit eines gelangweilten Touristenkaters auf sich zog, der ihn von einem Fensterbrett aus anstarrte.

„Typisch", murmelte er und warf einen frustrierten Blick auf sein Handy. Keine Nachrichten, keine Anrufe. Sophie war seit Stunden verschwunden, und Klaus hatte das ungute Gefühl, dass ihre Abreise mit mehr Geheimnissen beladen war, als sie zugegeben hatte.

„Vielleicht wollte sie nur ihre Ruhe haben", sagte eine Stimme hinter ihm, und er drehte sich so abrupt um, dass er fast mit dem Müllcontainer kollidierte, an dem er vorbeigelaufen war. Vor ihm stand Gerda Meyer, die örtliche Cafébesitzerin, bekannt für ihren messerscharfen Humor und ihre noch schärferen Beobachtungen.

„Oder sie hat endlich genug von deinem ständigen Herumgenörgel", fügte sie mit einem breiten Grinsen hinzu, während sie einen Besen über das Pflaster schob.

„Gerda, nicht jetzt." Klaus fuhr sich durch die Haare, die ohnehin schon in alle Richtungen standen. „Hast du Sophie gesehen? Sie war hier in der Nähe, ich bin sicher."

Gerda hob eine Augenbraue. „Sophie? Die Sophie, die immer alles besser weiß? Nein, die hab ich nicht gesehen. Aber wenn sie verschwinden wollte, glaub mir, dann findest du sie auch nicht."

Klaus stöhnte. „Gerda, kannst du bitte einmal hilfreich sein?"

„Natürlich." Sie lehnte sich auf ihren Besenstiel, als wäre das hier ein gemütlicher Nachmittagstee. „Versuch's mal bei der Stadtmauer. Wenn ich jemanden loswerden wollte, wäre das der Ort, wo ich ihn suchen würde."

Die Stadtmauer lag in düsterem Schweigen, als Klaus dort ankam. Die Lichter der Altstadt flackerten wie in einem schlechten Krimi, und der Wind pfiff durch die Löcher im Gemäuer, als wolle er ihm den Mut aus der Brust saugen.

„Sophie?" rief er, diesmal leiser, fast flehend. Doch außer dem Knirschen seiner eigenen Schritte antwortete ihm niemand.

Er zog seine Taschenlampe hervor und richtete den Lichtkegel auf die Steinwände. Nichts. Keine Spur von seiner Schwester.

„Vielleicht hat Gerda recht", murmelte er und ließ die Lampe sinken. „Vielleicht wollte sie einfach nur weg."

Doch dann fiel sein Blick auf den Boden. Dort, direkt neben einem kleinen Torbogen, lag etwas, das nicht hierhergehörte: ein Notizbuch. Es war Sophies. Das erkannte er sofort.

Mit zitternden Händen hob er es auf und schlug es auf. Die Seiten waren vollgekritzelt mit Notizen, Skizzen und einer langen Liste von Namen. Doch bevor er sich die Namen genauer ansehen konnte, hörte er hinter sich ein Geräusch. Schritte.

„Wer ist da?" rief Klaus und drehte sich um, doch das Licht seiner Taschenlampe enthüllte nur Schatten.

„Sophie?" Seine Stimme zitterte, und er hasste sich dafür. Doch als keine Antwort kam, wich er langsam zurück, das Notizbuch fest an sich gedrückt.

Zurück in seiner Wohnung, die voll war mit halb aufgegessenen Pizzaschachteln und alten Zeitungsausschnitten, ließ Klaus sich auf sein Sofa fallen und starrte auf das Notizbuch in seinen Händen.

„Was hast du da wieder angestellt, Sophie?" murmelte er, während er durch die Seiten blätterte. Die Namen sagten ihm nichts, aber die Randnotizen waren beunruhigend: „Treffpunkt unsicher", „Gefahr", „Vertrauen?".

Sein Handy vibrierte, und er griff hastig danach. Eine Nachricht. Von Sophie? Nein. Es war von einer unbekannten Nummer.

Der Tatort war ein Gemisch aus Chaos, Eile und der seltsamen Stille, die entsteht, wenn Menschen versuchen, organisiert zu wirken, während sie keine Ahnung haben, was sie tun. Blaulichter warfen gespenstische Schatten auf die alten Mauern der Rothenburger Stadtmauer. Polizisten standen in kleinen Gruppen, tuschelten, zeigten mit den Fingern auf etwas Unbestimmtes oder gaben vor, dass sie gerade nicht in ihren Taschen nach Zigaretten kramten.

Mitten in diesem Durcheinander schritt Alexander Richter durch das Torbogen des Tatorts, die Hände tief in den Taschen seines perfekt sitzenden Mantels. Sein Gesicht zeigte die typische Mischung aus genervter Überlegenheit und müder Geduld, die nur jemand mit einem Doktortitel in Psychologie so perfekt beherrschen konnte.

„Herr Doktor, schön, dass Sie es geschafft haben." Der diensthabende Kommissar, ein Mann mit dem Charme eines überreifen Camemberts, trat ihm entgegen. „Es ist... nun ja, eine ziemlich merkwürdige Situation. Wir dachten, Sie könnten uns helfen, die Sache etwas klarer zu sehen."

Alexander hob eine Augenbraue. „Merkwürdig ist mein zweiter Vorname, Kommissar. Was haben wir?"

„Vermisste Person. Junge Frau, Sophie Baumann. Ihr Bruder hat sie zuletzt gesehen, gestern Abend. Sie ist offenbar in die Stadt zurückgekehrt, aber..." Der Kommissar schwenkte eine Hand in Richtung der verstreuten Einsatzkräfte. „Es gibt ein paar beunruhigende Hinweise."

Alexander warf einen Blick auf das, was der Kommissar als „Hinweise" bezeichnet hatte: Sophies Schal, halb unter einem Busch verheddert, und ihr Notizbuch, das auf einem Klapptisch lag, umgeben von Polaroidfotos, auf denen grobe Skizzen und unleserliche Kritzeleien zu erkennen waren.

„Das hier?" Alexander nahm das Notizbuch zur Hand, blätterte durch die Seiten und verzog leicht das Gesicht. „Das sieht aus wie die To-do-Liste eines paranoiden Verschwörungstheoretikers."

„Sie war Journalistin", murmelte der Kommissar, als wäre das eine Entschuldigung.

„Das erklärt einiges." Alexander schloss das Notizbuch und sah sich um. „Und ihr Bruder? Wo ist er?"

„Wieder zu Hause. Er hat sich geweigert, hier zu bleiben. Sagt, er braucht Zeit, um nachzudenken."

„Oder um ein Alibi zu basteln." Alexander ließ den Kommentar beiläufig fallen, doch der Kommissar erstarrte.

„Glauben Sie, er hat etwas damit zu tun?"

Alexander drehte sich langsam um, ein schiefes Lächeln auf den Lippen. „Kommissar, ich glaube, jeder hat irgendetwas mit allem zu tun. Die Frage ist nur, ob es relevant ist."

Die Spurensicherung brachte in der Zwischenzeit etwas ans Licht, das die Situation noch mysteriöser machte: Ein Foto, das halb unter der Stadtmauer verborgen gewesen war. Darauf war Sophie zu sehen, lachend, mit einer Gruppe von Menschen, die alle anonym wirkten. Doch was Alexander wirklich interessierte, war die Rückseite des Fotos.

„Das ist kein gewöhnlicher Schnappschuss," murmelte er und drehte das Bild in den Händen. Dort war etwas Kritzeliges zu sehen, wie ein Symbol oder eine Karte.

„Was ist das?" Der Kommissar beugte sich vor, und Alexander hielt das Bild hoch.

„Das, Kommissar, ist der Unterschied zwischen einem normalen Vermisstenfall und einem Rätsel, das uns die nächsten Nächte um den Schlaf bringen wird."

Alexander ließ die anderen Beamten mit ihren Protokollen und Taschenlampen zurück und ging langsam entlang der Stadtmauer. Der kalte Wind zog durch die alten Gänge, und das Licht der Straßenlaternen schien alles irgendwie lebendiger zu machen – als ob die Schatten selbst etwas sagen wollten.

Er blieb stehen, als er einen weiteren Gegenstand entdeckte: Ein kleiner silberner Anhänger, der in einer Pfütze lag. Vorsichtig hob er ihn auf. Die Form war ungewöhnlich – ein Engel, der in einer Art Käfig gefangen war.

„Interessant," murmelte er und ließ den Anhänger in seine Manteltasche gleiten. Es war nur ein Detail, aber Details waren sein Fachgebiet.

Zurück am Tatort sah er den Kommissar an. „Sagen Sie mir, Kommissar, was wissen Sie über die Familie Baumann?"

Der Kommissar zuckte mit den Schultern. „Sophie war immer ein bisschen... eigen. Ihr Bruder hat sich meistens um sie gekümmert, seit ihre Eltern gestorben sind. Keine Vorstrafen, keine Auffälligkeiten. Aber Sie wissen ja, wie das ist: Es gibt immer Dinge, die man nicht in den Akten findet."

„Wie recht Sie haben," sagte Alexander mit einem Lächeln, das nicht unbedingt beruhigend wirkte.

Die Nacht legte sich wie ein schwerer Mantel über Rothenburg. In den Gassen der Altstadt flackerten nur noch vereinzelt Lichter, und selbst die Touristen, die tagsüber durch die Straßen gezogen waren, hatten sich längst in ihre Hotels zurückgezogen. Die einzigen Geräusche kamen von den schweren Stiefeln der Polizisten, die müde durch die Straßen patrouillierten, und vom gelegentlichen Knistern der Funkgeräte.

Alexander Richter stand vor der Stadtmauer und sah hinaus in die Finsternis. Der Wind hatte aufgefrischt, trug den Duft von feuchtem Laub und alten Steinen mit sich. Er zog seinen Mantel enger und beobachtete, wie der Kommissar auf ihn zukam, die Schultern gebeugt und das Gesicht gezeichnet von einer Mischung aus Müdigkeit und Frustration.

„Nichts", sagte Schmitt, bevor Alexander überhaupt etwas fragen konnte. „Keine Spur. Keine Zeugen. Keine Hinweise, die uns weiterbringen."

Alexander nickte langsam und zog einen kleinen Notizblock aus seiner Manteltasche. „Interessant. Wissen Sie, Kommissar, wenn man nichts findet, bedeutet das oft, dass man an den falschen Orten sucht."

„Ach, wirklich?" Schmitt funkelte ihn an. „Vielleicht sollten wir einfach an jedem Baum in Rothenburg klopfen und hoffen, dass sie herausfällt."

Alexander ließ ein leises Lachen hören. „Das wäre sicherlich eine interessante Methode. Aber ich dachte an etwas weniger... holzlastiges."

Bevor Schmitt antworten konnte, kam ein junger Polizist angerannt, die Taschenlampe in der Hand. Sein Gesicht war rot vor Anstrengung. „Herr Kommissar, Herr Doktor! Es gibt... äh... Neuigkeiten."

„Neuigkeiten?" Schmitt hob eine Augenbraue. „Wenn Sie mir jetzt sagen, dass jemand die Katze der Nachbarin gefunden hat, verliere ich endgültig die Fassung."

„Nein, es geht um das Notizbuch der Vermissten." Der Polizist holte tief Luft. „Einer unserer Techniker hat etwas entdeckt. Eine Art Code, versteckt in den Randnotizen."

Alexander blinzelte überrascht. „Ein Code? Interessant. Lassen Sie mich raten: Er ist nicht gerade einfach zu entschlüsseln?"

Der junge Polizist nickte. „Es sieht aus wie... na ja, als wäre es absichtlich verschlüsselt worden. Vielleicht ein persönliches System."

„Natürlich ist es das." Alexander griff nach seinem Handy. „Würde ja auch keinen Spaß machen, wenn es einfach wäre."

Zurück im provisorischen Einsatzzentrum – einer viel zu kleinen Besprechungskammer in der Polizeiwache, die mehr nach kaltem Kaffee als nach echter Autorität roch – beugten sich Alexander und Schmitt über das Notizbuch, das nun mit einer Art UV-Licht bestrahlt wurde.

„Sieht aus wie Kritzeleien", murmelte Schmitt. „Oder etwas, das ein Kind gemalt hat."

Alexander ignorierte ihn und studierte die Linien, die zwischen den geschriebenen Worten hervorgehoben wurden. „Es ist ein Muster. Sehen Sie?" Er zeichnete mit dem Finger nach. „Ein Symbol. Fast wie eine Karte."

„Eine Karte wohin?" Schmitt lehnte sich zurück und verschränkte die Arme.

„Das ist die Frage." Alexander rieb sich das Kinn, während er die Notizen erneut betrachtete. „Vielleicht ist es keine physische Karte. Es könnte metaphorisch sein. Ein Hinweis auf etwas Persönliches. Einen Ort, der für sie wichtig ist."

Schmitt schnaubte. „Metaphern. Das haben wir gebraucht. Wissen Sie, was ich wirklich brauche, Herr Doktor? Eine handfeste Spur. Etwas, das nicht wie Rätsel aus einem schlechten Detektivroman klingt."

Alexander lächelte dünn. „Sie wären überrascht, wie viel Wahrheit in schlechten Detektivromanen steckt."

Während die Uhr unaufhaltsam in Richtung Mitternacht rückte, wurde die Stimmung in der Polizeiwache immer angespannter. Die Beamten wirkten müde, und Schmitt hatte sich in sein Büro zurückgezogen, vermutlich um eine seiner berüchtigten Tassen Tee zu trinken, die mehr Zucker als Wasser enthielten.

Alexander saß allein in der Ecke des Raums, das Notizbuch vor sich, und dachte nach. Etwas an diesem Fall störte ihn. Es war nicht nur Sophies Verschwinden – es war die Atmosphäre, die sich um alles herum legte. Ein Gefühl, dass mehr unter der Oberfläche lag, als die Polizei erkennen konnte.

Seine Gedanken wurden durch das Summen seines Handys unterbrochen. Eine Nachricht. Er zog das Gerät aus der Tasche und las die Worte, die darauf erschienen:

„Manche Engel müssen fallen, bevor sie fliegen können."

Alexander starrte auf den Bildschirm, sein Herzschlag beschleunigte sich. Es gab keinen Absender, keinen Hinweis darauf, wer die Nachricht geschickt hatte. Doch der Text war eindeutig an ihn gerichtet.

„Was zum Teufel...?" murmelte er und tippte auf die Antwortfunktion, nur um festzustellen, dass die Nummer nicht existierte.

Er sah sich im Raum um, als erwartete er, dass jemand hinter ihm stand, doch er war allein. Das Handy lag schwer in seiner Hand, und für einen Moment überlegte er, ob er Schmitt davon erzählen sollte. Doch dann entschied er sich dagegen.

Manche Dinge behielt er lieber für sich.

Die Nacht verging ohne weitere Hinweise. Als der Morgen dämmerte, war Sophie Baumann noch immer spurlos verschwunden. Die Polizei hatte ihre Suche vorerst eingestellt, doch für Alexander war der Fall alles andere als abgeschlossen.

Mit dem Notizbuch in der Hand und dem geheimnisvollen Anhänger in seiner Tasche verließ er die Wache. Es gab noch zu viele unbeantwortete Fragen, und Alexander hatte das Gefühl, dass die Antworten dort draußen auf ihn warteten – versteckt in den Schatten von Rothenburg.

Während er durch die leeren Straßen ging, warf er einen letzten Blick auf die Stadtmauer. Der Wind trug ein leises Flüstern mit sich, ein Geräusch, das fast wie ein Lachen klang.

Kapitel 1

Die Küche von Christina Weber war an diesem Morgen ein chaotisches Schlachtfeld. Ein halb ausgepackter Beutel mit Kaffee lag neben einem offenen Marmeladenglas, und irgendwo darunter konnte man den Toaster erkennen, der fröhlich Rauch in die Luft pustete.

„Christina, Liebling, ich sage es nur ungern, aber deine Aura heute Morgen schreit nach Chaos." Tante Hilda, gekleidet in ein Kleid mit einem psychedelischen Muster, das in den 70ern schon fragwürdig gewesen wäre, stand am Küchentisch und mischte sorgfältig ihr Tarotdeck.

„Meine Aura schreit eher nach Koffein, Tante Hilda", murmelte Christina und riss die Schranktür auf, auf der verzweifelten Suche nach ihrer Lieblingstasse. „Hast du sie wieder in diese gruselige Schublade mit den Teetassen gestellt?"

„Christina, Tassen haben wie Menschen eine Bestimmung. Vielleicht war diese heute für Tee gedacht."

„Oder für den Müll", erwiderte Christina, zog schließlich eine Tasse hervor und füllte sie mit dem frisch gebrühten Kaffee, der nach Rettung schmeckte. „Was ist es heute? Die Apokalypse, der plötzliche Reichtum oder die große Liebe?"

Hilda hob eine Augenbraue und legte eine Karte auf den Tisch. „Der Gehängte."

Christina nahm einen Schluck Kaffee und sah ihre Tante über den Rand der Tasse an. „Ich nehme an, das bedeutet nicht, dass ich bald in einer Hängematte entspannen werde?"

„Sehr witzig. Der Gehängte steht für Stillstand, Opferbereitschaft und eine neue Perspektive. Vielleicht musst du heute etwas aufgeben, um Platz für etwas Neues zu schaffen."

Christina setzte die Tasse ab und rieb sich die Schläfen. „Was ich aufgeben werde, ist meine Geduld. Hilda, ich bin Polizistin, keine Zirkusartistin. Mein Job ist es, die Welt in Ordnung zu bringen, nicht den Sternen beim Tanzen zuzusehen."

„Ach, Christina, dein Pragmatismus wird dir eines Tages das Herz brechen."

„Und dein Optimismus wird dich eines Tages in einen esoterischen Kult führen", konterte Christina und schnappte sich ein trockenes Brötchen.

Während Christina sich ihre Jacke anzog, um zur Arbeit zu gehen, folgte Hilda ihr in den Flur, die Karten in der Hand. „Noch etwas, Liebling. Der Gehängte deutet auch auf eine große Veränderung hin. Vielleicht triffst du heute jemanden, der alles auf den Kopf stellt."

Christina schloss die Tür hinter sich, bevor sie antwortete. „Wenn dieser Jemand keinen Kaffee bringt, bin ich nicht interessiert."

Hilda blieb in der Tür stehen, die Karten in der Hand, und murmelte: „Du wirst schon sehen. Das Schicksal lässt sich nicht aufhalten."

Die Fahrt zur Polizeiwache war kurz, aber nicht kurz genug, um Christina davon abzuhalten, über ihre Tante und deren mystische Vorhersagen zu grübeln. Der Gehängte, dachte sie. Vermutlich nur ein weiteres Beispiel für Hildas Liebe zur Dramatik. Doch ein Teil von ihr – der Teil, den sie gern ignorierte – konnte das ungute Gefühl nicht abschütteln, dass dieser Tag alles andere als normal werden würde.

Als sie die Polizeiwache betrat, wurde sie von ihrem Kollegen Franz Wagner begrüßt, dessen Haar wie immer aussah, als hätte er mit einem Staubsauger gekämpft.

„Morgen, Christina! Du siehst aus, als hättest du heute Nacht schlecht geschlafen."

„Danke, Franz. Deine Komplimente sind wie immer erfrischend ehrlich."

Franz grinste. „Kein Problem. Übrigens, der Chef hat gesagt, dass wir einen neuen Fall haben. Er klang... wie soll ich sagen... nervös."

Christina hob eine Augenbraue. „Nervös? Chef Schmitt? Das ist ungewöhnlich. Was ist passiert?"

„Ein Toter. Und das Ganze ist... na ja, ein bisschen seltsam."

Christina warf ihre Tasche auf den Schreibtisch und sah Franz ernst an. „Seltsam? Seltsamer als das letzte Mal, als jemand behauptet hat, er sei von einem Geist beklaut worden?"

„Oh ja." Franz kratzte sich am Kopf. „Viel seltsamer."

Christina stand an der Grenze des Waldes und beobachtete, wie Franz versuchte, sich seinen Weg durch das Dickicht zu bahnen, als würde er gegen einen besonders aggressiven Busch kämpfen. Seine endlosen Flüche hallten durch die ansonsten ruhige Umgebung, und Christina überlegte kurz, ob sie ihm einen Ast hinterherschmeißen sollte, um ihn zu motivieren.

„Franz, wenn du weiter so elegant bist, werden die Bäume dich bald als einen von ihnen akzeptieren."

„Sehr witzig", keuchte Franz und zerrte an seinem Jackenärmel, der sich in einem Ast verfangen hatte. „Warum zum Teufel müssen Mörder immer die gruseligsten Orte aussuchen?"

„Vielleicht haben sie einen Vertrag mit Horrorfilmproduzenten", murmelte Christina und zog die Handschuhe über, während sie tiefer in den Wald ging.

Die Luft war kalt und feucht, und ein leichter Nebel schlich sich zwischen den Bäumen hindurch. Der Geruch von modrigem Laub und etwas Metallischem lag in der Luft – ein Geruch, den Christina nur allzu gut kannte.

„Da vorne", rief ein junger Polizist, der bereits am Tatort war. Sein Gesicht war bleich, und seine Haltung verriet, dass er am liebsten woanders wäre – vorzugsweise in einem Café mit einem großen Stück Kuchen und keiner Leiche in Sicht.

Christina trat näher, und der Anblick, der sich ihr bot, ließ selbst sie kurz innehalten. Der Körper eines Mannes hing kopfüber von einem Ast, die Hände hinter dem Rücken zusammengebunden. Sein Gesicht war merkwürdig ruhig, fast, als würde er schlafen – wenn man die Tatsache ignorierte, dass sein Hals in einem Winkel lag, der nur in schlechten Zirkusnummern möglich war.

„Das ist... kreativ", sagte Christina trocken, während Franz hinter ihr schnaufend zum Stehen kam.

„Kreativ?" Franz starrte die Szene mit weit aufgerissenen Augen an. „Das ist krank! Wer macht so etwas?"

„Das ist es, was wir herausfinden müssen", sagte Christina, während sie näher trat und die Szene musterte. Ihr Blick blieb an einer kleinen Karte hängen, die an die Brust des Opfers geheftet war. „Ach, sieh mal an. Ein Kunstwerk mit Signatur."

Franz trat vorsichtig näher, wobei er darauf achtete, nicht auf irgendetwas zu treten, das später als Beweismittel gelten könnte. „Was ist das?"

„Eine Tarotkarte", murmelte Christina und zog eine kleine Taschenlampe aus ihrer Jackentasche, um die Karte genauer zu betrachten. „Der Gehängte. Wie passend."

„Wie passend? Das ist doch kein Zufall, oder?" Franz wich einen Schritt zurück, als hätte die Karte ihn persönlich beleidigt.

„Möglicherweise nicht", sagte Christina und zog die Augenbrauen zusammen. Sie warf einen Blick auf die Umgebung, während ihr Verstand die Szene analysierte. „Die Inszenierung ist zu sorgfältig. Das hier ist keine spontane Tat."

Während Christina die Leiche weiter untersuchte, versammelten sich einige der Dorfbewohner, die die Absperrung der Polizei ignorierten und neugierig über die Situation spekulierten.

„Ich hab's euch ja gesagt! Das ist bestimmt der alte Müller. Der war schon immer ein komischer Kauz", rief eine ältere Frau mit einer Stimme, die selbst Taubstumme alarmieren könnte.

„Ach Quatsch", mischte sich ein Mann mit Hut ein, der aussah, als wäre er gerade aus einer 50er-Jahre-Postkarte gestiegen. „Das war bestimmt eine Sekte. Die gibt's doch überall heutzutage."

„Oder ein wild gewordenes Reh!" platzte ein Teenager heraus, der wohl nur hier war, um ein paar spannende Bilder für seine sozialen Medien zu machen.

„Ein Reh? Wirklich?" murmelte Christina, als sie die Diskussion der Dorfbewohner hörte. „Das ist die dümmste Theorie, die ich heute gehört habe. Und ich habe gerade Franz gefragt, warum er immer dieselben Schuhe kauft."

„Hey!" Franz protestierte, doch Christina ignorierte ihn und wandte sich an den jungen Polizisten. „Sorgen Sie dafür, dass diese Schaulustigen verschwinden. Wir brauchen keine Hobbydetektive, die uns die Szene kontaminieren."

Der Polizist nickte hastig und eilte davon, um die Menge zu vertreiben.

„Weißt du, was mich stört?" fragte Franz, als er sich neben Christina stellte, während die Spurensicherung eintraf.

„Deine Vorliebe für kitschige Krawatten?"

„Nein." Franz ignorierte den Seitenhieb. „Das hier. Warum die Tarotkarte? Warum dieser ganze Aufwand? Das macht doch keinen Sinn."

Christina seufzte und zog ihre Handschuhe aus. „Das ist die Frage, Franz. Vielleicht wollte der Täter eine Nachricht hinterlassen. Oder er hat eine persönliche Verbindung zu dieser Karte."

„Persönliche Verbindung?" Franz zog die Stirn kraus. „Das klingt wie etwas, das Hilda sagen würde."

„Das macht mir mehr Angst als die Leiche." Christina blickte auf die Karte in ihrer Hand. Der Gehängte. Eine neue Perspektive. Sie dachte an die Worte ihrer Tante an diesem Morgen und spürte einen unangenehmen Stich in der Magengrube.

„Okay", sagte sie schließlich und wandte sich an Franz. „Ruf die Pathologie an. Und fang an, Informationen über das Opfer zu sammeln. Ich will wissen, wer er war und warum er endete wie ein schlecht ausbalancierter Kronleuchter."

„Bin schon dabei", sagte Franz und zog sein Handy hervor. „Übrigens, Chef Schmitt will dich später sehen. Er meinte, es sei wichtig."

„Fantastisch", murmelte Christina und drehte sich um. „Wenn du mich suchst, ich bin im Büro und versuche herauszufinden, ob Tarotkarten neuerdings in Mordermittlungen Standard sind."

Christina hatte gerade ihre Notizen zur Szene aktualisiert, als ein schwarzer BMW vorfuhr. Der Wagen glitt über das unebene Gelände des Waldrands, als wäre er zu gut für die Welt – oder zumindest für die Schlaglöcher von Rothenburg. Christina zog eine Augenbraue hoch, als die Tür sich öffnete und ein Mann ausstieg, der so perfekt aussah, dass er direkt aus einer Parfümwerbung hätte stammen können.

„Ah, der Held des Tages", murmelte sie sarkastisch, während sie zusah, wie der Fremde seinen Mantel richtete und langsam auf sie zukam, mit der Arroganz eines Mannes, der genau wusste, wie gut er aussah.

„Wer ist das?" flüsterte Franz, der mit einer Kaffeetasse in der Hand neben ihr auftauchte.

„Keine Ahnung. Aber wenn er uns gleich erzählt, dass er die Lösung des Falls in seinem Handschuhfach hat, werde ich ihn an den Baum hängen."

Der Fremde blieb vor ihnen stehen, zog eine Visitenkarte aus seiner Tasche und hielt sie Christina hin.

„Dr. Alexander Richter, kriminalpsychologischer Berater. Ich wurde von Kommissar Schmitt hinzugezogen." Seine Stimme war tief, klar und so glatt wie sein perfekt gebügeltes Hemd.

Christina nahm die Karte, betrachtete sie kurz und steckte sie dann achtlos in ihre Tasche. „Weber. Kommissarin. Und das ist Franz Wagner, unser Meister der Kaffeetasseninspektion."

„Hey!" protestierte Franz, doch Christina warf ihm nur einen warnenden Blick zu.

„Kommissarin Weber." Alexanders Blick ruhte kurz auf ihr, und Christina hatte das Gefühl, dass er sie in Sekundenschnelle durchleuchtete. „Interessant, Sie kennenzulernen. Ich nehme an, Sie haben bereits eine Theorie zu diesem... Kunstwerk."

„Oh, sicher." Christina verschränkte die Arme vor der Brust. „Es war entweder ein Tarot-begeisterter Serienmörder oder ein sehr ehrgeiziger Landschaftskünstler."

Alexander schmunzelte leicht. „Ironie. Das gefällt mir."

„Das wird Ihnen schnell vergehen", konterte Christina. „Was genau ist Ihre Aufgabe hier, Herr Doktor?"

„Ich bin hier, um Ihnen zu helfen, die Psyche des Täters zu verstehen."

„Ah, fantastisch." Christina klatschte in die Hände. „Dann erzählen Sie mir doch bitte, warum jemand eine Tarotkarte benutzt, um eine Leiche zu signieren. Ich warte gespannt."

Alexander ließ sich nicht aus der Ruhe bringen. „Der Gehängte symbolisiert Veränderung, Opferbereitschaft, einen Perspektivwechsel. Vielleicht wollte der Täter auf etwas hinweisen, das sich in seinem Leben verändert hat. Oder in dem des Opfers."

„Oder vielleicht wollte er uns einfach nur verwirren", warf Franz ein, der immer noch an seiner Kaffeetasse nippte.

„Das ist ebenfalls möglich", stimmte Alexander zu. „Aber das Muster deutet auf etwas Tieferes hin. Es gibt eine Botschaft hinter der Inszenierung, und unsere Aufgabe ist es, sie zu entschlüsseln."

Christina seufzte und rieb sich die Schläfen. „Großartig. Ein Täter mit einem Hang zur Philosophie. Das habe ich gebraucht."

Während Alexander sich die Szene genauer ansah, folgte Christina ihm mit verschränkten Armen und einem skeptischen Blick. Es war nicht so, dass sie keine Hilfe brauchte, aber die Art, wie Alexander durch den Tatort schritt, als wäre er der Star einer Reality-Show, ließ ihre Nerven vibrieren.

„Was ist das?" Alexander deutete auf eine kleine Spur im Laub, die die Spurensicherung übersehen hatte.

„Das ist ein Schuhabdruck", antwortete Christina trocken. „Willkommen bei der Polizei."

Alexander kniete sich hin, um den Abdruck genauer zu betrachten, und ignorierte ihren Tonfall. „Größe 42. Gummi, flache Sohle. Keine besonderen Merkmale."

„Das bringt uns ja unglaublich weiter", murmelte Christina und tauschte einen Blick mit Franz, der nur die Schultern zuckte.

„Manchmal sind es die unscheinbaren Details, die den Unterschied machen", sagte Alexander, als er wieder aufstand. Sein Blick war direkt auf Christina gerichtet, und für einen Moment schien die Luft zwischen ihnen zu knistern.

„Nun, Herr Doktor", erwiderte sie schließlich und hielt seinem Blick stand, „wenn Sie etwas finden, das uns tatsächlich hilft, sagen Sie Bescheid. Bis dahin werde ich mich auf Dinge konzentrieren, die weniger... philosophisch sind."

Alexander zog eine Augenbraue hoch, aber bevor er antworten konnte, kam einer der Spurensicherer herüber.

„Kommissarin Weber, wir haben etwas Interessantes gefunden."

Christina folgte dem Techniker, gefolgt von Alexander, der trotz ihres sarkastischen Tons nicht locker ließ. Die Gruppe erreichte einen Bereich des Waldes, in dem etwas unter einem Haufen Blätter versteckt war. Der Techniker hob das Objekt vorsichtig hoch – es war eine kleine Box, auf der ein weiteres Tarot-Symbol eingraviert war.

„Der Magier", murmelte Alexander, während er die Box betrachtete. „Interessant."

„Ja, wirklich faszinierend", sagte Christina trocken. „Eine Box. Ich hoffe, es ist keine Schachtel voller Philosophie-Zitate."

Alexander schmunzelte, bevor er die Box öffnete. Innen lag ein Stück Papier, auf dem eine Botschaft in sorgfältiger Handschrift stand:

„Das Spiel hat begonnen."

Christina fühlte, wie sich ein Knoten in ihrem Magen zusammenzog. Alexander reichte ihr das Papier, und ihre Blicke trafen sich erneut.

„Was auch immer das ist", sagte Alexander leise, „es ist noch lange nicht vorbei."

Christina nickte langsam, und obwohl sie es nie zugeben würde, spürte sie, dass Alexander vielleicht doch nicht so überflüssig war, wie sie zuerst gedacht hatte.

Das „Zum Goldenen Engel" war das Herzstück von Rothenburgs sozialem Leben – zumindest, wenn man Klatsch, Kaffee und ab und zu einen leicht verbrannten Apfelstrudel als soziale Höhepunkte betrachtete. An diesem Abend war die kleine Stube jedoch besonders gut gefüllt. Die Nachricht von der Leiche im Wald hatte sich schneller verbreitet als ein Feuer im Heu, und die Bewohner des Städtchens waren ausnahmsweise alle derselben Meinung: Man musste darüber sprechen.

Christina betrat das Café mit einem Seufzen, das eindeutig ausdrückte, wie wenig sie an diesem sozialen Ereignis teilnehmen wollte. Ihre Uniform und der ernste Gesichtsausdruck zogen sofort die Blicke der Gäste auf sich.

„Ah, Christina, komm doch zu uns!" rief Gerda Meyer, die Besitzerin des Cafés, mit einer Stimme, die so süß wie Zuckerwatte klang, aber mindestens so gefährlich wie ein Messer in einer dunklen Gasse war. „Wir haben gerade über die schrecklichen Ereignisse im Wald gesprochen."

„Natürlich habt ihr das", murmelte Christina und nahm den freien Platz am Fenster, der ihr eine perfekte Sicht auf die Tür und damit auf einen möglichen Fluchtweg bot. „Warum sollte ich einen ruhigen Abend erwarten?"

„Ein ruhiger Abend?" Gerda setzte sich zu ihr, ihre roten Lippen verzogen sich zu einem Lächeln. „Wie kannst du nur ruhig bleiben, Christina? Ein Mord in Rothenburg! Das passiert hier doch nie. Oder?"

„Ich dachte, das sei euer Traum – ein echter Mordfall, über den ihr spekulieren könnt", entgegnete Christina, während sie ihre Jacke ablegte.

Gerda tat, als würde sie entrüstet aufschnauben, doch ihre Augen leuchteten. „Wir spekulieren nicht. Wir analysieren. Und ich habe eine Theorie: Es war der alte Müller. Der hat doch immer so komisch geschaut."

„Der alte Müller hat letztes Jahr den Führerschein abgegeben, weil er dachte, die Ampel hätte ihn beleidigt", murmelte Christina und griff nach der Karte.

„Das beweist gar nichts", konterte Gerda. „Mörder sind oft exzentrisch. Ich habe es in einem Krimi gelesen."

„Natürlich hast du das", sagte Christina trocken.

Kaum hatte Christina ihren Kaffee bestellt, schlenderte Klaus Bauer, der lokale Journalist, ins Café. Sein zerknittertes Hemd und der übergroße Notizblock, den er unter dem Arm trug, ließen keinen Zweifel daran, dass er schon wieder auf der Jagd nach der nächsten „exklusiven Story" war.

„Ah, die geschätzte Kommissarin Weber", begrüßte er sie mit einem Grinsen, das ihm eine Backpfeife einbringen würde, wenn er es länger als fünf Sekunden aufrechterhielt. „Gibt es schon neue Hinweise im Fall?"

„Ja, Klaus", sagte Christina und lehnte sich zurück. „Wir haben eine heiße Spur: Es war der Weihnachtsmann. Er hat den Gehängten mit einer Schleife in den Wald gebracht."

Gerda prustete los, während Klaus die Augen verengte. „Sehr witzig. Aber im Ernst, Christina, die Leute wollen Antworten. Wer macht so etwas? Und warum?"

„Vielleicht solltest du sie einfach fragen, Klaus", sagte Christina, die inzwischen ihren Kaffee entgegennahm. „Oder du wartest, bis wir den Täter haben. Dann schreibe ich dir sogar die Schlagzeile."

„Sag nur, du weißt mehr, als du zugibst", flüsterte Klaus verschwörerisch und setzte sich zu ihr.

„Ich weiß, dass du mir auf die Nerven gehst, wenn das deine Frage war."

Die Tür öffnete sich, und ein kalter Windzug brachte einen neuen Gast mit sich: Alexander Richter. Sein Mantel war makellos, und seine Haare sahen so aus, als hätte ein eigens engagierter Wind nur für ihn geweht. Christina zog die Augenbrauen zusammen, als er sich ohne zu zögern an ihren Tisch setzte.

„Herr Doktor", begrüßte sie ihn trocken. „Haben Sie sich verlaufen, oder ist das hier Teil Ihrer psychologischen Feldforschung?"

„Guten Abend, Kommissarin." Alexander ignorierte ihren Tonfall und bestellte sich bei Gerda einen Tee, die ihn mit einer Mischung aus Neugier und Bewunderung musterte. „Ich dachte, es wäre sinnvoll, die Dynamik der Stadt besser zu verstehen. Und was eignet sich dafür besser als der lokale Treffpunkt?"

„Ja, nichts bringt die Wahrheit ans Licht wie Kaffee und Klatsch", murmelte Christina und nippte an ihrem eigenen Getränk.

„Manchmal sind es genau diese Details, die uns helfen, das Gesamtbild zu erkennen", sagte Alexander und musterte die Anwesenden im Café mit einem kritischen Blick.

„Haben Sie das aus einem Buch über Detektivmethoden von 1935?" Christina lehnte sich zurück.

Alexander lächelte leicht. „Ich könnte dasselbe über Ihren sarkastischen Humor sagen. Ist das Ihre Standardabwehr, oder bewahren Sie sich den Charme für besondere Fälle?"

„Es ist ein universelles Werkzeug", entgegnete Christina, bevor Klaus sich einmischte.

„Herr Doktor, wenn Sie sich ein Bild von der Stadt machen wollen, sollten Sie mit Gerda sprechen. Sie weiß alles, was hier passiert."

„Das ist richtig", sagte Gerda mit einem Lächeln, das sie fast harmlos erscheinen ließ. „Aber ich teile mein Wissen nur mit Menschen, die mir sympathisch sind."

„Dann habe ich ja Glück", erwiderte Alexander mit einer charmanten Leichtigkeit, die Gerda tatsächlich für einen Moment sprachlos machte.

Christina verdrehte die Augen. „Fantastisch. Jetzt haben wir nicht nur einen Mörder, sondern auch eine Theatershow."

Während die Diskussionen im Café weitergingen, bemerkte Christina, dass Alexander gelegentlich auf seine Uhr sah, als würde er auf etwas warten. Es störte sie mehr, als sie zugeben wollte.

„Haben Sie noch andere Verpflichtungen, Herr Doktor?" fragte sie schließlich, als das Gespräch eine kurze Pause einlegte.

„Vielleicht", sagte er und sah sie direkt an. „Manchmal ist Timing alles."

„Oder eine gute Ausrede", murmelte Christina, doch bevor sie ihn weiter fragen konnte, klingelte ihr Handy.

Es war ein Kollege von der Wache. „Christina, wir haben einen Hinweis bekommen. Jemand hat behauptet, den Täter gesehen zu haben."

„Fantastisch", sagte Christina und stand auf. „Vielleicht bringt das hier endlich etwas Licht ins Dunkel."

Alexander erhob sich ebenfalls, ohne gefragt zu werden. „Dann sollten wir keine Zeit verlieren."

Christina seufzte. „Natürlich. Kommen Sie, Herr Doktor. Ich kann es kaum erwarten, Ihre Theorie zu hören, wie der Täter seine Kindheitsträume sublimiert hat."

Christina zog sich die Jacke aus, warf sie auf den kleinen Sessel in ihrer Diele und schob die Tür mit einem müden Fußtritt zu. Ihr Apartment war minimalistisch eingerichtet, fast spartanisch – ein bewusster Kontrast zu ihrer übervollen, von Tarotkarten dominierten Kindheit bei Tante Hilda.

Sie ließ sich aufs Sofa fallen, griff nach der Fernbedienung und drückte die Tasten, ohne wirklich hinzusehen. Der Fernseher sprang an, und ein übermotivierter Nachrichtensprecher verkündete mit unpassendem Enthusiasmus die lokalen Neuigkeiten.

„Im Wald bei Rothenburg ob der Tauber wurde heute ein Mord entdeckt. Die Polizei schweigt zu den Details, aber Augenzeugen berichten von einer merkwürdigen Inszenierung, die an Tarotkarten erinnert."

Christina seufzte. Natürlich. Es hatte keine fünf Minuten gedauert, bis der Klatsch die Luftwellen erreichte. Sie griff nach der Fernbedienung und schaltete auf einen anderen Sender, nur um direkt auf eine Talkshow zu stoßen, in der ein selbsternannter Experte über die „spirituelle Symbolik von Tarotkarten" philosophierte.

„Oh nein, nicht auch das noch", murmelte sie und schaltete den Fernseher endgültig aus.

Ihre Gedanken wanderten zurück zum Fall. Die Tarotkarte, die mysteriöse Botschaft in der kleinen Box, die beunruhigende Genauigkeit von Alexanders Beobachtungen – all das nagte an ihrem Verstand. Sie hatte in ihrer Karriere schon einige seltsame Fälle erlebt, aber dieser hier fühlte sich anders an.

Und dann war da Alexander Richter. Der Mann war so überheblich, dass man ihn am liebsten mit einer Tarotkarte ins Gesicht schlagen wollte, und gleichzeitig so scharfsinnig, dass sie sich nicht entscheiden konnte, ob sie ihn verabscheute oder bewunderte.

„Vielleicht beides", murmelte sie und zog sich die Stiefel aus.

Sie griff nach ihrem Handy, um sich noch einmal die Bilder vom Tatort anzusehen, doch im selben Moment klingelte es. Die Nummer war unbekannt.

„Weber."

Für einen Moment blieb es still, nur ein leises Rauschen war zu hören. Dann sprach eine tiefe, verzerrte Stimme, die so künstlich klang, dass sie fast komisch gewesen wäre, wenn der Inhalt der Worte nicht so ernst gewesen wäre.

„*Manche Dinge sollten verborgen bleiben, Kommissarin. Aber Sie graben immer tiefer. Vorsicht – der Gehängte sieht mehr, als Sie glauben.*"

Christina spürte, wie ihr Herz einen Moment schneller schlug. Sie richtete sich auf und drückte das Handy fester an ihr Ohr. „Wer ist da?"

Doch die Verbindung war bereits abgebrochen. Sie sah auf das Display und wählte die Nummer zurück, doch es kam nur ein Besetztzeichen.

„Natürlich", murmelte sie und warf das Handy auf den Couchtisch. Ihre Gedanken rasten. Die Stimme – war das ein Scherz? Ein weiterer Hinweis? Oder vielleicht sogar der Täter selbst?

Sie stand auf und ging zum Fenster, von dem aus sie auf die Dächer der Altstadt blicken konnte. Das Licht der Straßenlaternen warf lange Schatten, und für einen Moment fühlte sich die Stille der Nacht bedrohlich an.

Ihr Handy vibrierte erneut, und diesmal war es Franz.

„Christina, du wirst es nicht glauben. Der Chef hat gesagt, dass wir einen Verdächtigen haben! Irgendein Typ, der in der Nähe des Tatorts gesehen wurde. Soll ich dich abholen?"

„Verdächtiger?" Christina runzelte die Stirn. „Hat er etwas Verdächtiges gemacht, oder war er einfach nur zur falschen Zeit am falschen Ort?"

„Das wissen wir noch nicht", gab Franz zu. „Aber hey, wir haben immerhin einen Anfang, oder?"

Christina seufzte. „Okay, komm mich abholen. Ich will sehen, wer dieser mysteriöse Verdächtige ist."

Als sie auflegte, wanderte ihr Blick erneut zum Fenster. Irgendetwas an dem Fall – und besonders an diesem Anruf – ließ sie keine Ruhe.

Die Tarotkarte, die Botschaft, und jetzt diese Drohung. Es fühlte sich an, als würde der Täter ein Spiel spielen, und sie war die unfreiwillige Mitspielerin.

Doch eines wusste sie sicher: Sie würde nicht nach den Regeln eines anderen spielen.

Mit einem entschlossenen Ausdruck im Gesicht zog sie ihre Jacke wieder an und machte sich bereit, dem nächsten Kapitel dieses mysteriösen Falls entgegenzutreten.

Kapitel 2

Die Kaffeemaschine im Besprechungsraum gab ein Geräusch von sich, das stark an einen sterbenden Wal erinnerte. Christina starrte die Tasse in ihrer Hand an, als würde sie mit purem Willen versuchen, den dünnen, bräunlichen Inhalt in etwas zu verwandeln, das man trinken konnte, ohne sich in Lebensgefahr zu begeben.

„Warum ist der Kaffee hier immer so schlecht?" murmelte sie.

Franz, der neben ihr saß und genüsslich an seinem Becher nippte, zuckte mit den Schultern. „Vielleicht, weil das Budget der Polizei nicht für Gourmet-Bohnen reicht?"

„Oder weil Schmitt der einzige ist, der glaubt, das Zeug hier sei trinkbar." Christina stellte ihre Tasse ab, als Kommissar Schmitt den Raum betrat. Seine Krawatte saß wie immer schief, und sein Gesichtsausdruck sagte klar: Ich habe keinen Schlaf bekommen, und das ist eure Schuld.

„Gut, dass Sie alle hier sind", begann er, ohne jemandem Zeit zu geben, darauf zu antworten. „Der Fall im Wald hat Priorität. Die Presse dreht durch, die Stadt ist in Aufruhr, und ich will Ergebnisse."

„Glauben Sie mir, Chef", meldete sich Franz, „wenn ich den Täter finde, werde ich ihm zuerst ein ernsthaftes Gespräch über seine Wahl der Mordmethoden anbieten. Tarotkarten sind doch ziemlich... altmodisch, oder?"

„Wagner", brummte Schmitt, „wenn Sie nichts Konstruktives zu sagen haben, schweigen Sie."

Christina warf Franz einen schiefen Blick zu und richtete sich dann an Schmitt. „Wir wissen, dass das Opfer Hans Müller heißt. Keine aktuellen Verbindungen zu kriminellen Aktivitäten, aber eine interessante Vergangenheit: ein Aufenthalt in einer psychiatrischen Klinik vor zehn Jahren. Die Tarotkarte könnte darauf hindeuten, dass der Täter eine Botschaft senden wollte."

„Oder einfach ein Hobbykartenspieler ist", warf Franz ein.

„Wagner!" Schmitts Geduld schien endgültig aufgebraucht, doch bevor er etwas sagen konnte, öffnete sich die Tür, und Alexander Richter trat ein.

Er sah genauso aus wie am Vortag: tadellos gekleidet, mit einem Hauch von Überheblichkeit, der den Raum wie ein unsichtbares Parfum füllte.

„Ah, der Doktor ist da", sagte Schmitt und bedeutete Alexander, sich zu setzen. „Wir waren gerade bei den Theorien."

Alexander setzte sich, warf einen kurzen Blick auf die Anwesenden und richtete seine Aufmerksamkeit dann direkt auf Christina. „Haben Sie die Symbolik des Gehängten in Verbindung mit dem Opfer weiter analysiert?"

Christina verschränkte die Arme. „Natürlich. Und ich habe auch mein Ouija-Brett befragt, falls das Ihre nächste Frage ist."

Alexander lächelte leicht. „Sarkasmus ist eine wunderbare Eigenschaft, Kommissarin. Aber lassen Sie uns bei den Fakten bleiben."

„Sicher", erwiderte Christina kühl. „Fakten wie diese: Wir haben eine Karte, eine Leiche und keine konkreten Hinweise. Wenn Sie also etwas beitragen können, Herr Doktor, nur zu."

Schmitt hob die Hände, bevor Alexander antworten konnte. „Genug. Ich habe keine Zeit für Streitigkeiten. Von jetzt an arbeiten Sie beide zusammen. Und ich meine zusammen."

Christina und Alexander tauschten einen Blick, der irgendwo zwischen Widerwillen und Herausforderung lag.

„Das wird ein Vergnügen", murmelte Christina.

„Ganz meinerseits", erwiderte Alexander mit einem charmanten Lächeln, das sie am liebsten von seinem Gesicht gewischt hätte.

Der Rest des Meetings verlief eher unspektakulär, und als Christina den Besprechungsraum verließ, war sie mehr als bereit, sich mit etwas Produktiverem zu beschäftigen. Doch kaum war sie auf dem Weg zu ihrem Schreibtisch, holte Alexander sie ein.

„Kommissarin", begann er, „ich denke, wir sollten unsere Methoden abstimmen, um effizienter zu arbeiten."

„Natürlich", sagte Christina und drehte sich zu ihm um. „Ich mache meinen Job, Sie machen Ihren. Und wenn wir uns im Weg stehen, ignorieren wir einander. Klingt das nicht effizient?"

Alexander lächelte wieder dieses unerträglich selbstbewusste Lächeln. „Oder wir kombinieren unsere Stärken. Ihr praktischer Ansatz, meine analytische Perspektive."

„Oder", sagte Christina, „ich mache meinen Job wie gewohnt, und Sie versuchen, nicht jede Theorie in eine Doktorarbeit zu verwandeln."

„Wie Sie wünschen, Kommissarin." Alexanders Tonfall war so höflich, dass es fast wie eine Provokation wirkte.

Christina seufzte und machte sich auf den Weg zu ihrem Schreibtisch. Wenn das der Anfang ihrer Zusammenarbeit war, konnte sie sich bereits auf die kommenden Tage freuen – wie auf Zahnschmerzen.

Die Bibliothek von Rothenburg war eine Art Zeitkapsel: ein Gebäude, das irgendwo zwischen gotischem Glanz und abblätternder Nostalgie hängen geblieben war. Die hohen Regale schienen die Schwerkraft zu ignorieren, während der Duft von altem

Papier die Luft erfüllte. Es war der perfekte Ort für Geheimnisse – oder, wie Christina dachte, für einen wirklich langweiligen Nachmittag.

„Warum genau sind wir hier?" fragte Alexander, als sie durch die schweren Holztüren traten. Seine Stimme war ruhig, aber Christina konnte den Hauch von Skepsis nicht überhören.

„Weil ich hier jemanden kenne, der in Karten mehr sieht als hübsche Bilder", antwortete sie. „Und weil ich keinen besseren Plan habe, um ehrlich zu sein."

„Ehrlichkeit ist ein seltenes Gut", murmelte Alexander, als er den Blick über die Regale schweifen ließ. „Also, wo ist diese mystische Quelle der Weisheit?"

„In der hinteren Ecke, bei den Esoterikbüchern. Natürlich." Christina deutete mit einem Kopfnicken auf eine vertraute Silhouette. Tante Hilda war in ihrem Element, ihre bunten Schals wogten wie Fahnen, während sie eine Kiste voller Karten auspackte.

„Ah, Christina! Mein Schatz!" rief Hilda, als sie die beiden bemerkte. Ihre Augen blitzten vor Begeisterung, und sie kam auf sie zu wie ein farbenfroher Wirbelwind. „Und wen hast du da mitgebracht? Einen Kollegen? Oder... etwas Interessanteres?"

„Einen Kollegen", sagte Christina betont und ignorierte das vielsagende Zwinkern ihrer Tante.

„Alexander Richter", stellte sich Alexander höflich vor und reichte Hilda die Hand. „Kriminalpsychologischer Berater."

„Oh, ein Denker! Wie aufregend!" Hilda nahm seine Hand und musterte ihn mit einer Mischung aus Neugier und mütterlicher Fürsorge. „Ich wette, Sie haben einen faszinierenden Geist."

„Das hängt davon ab, wen Sie fragen", erwiderte Alexander mit einem charmanten Lächeln, das Hilda nur noch mehr begeisterte.

„Okay, genug der Höflichkeiten", unterbrach Christina und zog ihre Tante sanft zur Seite. „Hilda, ich brauche deine Hilfe. Was kannst du mir über diese Karte sagen?"

Sie zog ein Foto der Tarotkarte „Der Gehängte" aus ihrer Tasche und reichte es Hilda, die sofort ihre Brille aufsetzte und das Bild intensiv betrachtete.

„Hm, der Gehängte", murmelte Hilda. „Er hängt kopfüber, aber nicht, weil er leidet, sondern weil er die Welt aus einer neuen Perspektive sieht. Er steht für Opfer, für das Loslassen alter Überzeugungen..."

„Oder für einen psychopathischen Mörder mit einer Vorliebe für Symbolik?" schlug Christina vor.

„Das auch." Hilda zwinkerte. „Aber manchmal zeigt uns der Gehängte, dass wir innehalten und nachdenken müssen. Vielleicht sagt dir diese Karte mehr über dich als über den Täter."

„Wunderbar", sagte Christina trocken. „Ein philosophischer Mordfall. Genau, was ich gebraucht habe."

Während Hilda weiter philosophierte, zog sich Alexander in die Regale zurück. Christina beobachtete ihn aus dem Augenwinkel, wie er zwischen den Büchern stand, den Kopf leicht geneigt, als würde er versuchen, eine geheime Botschaft aus der Anordnung der Titel zu entschlüsseln.

„Er ist faszinierend, nicht wahr?" flüsterte Hilda und stupste Christina mit dem Ellbogen an.

„Wenn du faszinierend mit unerträglich meinst, dann ja."

„Ach, Christina. Du könntest ruhig ein bisschen freundlicher sein."

„Ich bin freundlich", behauptete Christina. „Ich habe ihm noch nicht gesagt, dass sein Lächeln mich an einen Versicherungsvertreter erinnert."

Alexander schien ihre Unterhaltung gehört zu haben, denn er kam mit einem Buch in der Hand zurück. „Das hier könnte interessant sein", sagte er und hielt ihr ein altes, zerfleddertes Werk mit dem Titel Symbolik und Mord: Die dunklen Seiten des Tarot entgegen.

„Das klingt wie der Titel eines schlechten Films", bemerkte Christina, nahm das Buch aber trotzdem.

„Manchmal sind schlechte Filme überraschend informativ", erwiderte Alexander, ohne auf ihren Sarkasmus einzugehen.

„Manchmal auch nicht", murmelte Christina, während sie die ersten Seiten überflog. Die Illustrationen waren verstörend detailliert, und die Kapitelüberschriften – „Die tödliche Macht der Karten", „Der Teufel als Täter" – klangen, als hätte der Autor etwas zu viele Krimis gesehen.

„Was genau suchen Sie hier, Herr Doktor?" fragte Christina schließlich und sah ihn über den Rand des Buches an.

„Hinweise. Muster. Vielleicht etwas, das uns hilft, den Täter zu verstehen."

„Oder uns alle in den Wahnsinn treibt", fügte Christina hinzu.

In einem Moment, der sowohl peinlich als auch amüsant war, griffen sie und Alexander gleichzeitig nach demselben Buch auf einem der Regale. Ihre Hände berührten sich, und Christina zog ihre schnell zurück, als hätte sie sich verbrannt.

„Entschuldigung", sagte Alexander, aber sein Blick verriet, dass er die Reaktion bemerkt hatte.

„Schon gut", murmelte Christina und zwang sich, ihn anzusehen. „Aber ich hoffe, Sie wissen, dass wir hier nicht wegen einer romantischen Komödie sind."

„Natürlich nicht", antwortete Alexander mit einem leichten Lächeln. „Aber wenn Sie eine Drehbuchidee haben, lassen Sie es mich wissen."

Christina schüttelte den Kopf und widmete sich wieder den Büchern.

Während sie die Bibliothek verließen, fühlte Christina, dass etwas in der Luft lag – etwas, das sie nicht benennen konnte. War es die Spannung zwischen ihr und Alexander? Oder vielleicht die Erkenntnis, dass der Fall immer komplexer wurde?

„Also, was haben wir gelernt?" fragte Alexander, als sie die Treppe hinuntergingen.

„Dass es zu viele Bücher über Tarot und Mord gibt", antwortete Christina.

„Und dass Zusammenarbeit eine Herausforderung sein kann", fügte Alexander hinzu.

„Eine Herausforderung, die ich nicht wollte", sagte Christina, bevor sie die Tür öffnete und den kühlen Wind hereinließ.

Das Café „Zum Goldenen Engel" war wieder einmal gut besucht, und die Luft war erfüllt von einer Mischung aus Kaffeearoma, aufgeregtem Murmeln und dem Klappern von Besteck auf Porzellan. Christina und Alexander betraten das Café, und wie üblich richteten sich alle Augen auf sie.

„Kommissarin Weber, Herr Doktor!" Gerda Meyer winkte ihnen von hinter der Theke zu. Ihre Stimme war so laut, dass selbst der alte Herr Baumgartner, der seit Jahren halb taub war, zusammenzuckte.

„Ich frage mich, wie sie das macht", murmelte Christina, als sie sich an einen Tisch setzten.

„Was genau?" fragte Alexander und legte seinen Mantel über die Stuhllehne.

„Gleichzeitig charmant und unerträglich sein", antwortete Christina trocken.

Bevor Alexander darauf antworten konnte, erschien Gerda mit einem Lächeln, das so breit war, dass man meinte, es könne ihr Gesicht sprengen. „Was darf ich euch bringen? Kaffee? Kuchen? Oder vielleicht ein bisschen Klatsch?"

„Kaffee reicht", sagte Christina. „Und bitte keinen Klatsch. Ich habe genug davon."

„Zu spät", flüsterte Gerda verschwörerisch, während sie sich näher lehnte. „Wusstest du, dass die Leute sagen, der Mörder könnte ein Künstler sein? Jemand, der Tarotkarten liebt?"

„Fantastisch", murmelte Christina und lehnte sich zurück. „Können wir jetzt einfach still Kaffee trinken?"

„Natürlich, natürlich." Gerda verschwand, aber ihr Grinsen blieb in der Luft hängen wie ein besonders penetranter Parfümduft.

Die Stille hielt genau fünf Minuten, bis die Tür erneut aufging und Emmi Krause, die Besitzerin des örtlichen Blumenladens, hereinstürmte. Emmi war klein, quirlig und hatte die Energie eines Hamsters auf Koffein.

„Christina!" rief sie, ohne sich um die anderen Gäste zu kümmern. „Ich habe etwas gehört, das dich interessieren könnte!"

„Emmi", begann Christina, doch die Blumenhändlerin ließ sich nicht stoppen.

„Mein Nachbar hat gesagt, er hätte gestern Nacht jemanden im Wald gesehen. Eine dunkle Gestalt, die etwas getragen hat. Es sah aus wie ein Sack."

„Ein Sack?" Christina hob eine Augenbraue.

„Oder eine Leiche!" Emmi beugte sich vor, ihre Augen weiteten sich dramatisch.

„Das ist eine sehr spezifische Beobachtung", bemerkte Alexander mit einem leichten Lächeln.

„Nicht wahr?" Emmi schien seinen Tonfall nicht zu bemerken. „Ich dachte, ich sollte es dir sofort sagen, Christina."

„Natürlich. Weil Gerüchte immer so hilfreich sind." Christina massierte sich die Schläfen. „Hast du deinen Nachbarn gefragt, warum er nicht einfach die Polizei angerufen hat?"

„Er hat Angst vor der Polizei", flüsterte Emmi verschwörerisch. „Er glaubt, ihr steckt mit den Illuminaten unter einer Decke."

„Natürlich glaubt er das", murmelte Christina und stand auf. „Emmi, danke für die Information. Ich werde... darüber nachdenken."

„Sag mir Bescheid, wenn ich helfen kann!" rief Emmi, als Christina zurück zu ihrem Tisch ging.

„Ich liebe dieses Dorf", sagte Christina, als sie sich wieder hinsetzte. „Man erfährt nie, was die Leute denken – weil sie zu beschäftigt sind, es laut zu sagen."

„Es hat eine gewisse... Eigenart", stimmte Alexander zu.

„Das ist eine höfliche Art zu sagen, dass es verrückt ist", entgegnete Christina.

„Vielleicht", sagte Alexander und hob die Tasse, die Gerda ihm gebracht hatte. „Aber es macht es auch interessanter."

Das Gespräch wurde abrupt unterbrochen, als Franz hereinkam – mit einem Tablett voller Getränke und der Anmut eines Elefanten in einem Porzellanladen. Bevor jemand ihn warnen konnte, stolperte er über den Teppich, und der Kaffee flog in einem perfekten Bogen direkt auf Alexander zu.

„Verdammt!" rief Franz, während Alexander blitzschnell aufsprang.

Der Kaffee landete auf Alexanders Stuhl und tropfte in einer langsam wachsenden Pfütze auf den Boden. Christina biss sich auf die Lippe, um nicht zu lachen.

„Alles in Ordnung, Herr Doktor?" fragte sie schließlich und hielt sich nur mühsam zurück.

Alexander zog ein Taschentuch aus seiner Tasche und wischte sich die Hände ab. „Ja, aber meine Meinung zu Teppichen hat sich gerade geändert."

„Tut mir so leid!" rief Franz und stammelte eine Entschuldigung nach der anderen.

„Es ist nur Kaffee", sagte Alexander und setzte sich auf einen anderen Stuhl. „Aber vielleicht sollte ich künftig ein Regenschirm mitnehmen."

Als das Chaos sich gelegt hatte, kam Gerda mit einem neuen Tablett voller Getränke und entschuldigendem Lächeln zurück. Doch die Dynamik des Gesprächs hatte sich geändert. Christina bemerkte, dass Alexander Franz genauer betrachtete, fast so, als ob der Vorfall mehr in ihm ausgelöst hätte, als er zeigte.

„Was?" fragte Franz schließlich nervös.

„Nichts", sagte Alexander. „Nur ein Gedanke."

„Ich mag keine Gedanken, die mit mir zu tun haben", murmelte Franz, während Christina ihre Tasse hob und Alexander einen scharfen Blick zuwarf.

„Wenn Sie mit dem Kaffee fertig sind, können wir vielleicht weiterarbeiten?" fragte sie, und Alexander nickte.

„Natürlich. Ich bin gespannt, wie Sie die nächsten Spuren analysieren. Vielleicht auch ohne Teppich-Interferenzen."

Christina rollte mit den Augen, aber sie konnte sich ein Lächeln nicht verkneifen.

Der Vernehmungsraum im Rothenburger Polizeirevier war ein Paradebeispiel für Funktionalität: karge Wände, ein Tisch, zwei Stühle und eine Deckenlampe, die so grell war, dass sie jeden zum Schwitzen brachte – selbst wenn er unschuldig war. Christina stand mit verschränkten Armen an der Wand und beobachtete, wie Alexander Richter am Tisch Platz nahm.

„Wollen Sie ihm gleich die Tarotkarten legen, Herr Doktor?" fragte sie trocken.

Alexander sah sie über den Rand seiner Brille an. „Nur wenn er nicht redet. Nichts bringt die Wahrheit so ans Licht wie ein bisschen Mystik."

„Ich wette, das funktioniert bei Dinnerpartys großartig." Christina schnaubte leise und wandte sich zur Tür, als Franz den Zeugen hereinführte.

Der Mann war Mitte fünfzig, mit einem Gesicht, das aussah, als wäre es in einem Sturm aus Sorgenfalten gemeißelt worden. Er trug eine abgetragene Jacke, die nach nassem Hund roch, und hielt eine Mütze in den Händen, die er nervös drehte.

„Herr Schneider, bitte setzen Sie sich", sagte Alexander mit seiner gewohnt ruhigen Stimme.

Schneider ließ sich auf den Stuhl fallen und blickte sich misstrauisch um. „Ich hab nichts gemacht", begann er sofort.

„Das wissen wir, Herr Schneider", sagte Christina, die sich nun selbst setzte. „Wir möchten nur wissen, was Sie gesehen haben. Sie waren gestern Nacht in der Nähe des Waldes, richtig?"

„Ich... ich war spazieren", murmelte Schneider und wich ihrem Blick aus.

„Spazieren", wiederholte Christina skeptisch. „Im Wald. Nachts. Allein."

„Ich mag die frische Luft", erwiderte er und wirkte dabei so überzeugend wie ein Schurke in einem schlechten Film.

„Natürlich", sagte Alexander mit einem Hauch von Ironie. „Und während Sie diese... frische Luft genossen haben, haben Sie nichts Ungewöhnliches bemerkt?"

„Nein."

Christina lehnte sich zurück und verschränkte die Arme. „Herr Schneider, wir wissen, dass Sie jemanden gesehen haben. Warum erzählen Sie uns nicht einfach, was passiert ist?"

Schneider zögerte, und seine Finger kneteten die Mütze noch hektischer. „Es war nichts. Nur... eine Gestalt."

„Eine Gestalt", wiederholte Alexander geduldig. „Können Sie sie beschreiben?"

„Es war dunkel."

„Natürlich war es das." Christina rieb sich die Schläfen. „Also, Herr Schneider, lassen Sie mich zusammenfassen: Sie waren zufällig im Wald, um die frische Luft zu genießen, haben zufällig eine Gestalt gesehen, die Sie nicht beschreiben können, und das war's?"

„Ich hab nicht gesagt, dass es nicht komisch war", murmelte Schneider, und Christina spürte, dass er endlich ins Schwimmen geriet.

Alexander nutzte den Moment. „Was genau war komisch, Herr Schneider? Nehmen Sie sich Zeit."

„Die Person... sie hatte etwas bei sich. Einen Sack, glaube ich. Oder etwas Ähnliches."

„Einen Sack?" Christina lehnte sich nach vorne. „Was für einen Sack?"

„Ich weiß es nicht." Schneider zuckte zusammen. „Ich hab nicht genau hingesehen."

„Aber Sie haben es für nötig gehalten, uns das nicht sofort zu erzählen?" fragte Christina und ließ ihren Ton schärfer werden.

Schneider schwieg, und Alexander wechselte die Taktik. „Herr Schneider, wir wissen, dass es unangenehm ist, solche Dinge zu erzählen. Aber jede Information kann wichtig sein. Vielleicht haben Sie ein Detail übersehen, das uns helfen könnte."

Schneider sah Alexander an, und es schien, als hätte dessen sanfter Ton etwas in ihm aufgebrochen. „Die Person... sie hat gepfiffen", murmelte er schließlich.

„Gepfiffen?" Christina runzelte die Stirn. „Was meinen Sie damit?"

„Es war... eine Melodie. Ein Lied, denke ich. Aber ich kenne es nicht."

Die Aussage hing einen Moment in der Luft, während Christina und Alexander einen schnellen Blick tauschten.

„Das ist interessant", sagte Alexander. „Können Sie die Melodie beschreiben?"

Schneider schüttelte den Kopf. „Nein, ich hab sie nur kurz gehört. Aber es war unheimlich, wie... wie aus einem alten Film."

„Vielen Dank, Herr Schneider", sagte Alexander. „Das war sehr hilfreich."

„Hilfreich?" murmelte Christina, nachdem Franz Schneider aus dem Raum geführt hatte. „Er hat uns gesagt, dass jemand einen Sack getragen hat und gepfiffen hat. Großartig. Jetzt müssen wir nur noch 20.000 Melodien durchgehen, um herauszufinden, welche es war."

„Unterschätzen Sie die Macht der Details nicht, Kommissarin", entgegnete Alexander. „Manchmal sind es die kleinsten Hinweise, die das größte Licht werfen."

„Und manchmal führen sie einfach nur in die Irre." Christina seufzte. „Aber gut. Was denken Sie?"

Alexander lehnte sich zurück und sah sie nachdenklich an. „Ich denke, dass unser Täter genau weiß, was er tut. Und ich denke, dass er möchte, dass wir ihn verfolgen."

Christina spürte, wie ein kalter Schauer ihren Rücken hinunterlief. Es war eine Theorie, die ihr nicht gefiel – nicht, weil sie unplausibel war, sondern weil sie wahrscheinlich stimmte.

„Fantastisch", murmelte sie schließlich. „Ein Mörder, der mit uns spielt. Genau das, was ich in meinem Leben gebraucht habe."

Alexander lächelte leicht. „Nun, Kommissarin, ich habe das Gefühl, dass Sie gut in Spielen sind."

„Das hängt davon ab, wer die Regeln macht."

Als Christina und Alexander den Vernehmungsraum verließen, spürte sie, dass sich etwas verändert hatte. Es war nicht viel, nur ein kleiner Riss in der Mauer zwischen ihnen. Doch sie wusste, dass es der Anfang von etwas war – ob sie es wollte oder nicht.

Kapitel 3

Der Konferenzraum im Polizeirevier war, wie immer, alles andere als ein Ort der Inspiration. Die Wände strahlten in einem langweiligen Beige, und der Tisch in der Mitte war so alt, dass man die Geschichte der Polizeiarbeit an seinen Kratzern ablesen konnte. Christina saß mit einer dampfenden Tasse Kaffee in der Hand am Tisch und wartete auf den Beginn der Besprechung.

„Ich hoffe, Pater Nostradamus hat uns diesmal etwas Brauchbares", murmelte sie zu Franz, der neben ihr saß und an einem Croissant nagte.

„Pater Nostradamus? Du meinst Patrick?" fragte Franz mit vollem Mund.

„Wer sonst?" Christina trank einen Schluck Kaffee. „Unser Technik-Guru mit seiner Vorliebe für absurde Theorien. Letztes Mal hat er ernsthaft vorgeschlagen, dass der Täter eine geheime Botschaft in den Schuhabdrücken hinterlassen hat."

„Vielleicht hat er recht." Franz zuckte die Schultern. „Man weiß nie."

„Man weiß immer", antwortete Christina trocken, als die Tür aufging und Patrick mit einem Laptop und einem Stapel Akten hereinkam.

„Guten Morgen zusammen!" Patrick strahlte, als hätte er gerade den Code für die nächste Mondlandung geknackt. „Ich habe aufregende Neuigkeiten!"

„Perfekt", sagte Christina. „Was ist es diesmal? Ein versteckter Morsecode in den Baumrinden?"

Patrick ignorierte den Kommentar und klappte seinen Laptop auf. „Ich habe mir die Tarotkarte, die wir am Tatort gefunden haben, genauer angesehen. Die Oberfläche hatte winzige Spuren eines Pulvers – vermutlich Talkum. Das könnte darauf hindeuten, dass der Täter Handschuhe getragen hat, um keine Fingerabdrücke zu hinterlassen."

„Das ist großartig, Patrick", sagte Franz. „Ein Mörder, der vorsichtig ist. Was für eine Überraschung."

Patrick warf ihm einen scharfen Blick zu und fuhr fort: „Außerdem habe ich die Rückseite der Karte unter UV-Licht untersucht und festgestellt, dass es dort winzige, kaum sichtbare Markierungen gibt. Sie könnten mit einem Siegel oder einem Stempel gemacht worden sein."

„Ein Siegel?" Christina setzte ihre Kaffeetasse ab. „Was für ein Siegel?"

Patrick klickte auf seinem Laptop herum und projizierte ein Bild an die Wand. Es zeigte eine kreisförmige Markierung mit einem komplizierten Muster aus Linien und Symbolen.

„Es sieht aus wie ein altes Familienwappen oder ein ähnliches Emblem", erklärte Patrick. „Ich habe versucht, es zuzuordnen, aber bisher ohne Erfolg."

„Das ist interessant", sagte Alexander, der bisher schweigend in der Ecke gesessen hatte. Christina hatte fast vergessen, dass er da war – was überraschend war, da er normalerweise eine so starke Präsenz hatte wie ein ausgewachsener Löwe in einem Wohnzimmer.

„Interessant?" wiederholte Christina und wandte sich zu ihm um. „Was genau daran?"

Alexander stand auf und trat näher an die Projektion heran. Sein Gesichtsausdruck war plötzlich ungewöhnlich ernst, und seine Augen schienen das Bild fast zu durchbohren.

„Das Muster..." Er schüttelte leicht den Kopf. „Es erinnert mich an etwas. Aber ich bin mir nicht sicher, was."

„Das ist ja äußerst hilfreich", murmelte Christina und beobachtete, wie Alexander sich wieder setzte, ohne weiter darauf einzugehen.

„Gut, was ist mit den Fotos?" fragte sie schließlich, um das Gespräch zurück auf den Boden der Tatsachen zu bringen.

„Ah, die Fotos!" Patrick griff nach einer Mappe und legte sie vor Christina auf den Tisch. „Das hier wurde in der Nähe des Tatorts gefunden, versteckt unter Laub. Es zeigt das Opfer in jüngeren Jahren, zusammen mit..."

„...einer Gruppe Menschen, die aussehen, als hätten sie ein Geheimnis", beendete Christina seinen Satz, als sie das Bild betrachtete.

„Genau." Patrick nickte. „Ich habe versucht, die Personen zu identifizieren, aber bisher ohne Erfolg. Es gibt keine offensichtlichen Hinweise darauf, wer sie sind."

„Fantastisch." Christina ließ das Foto auf den Tisch fallen. „Ein weiteres Puzzleteil, das nirgendwo hinpasst."

„Oder genau dorthin passt, wo wir es noch nicht sehen können", bemerkte Alexander ruhig.

Christina warf ihm einen Seitenblick zu. „Haben Sie immer so philosophische Antworten, Herr Doktor?"

„Nur wenn es nötig ist."

Während die Besprechung weiterging, konnte Christina nicht umhin, Alexanders Verhalten zu beobachten. Etwas an den Fotos schien ihn zu stören, doch er ließ sich nichts anmerken. Es war, als würde er ein Geheimnis mit sich herumtragen – und Christina hasste Geheimnisse, besonders, wenn sie vor ihrer Nase schwebten.

„Gut", sagte Schmitt schließlich, der bisher stumm zugehört hatte. „Konzentrieren wir uns auf die neuen Hinweise. Weber, Richter – ich möchte, dass Sie die Verbindung zwischen dem Opfer und diesem Siegel finden. Wagner, Sie kümmern sich um die Suche nach den Personen auf dem Foto."

„Verstanden", sagte Christina, obwohl sie innerlich seufzte. Die Aussicht, den Tag mit Alexander Richter zu verbringen, war ungefähr so verlockend wie ein Zahnarztbesuch.

Als die Besprechung endete, wandte sie sich an Alexander, der bereits dabei war, seine Unterlagen zusammenzupacken. „Gut, Herr Doktor. Haben Sie Vorschläge, wo wir anfangen sollen?"

Alexander sah sie an, sein Blick kühl, aber nicht unfreundlich. „Ich schlage vor, wir beginnen dort, wo das Symbol am ehesten zu finden ist – in der Geschichte des Ortes. Vielleicht gibt es Aufzeichnungen, die uns weiterhelfen."

Christina nickte widerwillig. „In Ordnung. Aber keine Theorien, die mehr als fünf Minuten dauern, ja?"

„Ich werde es versuchen", antwortete Alexander mit einem leichten Lächeln, das Christina sowohl irritierte als auch faszinierte.

Die Rothenburger Altstadt wirkte an diesem Tag wie aus einem Postkartenmotiv entsprungen – kopfsteingepflasterte Gassen, verwinkelte Fachwerkhäuser und eine bedrohlich wirkende Wolkendecke, die jederzeit Regen versprechen konnte. Christina ging schnellen Schrittes voraus, während Alexander in seinem unaufgeregten Tempo hinter ihr herlief.

„Haben Sie immer so viel Energie, oder liegt das an der Aussicht, mir zu entkommen?" fragte Alexander, als sie abrupt vor einer der alten Steintafeln anhielt, die an historischen Gebäuden angebracht waren.

„Vielleicht eine Mischung aus beidem", erwiderte Christina und studierte die Inschrift. „Hier steht, dass dieses Gebäude im 16. Jahrhundert von einer Adelsfamilie genutzt wurde. Meinen Sie, das könnte zu Ihrem mysteriösen Siegel passen?"

Alexander trat näher, sodass sie beinahe seine Anwesenheit spüren konnte. „Möglich. Viele Adelsfamilien hatten Wappen, die ähnliche Symbole enthielten. Es könnte ein Hinweis sein."

Christina schnaubte. „Oder wir verschwenden gerade Zeit und sollten uns besser auf handfeste Beweise konzentrieren."

„Handfeste Beweise beginnen oft mit Ideen, Kommissarin", sagte Alexander ruhig und zog ein kleines Notizbuch aus seiner Manteltasche, um sich einige Notizen zu machen.

Sie gingen weiter durch die Gassen, wobei Christina sich bemühte, nicht zu bemerken, wie Alexander scheinbar mühelos in ihre Gedanken eindrang – nicht mit Worten, sondern durch die Art, wie er jede Kleinigkeit beobachtete.

„Was denken Sie?" fragte sie schließlich und deutete auf ein weiteres Gebäude mit einem kunstvollen Wappen über der Tür.

Alexander neigte den Kopf. „Interessant. Die Linien ähneln dem Symbol auf der Tarotkarte, aber es gibt Unterschiede. Vielleicht ein verwandeltes Motiv?"

„Verwandelt", wiederholte Christina trocken. „Wie praktisch, dass Sie so viel über Heraldik wissen."

„Man muss vielseitig sein in meinem Beruf", sagte Alexander mit einem kleinen Lächeln, das sie gleichzeitig irritierte und faszinierte.

„Das ist eine höfliche Umschreibung für ‚Ich weiß alles besser', oder?"

„Ich bevorzuge ‚gut informiert'", konterte er.

Plötzlich zogen die ersten Tropfen Regen durch die Luft. Christina warf einen Blick nach oben und seufzte. „Natürlich. Es kann ja nicht einfach mal trocken bleiben."

„Ein bisschen Regen hat noch niemandem geschadet", bemerkte Alexander, als der Schauer intensiver wurde.

„Sagen Sie das meinem Mantel." Christina zog ihn enger um sich, während sie nach einem Unterschlupf suchte. Schließlich entdeckte sie eine steinerne Torbogenpassage, die Schutz vor dem Regen bot. „Hier."

Sie trat unter den Bogen, und Alexander folgte ihr, wobei sie jetzt näher beieinander standen, als sie es normalerweise gewollt hätte.

„Nicht gerade eine fünf-Sterne-Unterkunft", sagte Christina, während sie die Tropfen von ihrer Stirn wischte.

„Aber es hat Charakter", erwiderte Alexander und lehnte sich gegen die Wand, die Hände in den Taschen seines Mantels.

Christina verschränkte die Arme vor der Brust und musterte ihn skeptisch. „Also, Herr Doktor, wie fühlen Sie sich in einer realen, dreckigen Polizeiarbeit? Enttäuscht, dass es nicht wie in den Büchern ist?"

Alexander sah sie an, und für einen Moment schien seine sonst so kühle Fassade zu bröckeln. „Ehrlich gesagt? Es ist genau das, was ich erwartet habe – voller Herausforderungen und... interessanter Persönlichkeiten."

„Interessanter Persönlichkeiten? Das ist die höflichste Umschreibung für ‚anstrengend', die ich je gehört habe."

„Vielleicht", gab er zu. „Aber ich finde, Sie haben eine faszinierende Art, mit diesen Herausforderungen umzugehen."

Christina blinzelte, überrascht von dem unerwarteten Lob. Sie wollte etwas Erwiderndes sagen, doch in diesem Moment brach ein Blitz durch den Himmel und ließ den Regen noch stärker werden.

Die Stille zwischen ihnen wurde nur vom Prasseln des Regens unterbrochen, und Christina bemerkte plötzlich, wie nah sie wirklich standen. Alexanders Blick ruhte auf ihr, und zum ersten Mal fühlte sie sich nicht wie das Ziel einer Analyse, sondern wie eine Gleichgesinnte.

„Sie sind schwer einzuschätzen, wissen Sie das?" sagte sie schließlich, um die Spannung zu brechen.

„Das höre ich öfter", antwortete er mit einem leichten Schmunzeln.

„Das überrascht mich nicht."

Er lachte leise. „Und Sie, Kommissarin? Sind Sie wirklich so unnahbar, wie Sie erscheinen, oder ist das nur Ihre Art, sich zu schützen?"

Christina wich seinem Blick aus und starrte in den Regen hinaus. „Vielleicht bin ich einfach nur praktisch. Jemand muss ja dafür sorgen, dass hier etwas weitergeht."

„Praktisch", wiederholte Alexander. „Ich denke, es steckt mehr dahinter."

„Und ich denke, Sie analysieren zu viel."

Alexander lächelte, sagte aber nichts mehr.

Als der Regen schließlich nachließ, trat Christina aus dem Schutz des Bogens und streckte sich. „Gut, genug Pause. Lassen Sie uns sehen, ob wir noch mehr historische Symbole finden, bevor wir ganz durchnässt sind."

„Wie Sie wünschen", sagte Alexander und folgte ihr mit einem Ausdruck, der sie unruhig machte – nicht, weil er etwas Negatives zeigte, sondern weil sie das Gefühl hatte, dass er sie auf eine Weise durchschaute, die sie selbst nicht verstand.

Tante Hildas Wohnung war, wie immer, ein visuelles Abenteuer. Überall hingen dicke Vorhänge mit Fransen, auf den Regalen stapelten sich Bücher mit Titeln wie *„Deine innere Hexe entdecken"* und *„Die Macht der Runen"*, und in der Mitte des Raumes stand ein runder Tisch, der mit einem lila Tuch und unzähligen Tarotkarten dekoriert war. Es war eine Mischung aus Hexenladen und Antiquariat – mit einem Hauch von Chaos.

Christina und Alexander standen im Flur, während Hilda, bewaffnet mit einer Schürze und einem Holzlöffel, aus der Küche kam.

„Ah, mein Lieblingspolizisten-Duo!" rief sie begeistert. „Kommt rein, kommt rein! Ich habe Linsensuppe gemacht. Sie ist gut für die Seele!"

„Großartig", murmelte Christina leise. „Genau das, was ich brauche – eine spirituelle Magenverstimmung."

Alexander, der die Wohnung mit einem Interesse musterte, das Christina als ungesund bezeichnet hätte, trat ein. „Es hat Charme", sagte er diplomatisch.

„Charmant ist eine Möglichkeit, es zu beschreiben", murmelte Christina, während sie ihren Mantel auf einen Stuhl warf. „Hilda, wir bleiben nur kurz. Wir haben viel zu tun."

„Unsinn! Man kann nicht ermitteln, wenn man hungrig ist." Hilda schob sie sanft in Richtung des gedeckten Tisches. „Setzt euch. Ich bringe die Suppe."

Alexander setzte sich auf einen der mit bunten Kissen dekorierten Stühle, während Christina sich widerwillig auf den gegenüberliegenden Platz fallen ließ.

„Hat Ihre Tante das für Sie eingerichtet?" fragte Alexander und deutete auf die Tarotkarten auf dem Tisch.

„Wenn Sie ‚mich seit meiner Kindheit mit Wahrsagerei terrorisiert' meinen, dann ja." Christina zog ein Deck zur Seite und betrachtete die Karten. „Für Hilda ist alles eine Botschaft aus dem Universum."

„Das Universum hat viel zu sagen." Alexanders Tonfall war neutral, aber Christina hatte den Verdacht, dass er sich amüsierte.

„Es redet zu viel", sagte sie knapp, gerade als Hilda mit einer dampfenden Schüssel hereinkam.

„Hier! Frisch aus meiner Küche!" Hilda stellte die Suppe vor sie hin, ihre Augen leuchteten vor Stolz.

„Danke, Hilda", sagte Christina, auch wenn ihre Begeisterung gedämpft war.

„Und für dich, Herr Doktor", Hilda setzte Alexanders Schüssel ab, „habe ich etwas Besonderes vorbereitet: eine kleine Karte, um dich zu inspirieren." Sie griff nach einem Tarotdeck, zog eine Karte und legte sie vor Alexander auf den Tisch.

„Die Gerechtigkeit", sagte sie feierlich. „Ein Zeichen von Klarheit und Wahrheit. Genau das, was ihr beide braucht!"

Alexander sah die Karte an, ohne eine Miene zu verziehen. „Interessant."

„Interessant?" Christina hob eine Augenbraue. „Das ist alles, was Sie dazu zu sagen haben?"

„Es passt zur Situation", sagte Alexander. „Ein Mörder, der Tarotkarten benutzt, und jetzt das. Zufälle gibt es selten."

„Oder Hilda hat zu viel Freizeit", murmelte Christina, nahm einen Löffel Suppe und versuchte, ihre Augen nicht zu verdrehen.

Die Atmosphäre wurde für einen Moment ruhig, bis Hilda sich mit einem unerwartet ernsten Blick setzte. „Christina, ich habe heute Morgen eine Karte für dich gelegt."

„Natürlich hast du das", sagte Christina, ohne aufzublicken.

„Es war der Turm", fuhr Hilda fort.

Christinas Löffel blieb in der Luft stehen. Sie kannte die Bedeutung des Turms nur zu gut: Chaos, Zerstörung, aber auch Erneuerung.

„Das bedeutet nichts Gutes", sagte Hilda leise. „Ich habe ein ungutes Gefühl."

„Hilda", begann Christina, aber ihre Tante unterbrach sie.

„Du weißt, dass ich nicht übertreibe, wenn es wichtig ist."

„Das ist alles schön und gut, aber ich glaube nicht, dass unser Mörder Karten zieht, um seine nächsten Schritte zu planen." Christina stellte ihre Schüssel ab und stand auf. „Danke für die Suppe, aber wir sollten wirklich gehen."

Alexander beobachtete die Szene aufmerksam, sagte jedoch nichts, bis sie draußen vor der Tür standen. Der Himmel war noch grau, aber der Regen hatte aufgehört, und die Straßen glänzten feucht.

„Ihre Tante ist faszinierend", sagte er schließlich.

„Das ist eine nette Art zu sagen, dass sie verrückt ist."

„Vielleicht ist sie es ein wenig. Aber sie scheint sehr scharfsinnig zu sein."

„Scharfsinnig und besessen", korrigierte Christina. „Ein gefährlicher Mix."

„Manchmal ist genau das, was wir brauchen", sagte Alexander ruhig.

Christina sah ihn an und wusste nicht, ob sie über seine Antwort lachen oder stöhnen sollte. Stattdessen wandte sie sich ab und ging in Richtung Auto. „Kommen Sie, Herr Doktor. Ich bin sicher, das Universum hat uns etwas Wichtigeres zu sagen."

Christina war gerade dabei, die ersten Seiten eines alten Krimis zu lesen – ein kleines Ritual, das sie oft nutzte, um den Kopf frei zu bekommen –, als ihr Handy auf dem Couchtisch vibrierte. Der schrille Ton brach die Stille ihrer Wohnung und ließ sie zusammenzucken.

„Weber", meldete sie sich, ohne auf die Nummer zu schauen.

„Christina, es gibt ein Problem", erklang Franz' Stimme, die genauso erschöpft klang wie ihre eigene.

„Ein Problem? Um diese Uhrzeit? Ich dachte, die Kriminalität schläft irgendwann."

„Nicht diese Art von Kriminalität", erwiderte Franz. „Es gibt einen neuen Tatort. Du solltest sofort herkommen."

Christina setzte sich auf. „Details?"

„Es ist... seltsam. Ähnlich wie beim ersten Opfer. Und, äh, Alexander Richter ist schon unterwegs."

„Natürlich ist er das", murmelte Christina, während sie sich ihre Jacke schnappte. „Weil mein Leben ohne ihn zu einfach wäre."

Der neue Tatort befand sich in einer verlassenen Scheune am Stadtrand. Die Polizei hatte das Gelände bereits abgesperrt, und Blaulichter warfen flackernde Schatten auf die alten Holzwände. Der Regen hatte wieder eingesetzt und verwandelte den Boden in eine schlammige Herausforderung für jeden, der nicht gerade Gummistiefel trug.

„Das ist ja ein hübsches Chaos", bemerkte Christina, als sie aus dem Auto stieg und ihren Mantel enger zog.

„Guten Abend, Kommissarin." Alexander stand bereits bei den Spurensicherern und war, wie immer, in tadelloser Erscheinung. Weder der Regen noch der Schlamm schienen ihm etwas anzuhaben, was Christina nur noch mehr irritierte.

„Ich sehe, Sie haben den besten Platz am Buffet bekommen", sagte sie trocken, als sie sich zu ihm gesellte.

„Wenn Sie den Tatort meinen, ja", antwortete er mit einem Hauch von Ironie. „Es ist... verstörend."

Christina folgte seinem Blick. In der Mitte der Scheune hing ein Körper von einem Balken, die Hände hinter dem Rücken gebunden. Ein Seil um den Hals sorgte dafür, dass die Leiche in der Luft schwebte, während ihre Füße kaum den Boden berührten. Doch das Ungewöhnlichste war die Bühne, die der Täter geschaffen hatte: Kerzen umgaben den Körper, und an der Wand war ein großes Symbol in roter Farbe gemalt.

„Was zur Hölle..." Christina trat näher und zog ihre Taschenlampe heraus. „Ist das... Blut?"

„Das hoffen wir nicht", sagte Franz, der hinter ihr auftauchte. „Die Spurensicherung sagt, es sieht eher aus wie Farbe."

„Farbe, die aussieht wie Blut. Wie beruhigend", murmelte Christina.

Alexander stand neben ihr, betrachtete das Symbol und die Szene mit gerunzelter Stirn. „Das Muster ähnelt dem Siegel, das wir auf der Tarotkarte gefunden haben. Es ist jedoch größer und detaillierter."

„Großartig", sagte Christina. „Wir haben also einen Künstler unter den Serienmördern. Was kommt als nächstes? Eine Ausstellung?"

Während die Spurensicherung die Szene dokumentierte, entdeckte Patrick etwas neben einem der Kerzenhalter.

„Das hier könnte wichtig sein", sagte er und hielt eine weitere Tarotkarte hoch. Diesmal war es die Gerechtigkeit – eine Frau mit einer Waage und einem Schwert in den Händen.

„Natürlich", murmelte Christina. „Weil unser Täter einen Sinn für Humor hat."

„Oder ein Motiv", bemerkte Alexander. „Die Gerechtigkeit steht für Gleichgewicht, Verantwortung und Konsequenzen. Vielleicht will der Täter uns etwas mitteilen."

„Oder er will einfach nur spielen", erwiderte Christina.

„Spielen und mitteilen schließen sich nicht aus", sagte Alexander, ohne den Blick von der Karte zu nehmen.

Christina wandte sich an Franz. „Was wissen wir über das Opfer?"

„Ein Mann, Mitte dreißig, Name noch unbekannt. Keine Ausweispapiere gefunden, aber die Spurensicherung hat eine Tätowierung entdeckt – etwas, das wie ein Symbol aussieht."

„Noch mehr Symbole. Perfekt", sagte Christina, während sie ihre Notizen machte. „Kann jemand endlich eine klare Spur hinterlassen? Vielleicht eine Visitenkarte?"

„Geduld, Kommissarin", sagte Alexander. „Manchmal sind die Antworten komplizierter, als wir hoffen."

„Und manchmal sind sie nur ein Haufen Mist, Herr Doktor."

Der Regen wurde stärker, und die Stimmung am Tatort war gedrückt. Christina spürte das Gewicht des Falls immer deutlicher, während Alexander ruhig blieb, seine Gedanken offensichtlich irgendwo zwischen den Symbolen und der Botschaft des Täters.

„Also, was denken Sie?" fragte Christina schließlich, als die Spurensicherung begann, die Leiche zu bergen.

„Ich denke, dass der Täter uns nicht nur provoziert, sondern auch führt", sagte Alexander. „Es gibt eine Ordnung in seinem Chaos, ein Ziel. Wir müssen nur herausfinden, was es ist."

„Fantastisch", sagte Christina. „Ein Mörder mit einem Plan. Das macht es so viel besser."

Alexander lächelte leicht. „Sie mögen keine Herausforderungen, oder?"

„Ich mag keine Spielchen", erwiderte sie und steuerte zurück zu ihrem Wagen. „Und das hier fühlt sich genau danach an."

Kapitel 4

Der Wind peitschte durch die engen Gassen von Rothenburg, und die alte Turmruine, die am Stadtrand thronte, wirkte im Nebel wie eine düstere Erscheinung aus einer längst vergangenen Zeit. Christina stand mit verschränkten Armen vor dem Eingang und musterte die Szenerie.

„Warum ist es immer eine gottverlassene Ruine?" murmelte sie. „Können Mörder nicht einfach mal eine leuchtend helle Wohnung wählen, wo der Kaffee schon auf uns wartet?"

Franz, der in seinen viel zu dünnen Schuhen neben ihr stand, zog fröstelnd die Schultern hoch. „Vielleicht wollen sie uns das Leben schwer machen. Oder sie haben einfach eine Vorliebe für gruselige Orte."

„Das würde erklären, warum ich hier bin", sagte Christina trocken und bedeutete dem Spurensicherungsteam, die Absperrung zu öffnen.

Der Tatort war in jeder Hinsicht so inszeniert wie ein makabres Kunstwerk. In der Mitte des runden Raums hing die Leiche eines Mannes von der Decke, genau unter dem baufälligen Gewölbe. Um ihn herum waren Kreidesymbole auf dem Boden gezeichnet – komplizierte Muster, die aussahen, als wären sie aus einem okkulten Handbuch gerissen worden.

„Ich nehme an, das ist wieder eine Tarotkarte", sagte Christina und deutete auf die kleine Karte, die sorgfältig auf dem Brustkorb des Opfers platziert war. „Der Mond, wenn ich mich nicht irre."

„Das ist korrekt", erklang Alexanders Stimme hinter ihr, und sie zuckte unwillkürlich zusammen.

„Können Sie aufhören, sich wie ein Geist anzuschleichen?" fragte sie genervt, während er sich neben sie stellte.

„Ich dachte, das passt zur Atmosphäre", erwiderte Alexander mit einem leichten Lächeln, bevor er die Szene betrachtete.

Kurz darauf trat Doktor Martha Hofman ein, die gerichtsmedizinische Expertin der Stadt. Mit ihrem stets genervten Blick und der Angewohnheit, auch die absurdesten Situationen mit einem sarkastischen Kommentar zu begleiten, war sie so etwas wie eine Legende im Team.

„Was haben wir denn hier?" fragte sie und zog ihre Handschuhe an. „Ein Opfer, das aussieht wie eine Marionette und ein paar Symbole, die direkt aus einer Teenager-Witchcraft-Phase stammen?"

„Der Mond", erklärte Alexander und zeigte auf die Karte. „Er steht für Illusion, Geheimnisse und das Unbewusste."

„Ah, großartig", sagte Hofman und beugte sich über das Opfer. „Ein psychologisches Rätsel. Mein Liebling."

Doch als sie die Leiche untersuchte, hielt sie plötzlich inne. Ihr Gesichtsausdruck veränderte sich für einen Moment, bevor sie sich wieder fasste.

„Alles in Ordnung, Doktor Hofman?" fragte Christina misstrauisch.

„Ja, ja, alles bestens", antwortete Hofman zu schnell und wandte sich ab.

Christina tauschte einen Blick mit Alexander, der die Szene genauso aufmerksam beobachtete wie sie.

„Die Szene wirkt durchdacht", sagte Alexander, als Hofman mit der Spurensicherung sprach. „Der Täter wollte sicherstellen, dass wir die Verbindung zur Karte verstehen."

„Oder er wollte uns in den Wahnsinn treiben", erwiderte Christina.

„Beides ist möglich."

Christina seufzte und fuhr sich durch die Haare. „Gut, ich will eine komplette Analyse. Jedes Detail, jedes Symbol, jede Verbindung zum ersten Fall. Und finden Sie heraus, warum Doktor Hofman plötzlich so nervös war."

„Ich werde sehen, was ich tun kann", sagte Alexander ruhig, während Christina zum Ausgang ging. Doch sie wusste, dass etwas an diesem Tatort sie länger verfolgen würde, als sie bereit war, zuzugeben.

Der Geruch im Leichenschauhaus war eine Mischung aus Desinfektionsmittel und einem undefinierbaren metallischen Unterton, der Christina jedes Mal das Gefühl gab, sie könnte ein paar Jahre ihres Lebens opfern, wenn sie einfach die Luft anhalten würde. Doch da sie mit Sicherheit wusste, dass sie dafür länger hier bleiben müsste, atmete sie tief durch und trat ein.

Doktor Martha Hofman stand bereits am Seziertisch, ihre Hände in blutigen Handschuhen und mit einem Gesichtsausdruck, der selbst eine Statue in Angst versetzen könnte. Neben ihr lag der Mann aus der Turmruine – oder besser gesagt, das, was von ihm übrig war.

„Ah, Kommissarin Weber", sagte Hofman, ohne den Blick vom Körper abzuwenden. „Und Herr Doktor Richter. Die zwei hellsten Köpfe der Stadt. Wenn ich euch jetzt einen Fall präsentieren würde, der ein simples Herzversagen war, würdet ihr ihn trotzdem in eine Verschwörung verwandeln, nicht wahr?"

„Kommt darauf an, ob das Herzversagen mit einer Tarotkarte signiert wurde", erwiderte Christina trocken und stellte sich neben sie.

„Was haben wir?" fragte Alexander, der sich über den Tisch beugte, um die Leiche zu betrachten.

Hofman nahm einen Moment, bevor sie antwortete. „Ein Mann, Mitte dreißig, in guter physischer Verfassung – oder zumindest war er das, bevor er als makabres Kunstprojekt endete." Sie deutete mit ihrem Skalpell auf die Brust des Opfers. „Hier ist es interessant. Seht ihr das Muster?"

Christina beugte sich vor und bemerkte eine Reihe von Schnittwunden, die ein kompliziertes Symbol formten – dasselbe Symbol, das sie in der Turmruine gesehen hatten.

„Das ist mehr als nur ein Zufall", sagte Alexander leise.

„Natürlich ist es das", murmelte Hofman. „Aber das ist noch nicht alles. Seht euch das hier an."

Sie zog die Hand des Opfers hervor und zeigte auf eine Tätowierung auf dem Handgelenk – ein weiteres Symbol, diesmal kleiner und weniger detailliert, aber eindeutig ähnlich.

„Das sieht fast aus wie ein... Markenzeichen", bemerkte Alexander.

„Oder ein Erkennungsmerkmal", fügte Christina hinzu. „Haben wir irgendwelche Daten über das Tattoo?"

„Noch nicht", sagte Hofman. „Aber ich habe das Gefühl, dass unser Freund hier nicht der erste ist, der damit herumlief."

Christina spürte, wie die Spannung in ihrem Nacken wuchs. Der Fall hatte bereits genug Rätsel, und jetzt fügte sich ein weiteres hinzu. Doch bevor sie weiter nachdenken konnte, bemerkte sie, dass Hofman sie seltsam ansah.

„Ist alles in Ordnung?" fragte Christina.

Hofman zuckte mit den Schultern und wandte sich ab. „Es ist nichts. Nur... ein Déjà-vu, denke ich."

„Déjà-vu?" Christina hob eine Augenbraue.

„Ich habe solche Symbole schon einmal gesehen", gab Hofman zu. „Vor vielen Jahren. Aber ich kann mich nicht genau erinnern, wo."

Alexander trat näher. „Vielleicht in einem alten Fall? Etwas, das Sie untersucht haben?"

„Vielleicht", murmelte Hofman. „Oder vielleicht ist es einfach nur mein Gehirn, das versucht, Verbindungen herzustellen, wo keine sind."

Christina schnaubte. „In diesem Fall gibt es überall Verbindungen. Die Frage ist nur, welche davon echt sind."

Während Hofman weiterarbeitete, trat Christina zur Seite und griff nach ihrem Notizblock. Alexander folgte ihr, sein Blick war nachdenklich.

„Was denken Sie?" fragte sie schließlich.

„Ich denke, dass Doktor Hofman mehr weiß, als sie sagt", antwortete er ruhig.

„Das denke ich auch. Aber ob sie es absichtlich verschweigt oder einfach nicht in der Lage ist, es zu erinnern, ist eine andere Frage."

Alexander nickte langsam. „Wir sollten tiefer graben. Vielleicht gibt es alte Akten, die uns mehr über diese Symbole verraten können."

Christina schloss den Notizblock und sah ihn an. „Gut. Aber bevor wir uns in die Archive stürzen, brauche ich einen Kaffee. Dieser Fall wird mich sonst umbringen, bevor der Täter es schafft."

Alexander lächelte leicht. „Ich bin mir sicher, Sie können das überleben, Kommissarin. Sie wirken wie jemand, der unter Druck gedeiht."

„Und Sie wirken wie jemand, der es genießt, anderen diesen Druck zu machen", konterte sie, bevor sie sich abwandte und aus dem Raum ging.

Christina saß in ihrer kleinen Küche, eine halb leere Tasse Kaffee vor sich, und starrte auf die Notizen, die sie über den Fall gemacht hatte. Die Symbole, die Tarotkarten, die seltsamen Schauplätze – alles war wie ein Puzzle, bei dem ein entscheidendes Stück fehlte.

„Warum können Mörder nicht einfach ihre Namen hinterlassen?" murmelte sie und kritzelte gedankenverloren ein Fragezeichen an den Rand ihrer Notizen. „‚Mit besten Grüßen, Ihr psychopathischer Künstler'. Wäre das wirklich zu viel verlangt?"

Ihr Handy vibrierte auf dem Tisch, und sie griff danach, in der Hoffnung, dass es etwas Nützliches war. Stattdessen war es eine Nachricht von Franz:

„Ich habe einen Kuchen im Büro gelassen. Tu mir einen Gefallen und iss ihn nicht."

Christina verdrehte die Augen und legte das Handy zurück. „Fantastisch. Mein Team ist genauso hilfreich wie eine nasse Streichholzschachtel."

Gerade, als sie ihre Gedanken wieder ordnen wollte, klopfte es an der Tür. Christina runzelte die Stirn. Es war spät, und sie erwartete niemanden.

„Wenn das ein Vertreter ist, schwöre ich, ich zeige ihm meine Dienstmarke und behaupte, ich hätte die Pest", murmelte sie, während sie zur Tür ging.

Doch als sie öffnete, stand Alexander Richter vor ihr, in seinem typischen, perfekt sitzenden Mantel, der nicht einmal den Anschein erweckte, als hätte er den ganzen Tag gearbeitet.

„Herr Doktor", sagte sie und lehnte sich an den Türrahmen. „Was für ein Zufall. Oder haben Sie angefangen, Leute nach Hause zu verfolgen?"

„Nur die interessanten", erwiderte Alexander mit einem leichten Lächeln.

Christina seufzte. „Was wollen Sie?"

„Ich dachte, wir könnten unsere Erkenntnisse besprechen", sagte er und hob eine Mappe, die er in der Hand hielt. „Und da Sie nicht der Typ sind, der Einladungen zu späten Treffen im Büro mag, dachte ich, ich bringe das Büro zu Ihnen."

„Wie aufmerksam." Christina trat zur Seite und ließ ihn herein. „Aber ich warne Sie – mein Kühlschrank ist leer, und der Kaffee ist bestenfalls mittelmäßig."

Alexander setzte sich an den Küchentisch und musterte die Zettel, die darauf verstreut lagen. „Sie waren fleißig."

„Das nennt man Überlebenstaktik", sagte Christina und lehnte sich an die Arbeitsplatte. „Was haben Sie mitgebracht?"

Er legte die Mappe auf den Tisch und zog ein paar Seiten heraus. „Ich habe alte Archive durchgesehen. Es gibt tatsächlich Fälle aus den späten 90er Jahren, bei denen ähnliche Symbole gefunden wurden. Allerdings wurden sie nie vollständig aufgeklärt."

Christina setzte sich und zog eine der Seiten zu sich heran. „Interessant. Glauben Sie, unser Täter bezieht sich darauf?"

„Es ist möglich", sagte Alexander. „Vielleicht ist es eine Art Hommage. Oder eine Botschaft."

„Natürlich eine Botschaft", murmelte Christina und schüttelte den Kopf. „Warum sollten Mörder jemals einfach jemanden umbringen, ohne uns Rätsel aufzugeben?"

Sie arbeiteten eine Weile schweigend, wobei die einzigen Geräusche das Rascheln von Papier und das gelegentliche Klopfen von Alexanders Fingern auf dem Tisch waren. Doch irgendwann hielt Christina inne und sah ihn an.

„Warum machen Sie das eigentlich?"

Alexander sah auf. „Was meinen Sie?"

„All das." Sie deutete auf die Mappe. „Die nächtlichen Besuche, die ganzen psychologischen Theorien. Sie könnten bequem in München sitzen und Vorträge halten. Warum hierherkommen?"

Für einen Moment wirkte Alexander nachdenklich, als überlege er, wie viel er sagen sollte. Schließlich sprach er mit ruhiger Stimme. „Manchmal hat man das Gefühl, dass es Dinge gibt, die man klären muss. Nicht für andere, sondern für sich selbst."

Christina hielt inne, überrascht von seiner Offenheit. „Das klingt... persönlicher, als ich erwartet hätte."

Alexander lächelte leicht. „Manchmal sind die besten Ermittler diejenigen, die sich selbst genauso gut verstehen wie ihre Fälle."

Die Stimmung im Raum wurde schwerer, fast greifbar, und Christina bemerkte, dass sie unbewusst ihre Finger auf den Tisch gelegt hatte, nah genug, dass sie Alexanders Hand hätte berühren können.

„Herr Doktor", begann sie, doch in diesem Moment vibrierte ihr Handy erneut auf dem Tisch und zerriss die Spannung.

Sie griff danach und las die Nachricht: Ein Update von Franz über die neuesten Untersuchungen.

„Pflicht ruft", murmelte sie und schob das Handy zurück.

Alexander stand auf und nahm seine Mappe. „Dann werde ich Sie nicht weiter stören. Aber denken Sie über die alten Fälle nach. Sie könnten eine Verbindung sein."

„Das werde ich", sagte Christina, während sie ihn zur Tür begleitete.

Als sie die Tür hinter ihm schloss, blieb sie für einen Moment stehen und ließ ihren Kopf gegen das Holz sinken. Der Fall war kompliziert genug, aber Alexander Richter machte ihn noch schwieriger – auf eine Weise, die sie weder einordnen noch ignorieren konnte.

„Faszinierend", murmelte sie und griff nach ihrer Kaffeetasse, als wäre das die einzige Antwort, die sie finden konnte.

Das Archiv der Rothenburger Polizei war so einladend wie ein Keller voller Spinnenweben. Die Beleuchtung bestand aus flackernden Neonröhren, und die Regale waren so alt, dass sie bei jedem Schritt bedrohlich knarrten. Christina stand vor einem Stapel Akten und fragte sich, ob sie vielleicht aus Versehen in einem Horrorfilm gelandet war.

„Wer zum Teufel organisiert diese Orte?" murmelte sie, während sie einen Stapel Papier auf den Tisch warf. „Ist es wirklich so schwer, ein bisschen Ordnung zu schaffen?"

Alexander, der mit der Ruhe eines Katers in der Nachmittagssonne neben ihr stand, schob sich eine Brille auf die Nase und betrachtete die Akten. „Vielleicht ist das Chaos Teil des Charmes."

„Charmes?" Christina sah ihn ungläubig an. „Das hier ist keine romantische Burgruine, Herr Doktor. Das ist die Verwaltungshölle."

Sie setzten sich an den langen Holztisch, auf dem bereits mehrere Akten verstreut lagen. Christina zog eine der älteren Mappen heran und öffnete sie mit einem tiefen Seufzer.

„Also, alte Fälle mit ähnlichen Symbolen", murmelte sie. „Vielleicht können wir herausfinden, ob unser Täter ein Nachahmer ist oder das Original."

Alexander nickte. „Es ist wahrscheinlich, dass es Verbindungen gibt. Täter, die Symbolik verwenden, haben oft eine persönliche Motivation, etwas, das über die Tat hinausgeht."

„Oh, Sie meinen, er tut das nicht nur, weil ihm langweilig ist?" Christina warf ihm einen scharfen Blick zu, bevor sie wieder auf die Akte schaute.

Die nächsten Minuten waren von Schweigen geprägt, unterbrochen nur durch das gelegentliche Rascheln von Papier. Christina war tief in die Beschreibung eines alten Falles vertieft, als sie spürte, wie sich Alexanders Hand fast zufällig auf dem Tisch neben ihrer bewegte. Sie stockte für einen Moment, dann schob sie ihre Hand absichtlich ein Stück zur Seite.

„Sie scheinen sehr konzentriert zu sein", bemerkte Alexander, ohne aufzuschauen.

„Vielleicht, weil ich die Einzige bin, die hier arbeitet", entgegnete Christina.

„Ich arbeite auch", sagte er ruhig und schob eine Mappe zu ihr. „Sehen Sie sich das an."

Christina nahm die Mappe und bemerkte sofort, dass das abgebildete Symbol fast identisch mit dem war, das sie bei den jüngsten Tatorten gesehen hatten. „Das ist... interessant."

„Es ist mehr als das", sagte Alexander. „Dieser Fall stammt aus dem Jahr 1998. Der Täter wurde nie gefasst."

„Also haben wir es vielleicht mit jemandem zu tun, der das Werk eines anderen fortsetzt", murmelte Christina.

„Oder jemandem, der zurückgekehrt ist", fügte Alexander hinzu.

Gerade, als Christina etwas erwidern wollte, öffnete sich die Tür mit einem lauten Knarren, und ein junger Mann trat ein. Er trug eine dicke Jacke, die zu groß für ihn war, und sah nervös aus, während er sich im Raum umsah.

„Kann ich helfen?" fragte Christina, ihre Stimme scharf.

Der Mann zog die Kapuze zurück und starrte sie mit weit aufgerissenen Augen an. „Ich... ich muss mit Ihnen sprechen. Es geht um die Morde."

Christina und Alexander tauschten einen schnellen Blick, bevor sie auf den Mann zugingen.

„Wer sind Sie?" fragte Christina und verschränkte die Arme.

„Mein Name ist Tobias", sagte er. „Ich... ich habe etwas gesehen. Beim ersten Mord. Und... vielleicht auch beim zweiten."

„Vielleicht?" Christina hob eine Augenbraue. „Das klingt nicht besonders vertrauenswürdig, Tobias."

„Ich habe Angst, okay?" Tobias' Stimme wurde zittrig. „Aber ich weiß Dinge. Dinge, die Sie interessieren könnten."

„Wie wäre es, wenn Sie uns einfach erzählen, was Sie wissen?" Alexander sprach mit einer beruhigenden Ruhe, die Tobias dazu brachte, etwas zu entspannen.

„Ich habe den Mann im Wald gesehen", begann Tobias. „Er war... seltsam. Er trug einen langen Mantel und hatte etwas in der Hand. Eine Art Tasche."

„Was für eine Tasche?" fragte Christina.

„Ich weiß es nicht genau." Tobias senkte den Blick. „Aber es sah schwer aus. Und er hat gepfiffen. Es war ein seltsames Lied."

Christinas Gedanken rasten. Das war die zweite Aussage über einen Täter, der pfeift.

„Haben Sie noch etwas bemerkt?" fragte Alexander.

„Ja..." Tobias zögerte. „Ich glaube, er hat mich gesehen. Und seitdem habe ich das Gefühl, dass mich jemand beobachtet."

Christina runzelte die Stirn. „Warum sind Sie dann nicht früher gekommen?"

„Weil ich Angst hatte! Der Mann... er wirkte, als würde er alles sehen. Alles wissen."

Alexander lehnte sich zurück und betrachtete Tobias mit scharfem Blick. „Wir müssen sicherstellen, dass Sie in Sicherheit sind. Wenn das, was Sie sagen, stimmt, könnte der Täter Sie als Gefahr ansehen."

Tobias nickte hektisch. „Ich will einfach nur, dass das aufhört."

„Das wollen wir alle", sagte Christina. „Aber um das zu erreichen, müssen Sie uns helfen."

Als Tobias den Raum verließ, um in ein vorübergehendes Schutzprogramm gebracht zu werden, blieb Christina zurück und starrte auf die Mappe vor ihr.

„Das wird immer komplizierter", murmelte sie.

„Aber es bringt uns näher", sagte Alexander.

„Oder es führt uns in eine Falle." Christina sah ihn an. „Lassen Sie uns hoffen, dass wir den Unterschied rechtzeitig erkennen."

Christina saß in ihrem Wohnzimmer, umgeben von einem chaotischen Meer aus Akten, Notizen und leeren Kaffeetassen. Die Uhr auf dem Regal zeigte halb zwei morgens, und ihre Augen brannten vor Erschöpfung. Aber die Gedanken in ihrem Kopf ließen sich nicht abschalten.

„Ein pfeifender Mörder", murmelte sie und starrte auf die Notizen vor ihr. „Klingt fast wie eine schlechte Urban Legend. Fehlt nur noch, dass er dabei Stepptanz macht."

Sie zog die Beine auf das Sofa und rieb sich die Schläfen. Tobias' Aussage hatte etwas in ihr ausgelöst, eine unangenehme Mischung aus Frustration und Neugier. Warum hatte der Täter ihn verschont? Warum schien alles so inszeniert?

Ein Blick auf die Tarotkarte „Der Mond", die auf dem Tisch lag, verstärkte ihre Unruhe. Illusion, Geheimnisse, das Unbewusste – es fühlte sich an, als würde der Fall genauso tief unter die Oberfläche tauchen wie diese Symbolik.

Ihr Handy vibrierte auf dem Couchtisch. Sie griff danach und sah, dass es eine Nachricht von Franz war:

„Tobias ist in Sicherheit. Ich hoffe, der Kerl hat dir nicht zu viele graue Haare beschert."

Christina schnaubte und tippte zurück: *„Nur ein paar. Vielleicht sollte ich ihn fragen, ob er auch Haare färbt, während er beobachtet."*

Sie legte das Handy weg, lehnte sich zurück und ließ die Augen für einen Moment schließen. Doch die Ruhe hielt nicht lange.

Ein dumpfes Geräusch vor ihrem Fenster ließ sie aufspringen. Es klang wie ein leises Kratzen, gefolgt von einem kurzen Klopfen.

„Wunderbar", murmelte sie und griff instinktiv nach ihrer Dienstwaffe, die auf dem Tisch lag. „Weil gruselige Geräusche mitten in der Nacht genau das sind, was ich jetzt brauche."

Langsam ging sie zum Fenster, ihr Herz schlug schneller, während sie versuchte, leise zu bleiben. Das Licht aus der Straßenlaterne vor ihrem Gebäude reichte kaum aus, um die Umgebung zu erhellen, aber sie konnte eine Bewegung im Schatten erkennen.

Sie hielt die Waffe bereit und zog die Gardine zur Seite. Nichts. Kein Mensch, kein Tier, nur die schwache Spiegelung ihrer eigenen angespannten Silhouette im Glas.

Gerade, als sie die Gardine wieder loslassen wollte, hörte sie ein weiteres Geräusch – diesmal von der Tür. Es war ein leises, rhythmisches Klopfen, als ob jemand mit den Fingerspitzen daran tippte.

„Okay, Christina", murmelte sie und versuchte, die Panik zu unterdrücken. „Das ist der Moment, in dem die Idioten in Horrorfilmen sterben, weil sie nicht auf ihren Instinkt hören."

Trotzdem schlich sie zur Tür, die Waffe fest in der Hand. Durch den Spion konnte sie nichts erkennen, nur Dunkelheit.

„Wer ist da?" fragte sie laut genug, dass jeder, der auf der anderen Seite war, sie hören konnte.

Keine Antwort.

Ein letzter Blick durch den Spion, bevor sie die Tür langsam öffnete, die Waffe bereit. Doch der Flur war leer. Nichts außer der Stille und der kühlen Luft, die durch das geöffnete Fenster am Ende des Gangs hereinkam.

Christina spürte, wie die Anspannung langsam nachließ, aber ein mulmiges Gefühl blieb zurück. Sie schloss die Tür wieder ab und lehnte sich dagegen.

„Du wirst paranoid", murmelte sie und steckte die Waffe zurück ins Holster. Doch ein Teil von ihr wusste, dass sie sich nicht täuschte.

Zurück auf dem Sofa betrachtete sie erneut die Karte des Mondes. Das Gefühl, dass der Täter sie nicht nur beobachtete, sondern auch steuerte, kroch wie ein Schatten in ihren Gedanken. Es war, als wäre sie selbst Teil seines Spiels, und sie wusste nicht, welche Rolle er ihr zugedacht hatte.

Mit einem letzten Blick auf die Akten und die Karte schaltete sie das Licht aus. Der Schlaf kam spät und war unruhig – begleitet von Träumen, in denen eine Melodie im Hintergrund summte, ein Lied, das sie nicht benennen konnte.

Kapitel 5

Das Café „Zum goldenen Engel" war an diesem Morgen voller Leben. Die Kaffeemaschine summte, Gerda Meyer schwang gekonnt das Tablett zwischen den Tischen hindurch, und der Duft von frisch gebackenem Brot vermischte sich mit dem leisen Gemurmel der Gäste. Christina saß mit Kommissar Schmitt an ihrem üblichen Tisch in der Ecke und betrachtete ihr Croissant, als wäre es ein besonders schwieriger Fall.

„Also", begann Schmitt, während er seinen Kaffee umrührte. „Wo stehen wir?"

„Im Regen", sagte Christina trocken und nahm einen Bissen. „Oder zumindest fühlt es sich so an. Wir haben Karten, Symbole, einen pfeifenden Psychopathen und jetzt auch noch einen Zeugen, der mehr Fragen aufwirft, als beantwortet."

„Das klingt wie ein durchschnittlicher Montag in der Mordkommission." Schmitt lächelte leicht und nahm einen Schluck Kaffee. „Aber ernsthaft, was macht der Neuankömmling?"

„Alexander?" Christina hob eine Augenbraue. „Er macht, was er immer macht: psychologische Analysen, die so tief gehen, dass ich mich frage, ob er mich auch schon auseinander nimmt."

„Das tut er bestimmt." Schmitt lachte. „Aber solange es hilft, den Fall zu lösen, kann ich damit leben."

Christina wollte gerade etwas Erwiderndes sagen, als die Tür des Cafés aufging und ein Schwall kalter Luft hereindrang. Klemmbrett-Klaus, wie Christina den unermüdlichen Lokaljournalisten liebevoll nannte, trat ein. Er trug wie immer seine Lederjacke, die er vermutlich seit den 90ern nicht mehr gewaschen hatte, und ein Grinsen, das ihn wie ein Kind aussehen ließ, das ein Geheimnis ausplaudern wollte.

„Kommissarin Weber! Kommissar Schmitt!" Klaus kam direkt auf ihren Tisch zu, ohne sich die Mühe zu machen, subtil zu sein. „Ich habe etwas, das Sie interessieren könnte."

„Wenn es ein Tipp ist, dass es heute regnet, danke, aber das habe ich schon bemerkt", sagte Christina und nippte an ihrem Kaffee.

„Lustig wie immer", erwiderte Klaus und zog eine Mappe aus seiner Tasche. „Aber ich spreche von etwas Größerem. Erinnern Sie sich an die Symbole, die Sie bei den Morden gefunden haben?"

Christina und Schmitt tauschten einen Blick, bevor sie sich zurücklehnte. „Weiter."

Klaus legte die Mappe auf den Tisch und schlug sie auf. „Ich habe ein wenig gegraben – Sie wissen schon, meine journalistische Pflicht – und bin auf etwas gestoßen. Diese Symbole tauchten schon vor Jahren in einem anderen Fall auf. Ein verschwundenes Mädchen, eine Familie, die nie Antworten bekam."

„Warten Sie", unterbrach Christina und schob die Mappe zu sich herüber. „Was für ein Fall?"

„Sophie Baumann", sagte Klaus, als würde er den Höhepunkt eines Krimis vorlesen. „Sie verschwand vor fünfzehn Jahren. Und wissen Sie, was seltsam ist? Die Polizei fand damals ähnliche Symbole an ihrem letzten bekannten Aufenthaltsort. Aber niemand hat sie jemals entschlüsselt."

Christina fühlte, wie ihr Puls sich beschleunigte. Sie warf einen schnellen Blick auf Schmitt, dessen Gesichtsausdruck plötzlich härter geworden war.

„Woher haben Sie das?" fragte sie und blätterte durch die Unterlagen.

„Ein bisschen hier, ein bisschen da", sagte Klaus mit einem Schulterzucken. „Alte Artikel, ein paar Interviews mit Leuten, die sich erinnern. Sie wissen schon, wie das läuft."

Schmitt lehnte sich vor. „Klaus, hören Sie mir genau zu. Wenn Sie diese Informationen irgendwo veröffentlicht haben oder planen, sie zu veröffentlichen, könnte das die gesamte Ermittlung gefährden."

„Keine Sorge, Chef. Ich spiele nur Detektiv, nicht Verleger." Klaus zwinkerte und stand auf. „Aber denken Sie daran, wo Sie das zuerst gehört haben."

Christina sah ihm nach, als er aus dem Café ging, und spürte, wie die Spannung im Raum förmlich wuchs.

„Sophie Baumann", sagte sie schließlich. „Das ist nicht nur irgendein alter Fall, oder?"

Schmitt zögerte einen Moment, bevor er leise antwortete. „Nein. Es ist einer von denen, die wir nie vergessen."

Der Vernehmungsraum war wie immer kühl und spartanisch, die perfekte Bühne für gestörte Wahrheiten und widersprüchliche Geschichten. Christina saß mit verschränkten Armen auf der einen Seite des Tisches, während Alexander sich in seiner typischen Ruhe neben sie setzte, eine Akte vor sich. Auf der anderen Seite saß der neue Zeuge – ein nervöser Mann, Mitte vierzig, mit zitternden Händen, die ständig an seiner Jacke herumzupften.

„Herr Lehmann", begann Christina in einem Ton, der irgendwo zwischen Professionalität und ungeduldiger Skepsis lag, „Sie behaupten also, etwas über die Ereignisse in der alten Turmruine zu wissen?"

„Ja... ja, ich glaube schon", stotterte der Mann, seine Augen huschten zwischen Christina und Alexander hin und her.

„Glauben Sie, oder wissen Sie?" Christina legte den Kopf schief und ließ ihm keine Ausflüchte.

„Ich... ich habe etwas gehört. In der Nacht, als... als es passiert ist."

Alexander lehnte sich vor, seine Stimme so beruhigend wie ein Hypnotiseur. „Was genau haben Sie gehört, Herr Lehmann? Nehmen Sie sich Zeit."

Lehmann atmete tief ein. „Da war... ein Pfeifen. Eine Melodie. Es klang so... fremd. Aber ich kenne sie."

Christina hob eine Augenbraue. „Sie kennen sie? Das klingt wie ein Widerspruch, Herr Lehmann."

„Nein, nein, wirklich! Es ist etwas, das meine Großmutter immer gepfiffen hat. Ein altes Volkslied."

„Ein Mörder mit einem Faible für Volksmusik", murmelte Christina trocken und warf Alexander einen Blick zu. „Wissen Sie, das erklärt einiges."

Alexander ignorierte den Kommentar und konzentrierte sich weiter auf Lehmann. „Haben Sie jemanden gesehen? Jemanden, der sich in der Nähe des Turms aufhielt?"

Lehmann schüttelte den Kopf. „Es war zu dunkel. Aber... aber ich hatte das Gefühl, dass mich jemand beobachtet."

Christina notierte sich etwas und klappte den Stift mit einem Klick zusammen. „Ein Gefühl ist keine Tatsache, Herr Lehmann. Haben Sie irgendetwas Handfestes bemerkt? Kleidung, Bewegungen, irgendetwas?"

„Nein... aber die Melodie... sie hat mich seitdem nicht losgelassen", sagte er und zog nervös an seinem Hemdkragen.

„Vielleicht liegt das daran, dass sie eingängig ist", sagte Christina sarkastisch.

Alexander warf ihr einen warnenden Blick zu und wandte sich wieder an den Zeugen. „Vielen Dank, Herr Lehmann. Wir werden uns die Informationen ansehen und uns bei Ihnen melden."

„Das war's?" fragte Lehmann und wirkte erleichtert, aber auch verwirrt.

„Fürs Erste", sagte Christina, erhob sich und deutete auf die Tür. „Franz bringt Sie hinaus."

Als Lehmann gegangen war, blieb Christina mit verschränkten Armen am Tisch stehen. „Was denken Sie?" fragte sie Alexander.

„Ich denke, dass seine Angst echt ist", antwortete er und schob die Akte zur Seite. „Aber ich bin mir nicht sicher, ob er uns alles gesagt hat."

„Natürlich nicht", sagte Christina und ließ sich wieder auf ihren Stuhl fallen. „Niemand tut das jemals. Es wäre zu einfach."

„Sie sind zynisch, Kommissarin."

„Ich bin realistisch, Herr Doktor."

Alexander stand auf und begann langsam im Raum auf und ab zu gehen, wie ein Professor, der eine besonders schwierige Frage durchdenkt. „Das Volkslied ist interessant. Es könnte eine Art Signatur sein. Vielleicht eine Verbindung zu einer bestimmten Region oder einer Vergangenheit, die der Täter teilen will."

„Oder es ist einfach das, was er zufällig im Radio gehört hat", sagte Christina. „Sie geben diesem Kerl zu viel Kredit."

Alexander blieb stehen und sah sie an. „Und Sie geben ihm zu wenig. Ein Täter, der so inszeniert arbeitet, hat selten unüberlegte Motive."

„Gut." Christina lehnte sich zurück. „Dann finden Sie heraus, was es mit diesem verdammten Lied auf sich hat."

„Gerne", sagte Alexander mit einem kleinen Lächeln, das Christina gleichermaßen irritierte und faszinierte.

Bevor sie den Raum verließen, hielt Christina ihn jedoch zurück. „Herr Doktor, eine Frage."

„Ja?"

„Warum sind Sie bei diesen Vernehmungen immer so ruhig?" Sie verschränkte die Arme. „Es ist fast gruselig. Als würden Sie alles sehen, was sie denken."

Alexander hielt kurz inne, bevor er antwortete. „Vielleicht, weil ich es manchmal tue."

Christina schüttelte den Kopf und ging aus dem Raum. „Das war keine Antwort, Herr Doktor. Das war eine Einladung, mich zu ärgern."

„Wie Sie meinen, Kommissarin." Sein Lächeln folgte ihr den ganzen Weg hinaus.

Das Café „Zum goldenen Engel" war wie immer ein Mikrokosmos des Kleinstadtlebens. Die üblichen Stammgäste – eine Mischung aus neugierigen Rentnern, ambitionierten Kaffeeliebhabern und Gerda, der unvermeidlichen Informationsdrehscheibe – füllten den Raum mit einem angenehmen Gemurmel. Christina und Alexander betraten das Café fast gleichzeitig, was Gerda nicht unbemerkt blieb.

„Ah, die Traumpartner der Polizei!" rief sie laut genug, dass mindestens die Hälfte der Gäste innehielt und ihre Köpfe hob.

„Gerda", sagte Christina mit einem gezwungenen Lächeln, „könnten Sie uns bitte etwas Unauffälliges servieren? Vielleicht mit einer Prise weniger Drama?"

„Das Drama ist gratis, meine Liebe." Gerda zwinkerte und eilte zurück hinter die Theke, während Christina und Alexander einen Tisch in der Ecke wählten.

„Wie schaffen Sie es, in so einer Umgebung zu arbeiten?" fragte Alexander, während er seinen Mantel über die Stuhllehne legte.

„Mit sehr viel Kaffee und noch mehr Geduld", antwortete Christina. „Manchmal frage ich mich, ob der eigentliche Fall nicht hier im Café passiert, wenn man den Gerüchten glauben schenkt."

Alexander lächelte und öffnete seine Notizmappe. „Vielleicht sollten wir Gerda in die Ermittlungen einbeziehen. Sie scheint alles zu wissen."

„Oh, sie weiß alles, aber leider nichts, was uns nützt."

Bevor sie weiter sprechen konnten, erschien plötzlich eine vertraute, exzentrische Gestalt. Tante Hilda stand im Türrahmen, ihre charakteristischen bunten Tücher flatterten wie ein kleines Banner der Verrücktheit um sie herum.

„Christina, mein Schatz!" rief Hilda und bahnte sich ihren Weg durch das Café, wobei sie zwei Gästen beinahe deren Suppenteller vom Tisch fegte.

„Oh nein", murmelte Christina und lehnte sich zurück. „Das habe ich nicht bestellt."

„Ach, sei nicht so unhöflich", sagte Hilda und ließ sich zu ihnen an den Tisch fallen, als wäre sie eingeladen worden. „Ich hatte das Gefühl, dass ich euch beide hier finde. Und das Universum irrt sich nie!"

„Wirklich?" fragte Christina und verschränkte die Arme. „Das Universum ist also verantwortlich für Ihre Auftritte?"

„Natürlich", antwortete Hilda mit einem geheimnisvollen Lächeln und zog ein Tarotdeck aus ihrer Tasche. „Und das Universum hat mir heute eine wichtige Botschaft für dich geschickt."

„Hilda, ich habe keine Zeit für—"

„Sei still, Christina", unterbrach sie mit einem Fingerzeig. „Das ist wichtig. Ich habe den Stern gezogen."

Alexander, der bisher amüsiert zugesehen hatte, lehnte sich vor. „Der Stern? Das klingt... bedeutungsvoll."

„Oh, das ist es", sagte Hilda mit Nachdruck. „Hoffnung, Inspiration, aber auch Warnung. Es ist ein Zeichen, dass ihr auf dem richtigen Weg seid, aber dass die Sterne manchmal trügerisch leuchten."

„Das ist eine sehr poetische Umschreibung für ‚Wir haben keine Ahnung, was wir tun'", murmelte Christina, während sie den Kaffee von Gerda entgegennahm.

„Lachen Sie nicht", sagte Hilda ernst. „Diese Karte hat eine besondere Energie. Und sie wird euch helfen."

„Ich bin mir sicher, sie wird", sagte Christina, die eindeutig keine Lust hatte, weiter über Sterne zu diskutieren.

Gerda näherte sich erneut dem Tisch, diesmal mit einem kleinen Umschlag in der Hand. „Das hier wurde vorhin abgegeben, Christina. Ein junger Mann hat es dagelassen. Er sagte, es wäre für dich."

Christina nahm den Umschlag, ihre Augenbrauen zogen sich zusammen. „Ein junger Mann? Hat er gesagt, wer er ist?"

„Nein", sagte Gerda, während sie sich ein neues Tablett schnappte. „Er war schnell wieder weg."

Christina öffnete den Umschlag vorsichtig, während Alexander und Hilda sie aufmerksam beobachteten. Innen lag eine einzelne Karte, ein handgeschriebener Satz darauf:

„Schau in den Sternen nach Antworten – und im Schatten nach der Wahrheit."

„Das ist entweder eine sehr schlechte Poesie oder eine verdammt gute Drohung", sagte Christina, während sie die Karte auf den Tisch legte.

„Das ist ein Zeichen!" rief Hilda begeistert. „Die Sterne führen euch!"

„Die Sterne führen mich vielleicht direkt ins Irrenhaus", murmelte Christina.

Alexander nahm die Karte in die Hand und betrachtete sie. „Es ist seltsam. Die Handschrift ist präzise, fast zu sehr. Jemand wollte, dass wir uns fragen, wer dahintersteckt."

„Großartig", sagte Christina. „Noch ein Spiel. Genau das, was ich gebraucht habe."

Hilda, offensichtlich zufrieden mit ihrer Mission, erhob sich. „Ihr werdet es herausfinden, meine Liebe. Die Sterne irren sich nie."

„Natürlich nicht", murmelte Christina, während Hilda das Café verließ.

Alexander legte die Karte zurück auf den Tisch. „Was jetzt?"

„Jetzt", sagte Christina und nahm einen Schluck Kaffee, „schauen wir uns den Schatten genauer an."

Der Motor des Autos summte leise, während Christina und Alexander seit fast einer Stunde vor einem unscheinbaren Mehrfamilienhaus parkten. Die Straßenlaternen warfen lange Schatten auf die regennasse Straße, und das Warten zog sich in einer Mischung aus frustrierender Langeweile und unterschwelliger Anspannung dahin.

„Wissen Sie, was ich an Observationen hasse?" fragte Christina, ohne den Blick von der Tür des Gebäudes abzuwenden.

„Das monotone Sitzen?" Alexander legte seine Notizen auf den Beifahrersitz und sah sie aus den Augenwinkeln an.

„Das monotone Sitzen", wiederholte Christina trocken. „Und die Tatsache, dass ich für das, was ich hier mache, genauso gut bezahlt werde wie ein Kassierer im Supermarkt."

Alexander lächelte leicht. „Vielleicht sollten Sie das als Meditation betrachten. Ein Moment der Ruhe inmitten des Chaos."

„Herr Doktor", sagte Christina und drehte sich zu ihm um, „wenn Sie jemals das Wort ‚Meditation' in einem Polizeiwagen sagen, werde ich Sie ohne Reue aus diesem Auto werfen."

Die Minuten zogen sich weiter, und Christina konnte spüren, wie die Enge des Autos langsam die Luft zwischen ihnen auflud. Sie wollte sich strecken, aber der begrenzte Platz ließ nur ein mürrisches Rutschen auf ihrem Sitz zu.

„Haben Sie es eigentlich immer so bequem, oder ist das Ihr Berufsethos?" fragte sie schließlich und deutete auf seine entspannte Haltung.

Alexander hob eine Augenbraue. „Vielleicht liegt es daran, dass ich die Situation akzeptiere, statt mich dagegen zu wehren."

„Ah, der alte Psychologen-Trick. Akzeptanz. Großartig. Akzeptieren Sie auch, dass ich Sie nach dieser Observation in die nächste Mülltonne schiebe?"

„Ich bin gespannt, wie Sie das machen wollen."

Christina öffnete gerade den Mund, um eine scharfe Antwort zu geben, als die Tür des Hauses aufging. Ein Mann trat heraus, dessen schlichte Kleidung und hektische Bewegungen ihn auf den ersten Blick wie jeden anderen aus der Nachbarschaft aussehen ließen. Doch Christina wusste es besser.

„Da ist er", sagte sie und lehnte sich vor, um ihn genauer zu betrachten.

Alexander griff nach einem Fernglas und betrachtete den Mann aufmerksam. „Er sieht nervös aus. Sein Gang ist unruhig, und er überprüft ständig seine Umgebung."

„Das nennt man Paranoia. Typisch für jemanden, der Dreck am Stecken hat." Christina startete den Motor, ließ die Scheinwerfer jedoch aus.

„Und Sie sind sicher, dass er uns zu etwas führen wird?" fragte Alexander, während er das Fernglas senkte.

„Nein, aber ich bin sicher, dass ich herausfinden will, warum er aussieht, als hätte er gerade eine Bank überfallen."

Sie folgten dem Mann in sicherem Abstand durch die dunklen Straßen der Stadt. Das Licht der Laternen glitzerte auf den regennassen Pflastersteinen, und die Geräusche des Verkehrs waren zu einem fernen Hintergrundrauschen geworden.

„Haben Sie bemerkt, dass er einen bestimmten Rhythmus hat?" fragte Alexander nach einer Weile.

„Rhythmus?" Christina warf ihm einen kurzen Blick zu.

„Ja. Seine Schritte. Es ist fast, als ob er... zählt."

„Also gut. Wir haben einen pfeifenden Mörder und jetzt vielleicht auch noch einen tanzenden Verdächtigen. Was kommt als Nächstes? Eine kriminelle Boyband?"

Alexander lächelte, sagte aber nichts.

Der Mann führte sie schließlich zu einem verlassenen Lagerhaus am Rande der Stadt. Christina parkte den Wagen in sicherer Entfernung und schaltete den Motor aus.

„Jetzt wird's interessant", sagte sie, während sie ihre Jacke nahm.

„Und gefährlich", fügte Alexander hinzu.

„Das ist mein zweiter Vorname."

Alexander sah sie an, seine Augen blitzten vor Belustigung. „Ich hätte auf ‚Sarkasmus' getippt."

„Das ist der dritte."

Die beiden verließen das Auto und schlichen sich näher an das Gebäude heran. Christina konnte den Herzschlag in ihren Ohren hören, während sie versuchte, keinen Laut von sich zu geben. Der Mann verschwand durch eine Seitentür, und sie blieben in der Dunkelheit stehen, um die Lage zu sondieren.

„Was denken Sie, was er hier macht?" flüsterte Alexander.

„Wenn wir Glück haben, nichts, das uns in die Luft jagt."

„Ihr Optimismus ist bewundernswert."

Sie beobachteten das Gebäude noch eine Weile, bis ein seltsames Geräusch aus dem Inneren drang – ein dumpfes Klopfen, gefolgt von etwas, das wie ein metallisches Kratzen klang.

„Das gefällt mir nicht", murmelte Christina.

„Vielleicht sollten wir Verstärkung rufen", schlug Alexander vor.

„Oder wir sehen nach, was unser Freund da treibt."

„Und wenn es eine Falle ist?"

Christina grinste schief. „Dann hoffe ich, dass Sie gut darin sind, mir den Rücken freizuhalten."

Sie näherten sich der Tür und hielten kurz inne, bevor Christina vorsichtig den Griff drehte. Die Tür knarrte leise, als sie sie öffnete, und sie traten in einen dunklen, muffigen Raum.

Die Geräusche wurden lauter, und sie folgten ihnen in die Tiefe des Gebäudes. Doch als sie den Ursprung erreichten, blieben sie abrupt stehen.

Vor ihnen stand eine alte Werkbank, auf der etwas lag, das auf den ersten Blick wie ein seltsames Gerät aussah. Und daneben – eine weitere Tarotkarte. „Der Stern".

„Natürlich", murmelte Christina und betrachtete die Karte.

Alexander untersuchte das Gerät, seine Stirn in Falten gelegt. „Das ist kein Zufall. Der Mann wollte, dass wir das finden."

„Aber warum?" Christina spürte, wie ihr Puls schneller wurde.

„Weil das hier nur der Anfang ist", sagte Alexander leise.

Kapitel 6

Das Besprechungszimmer im Rothenburger Polizeipräsidium war so gemütlich wie eine Zahnarztpraxis: Neonlicht, abgewetzte Stühle und ein alter Ventilator, der ohne sichtbare Wirkung surrte. Christina saß mit einem Kaffeebecher in der Hand am Tisch und wartete darauf, dass Patrick seinen Laptop zum Laufen brachte.

„Das Passwort ist ‚1234'", sagte Christina trocken. „Oder haben Sie schon wieder Ihre geheime Weltverschwörungscodierung eingegeben?"

Patrick, der IT-Spezialist, errötete. „Sehr witzig. Nein, ich versuche nur, diese... seltsamen Daten zusammenzubringen."

„Seltsam passt gut zu diesem Fall", murmelte Alexander, der wie immer makellos aussah und bereits aufmerksam die bisherigen Notizen durchlas.

Endlich erschien auf dem Bildschirm eine Tabelle, gefüllt mit Orten, Daten und einer Menge Pfeile, die sich wie ein verwirrendes Netz über die Karte zogen.

„Also", begann Patrick, „ich habe die Orte der beiden Tatorte und das Lagerhaus analysiert. Es gibt ein wiederkehrendes Muster, das sich auf alte Fälle bezieht – insbesondere auf ein Verschwinden vor fünfzehn Jahren."

Christina hob eine Augenbraue. „Sophie Baumann?"

Patrick nickte. „Genau. Es scheint, als ob unser Täter diese alten Symbole und Schauplätze wieder aufgreift. Aber es gibt eine interessante Abweichung: Jedes neue Verbrechen scheint gezielt so inszeniert zu sein, dass es die damaligen Ermittlungen verspottet."

„Das klingt wie ein Mörder mit Rachegelüsten", sagte Christina und nahm einen Schluck Kaffee. „Großartig. Genau, was wir brauchen: jemanden, der sich nicht nur für cleverer hält, sondern auch noch beleidigt ist."

Alexander runzelte die Stirn. „Es könnte auch eine Art Kommunikation sein. Eine Botschaft, die uns zurück zu den Ursprüngen des Falls führt."

„Oder es ist einfach nur ein Verrückter, der Spaß daran hat, uns zu quälen." Christina schob ihre Notizen beiseite. „Haben wir sonst noch etwas?"

In diesem Moment stürzte Franz in den Raum, als wäre er von einem Tornado hineingewirbelt worden. Sein Hemd war halb aus der Hose gerutscht, und er hielt eine Mappe in der Hand, die eindeutig zu groß für die Art von Informationen aussah, die sie enthielt.

„Ich habe etwas gefunden!" rief er und ließ die Mappe auf den Tisch fallen.

„Ein neuer Blogbeitrag?" fragte Christina mit einem süffisanten Lächeln.

„Sehr lustig", sagte Franz und schlug die Mappe auf. „Ich habe mit meiner Tante gesprochen – ihr wisst schon, die, die früher bei der Stadt gearbeitet hat. Sie erinnert sich, dass Sophie Baumann vor ihrem Verschwinden ein altes Manuskript untersucht hat. Es ging um ein Kloster in der Nähe."

Christina hob den Kopf. „Ein Kloster? Warum haben wir das bisher nicht gewusst?"

„Weil niemand es damals für wichtig hielt", erklärte Franz. „Aber es könnte der Schlüssel sein. Das Kloster hat eine lange Geschichte, und Sophie war anscheinend davon besessen."

Alexander betrachtete die Informationen aufmerksam. „Wenn das stimmt, sollten wir dort nachsehen. Alte Klöster bewahren oft Archive, die uns helfen könnten."

„Perfekt", sagte Christina und stand auf. „Ich liebe es, wenn meine Arbeit mich in alte, gruselige Gebäude führt."

„Ich nehme an, ich darf Sie begleiten?" fragte Alexander mit einem kleinen Lächeln.

„Natürlich", sagte Christina sarkastisch. „Ich könnte Ihren analytischen Blick auf eine Menge alter Staubkörner gebrauchen."

Das Kloster St. Valentin war ein Meisterwerk der gotischen Architektur – beeindruckend, düster und von einer Stille erfüllt, die mehr Fragen als Antworten versprach. Christina parkte den Wagen auf dem Kiesweg, während Alexander ausstieg und den imposanten Bau mit unverhohlenem Interesse musterte.

„Wissen Sie, was mir an Klöstern nicht gefällt?" fragte Christina, während sie die Tür zuschlug.

„Die Stille?" vermutete Alexander.

„Die Tatsache, dass sie immer nach Geheimnissen schreien", erwiderte sie. „Niemand baut so etwas, um dann nur Tee zu trinken und Psalmen zu singen."

Alexander lächelte. „Vielleicht finden wir heute heraus, welche Geheimnisse dieses Kloster verbirgt."

Der Eingang wurde von einem alten, gebeugten Mönch geöffnet, der kaum eine Begrüßung über die Lippen brachte, bevor er sie wortlos in das Hauptgebäude führte. Die Wände waren mit verblassten Fresken bedeckt, und der steinige Boden hallte unter ihren Schritten wider.

„Wunderbar", murmelte Christina. „Ich habe das Gefühl, ich betrete gleich die Kulisse eines Horrorfilms."

„Wenn wir Glück haben, ist es nur ein Psychothriller", sagte Alexander mit einem schiefen Lächeln.

Ihr Ziel war das Archiv des Klosters, ein schmaler, fensterloser Raum, dessen Luft so abgestanden war, dass Christina sofort den Drang verspürte, eine Fensterfront einzubauen. Der alte Mönch deutete wortlos auf die Regale und verließ sie mit einer Geschwindigkeit, die sein Alter Lügen strafte.

„Freundlich ist anders", bemerkte Christina und zog ein Buch aus einem der Regale. „Was genau suchen wir hier?"

„Alles, was mit Sophie Baumann zusammenhängen könnte", sagte Alexander, während er begann, die Einträge durchzugehen. „Manuskripte, Hinweise auf Symbole oder alte Verbindungen zum aktuellen Fall."

Christina zog ein weiteres Buch heraus und schlug es auf. „Falls wir eine Anleitung für mittelalterliche Folter finden, sagen Sie Bescheid."

Nach einer Stunde monotoner Suche ohne nennenswerte Ergebnisse seufzte Christina genervt. „Das einzige Geheimnis hier ist, wie die Mönche nicht vor Langeweile gestorben sind."

„Geduld, Kommissarin", sagte Alexander, ohne von seinem Buch aufzusehen. „Manchmal verstecken sich die wertvollsten Informationen in den unscheinbarsten Orten."

„Oder sie verstecken sich, weil sie niemand finden soll", konterte Christina.

In diesem Moment flackerte das Licht, und ein dumpfes Geräusch ertönte.

„Was war das?" fragte Christina und blickte auf.

Alexander schloss das Buch und stand auf. „Es klang, als käme es aus dem Flur."

Sie verließen das Archiv und folgten dem schmalen Gang, bis sie auf eine alte, knarzende Tür stießen. Dahinter befand sich ein kleiner, leerer Aufzug, der aussah, als wäre er seit Jahrzehnten nicht benutzt worden.

„Das kann nicht Ihr Ernst sein", sagte Christina und betrachtete den rostigen Innenraum.

„Es ist der einzige Weg nach unten", bemerkte Alexander und trat ein.

„Großartig", murmelte Christina und folgte ihm widerwillig. „Wenn wir stecken bleiben, sorge ich dafür, dass Sie derjenige sind, der um Hilfe schreit."

Kaum hatten sich die Türen geschlossen und der Aufzug sich ruckartig in Bewegung gesetzt, blieb er mit einem lauten Knall stehen. Die Lichter flackerten erneut, bevor sie vollständig ausgingen, und ein tiefes, unangenehmes Schweigen legte sich über den engen Raum.

„Das ist nicht Ihr Ernst", sagte Christina in die Dunkelheit.

„Beruhigen Sie sich", sagte Alexander ruhig. „Es ist nur eine technische Panne."

„Eine technische Panne in einem Aufzug, der älter ist als meine Großmutter." Christina schlug gegen die Wand. „Wie lange denken Sie, bis uns jemand findet?"

„Wahrscheinlich Stunden."

Christina ließ sich mit einem resignierten Seufzen an die Wand sinken. „Haben Sie jemals daran gedacht, dass Ihr Drang nach alten Geheimnissen Sie eines Tages in Schwierigkeiten bringen würde?"

„Das ist nicht der erste Aufzug, in dem ich stecken geblieben bin", gab Alexander zu.

„Natürlich nicht", sagte Christina sarkastisch. „Ich wette, Sie haben sogar eine Checkliste: 1. Alte Gebäude. 2. Geheimnisse. 3. Lebensgefahr."

„Sie vergessen Punkt 4", sagte Alexander mit einem leichten Lächeln. „Unerschütterliche Begleiter."

„Ich bin mir nicht sicher, ob ‚unerschütterlich' das richtige Wort ist."

Die Enge des Raumes und die erzwungene Nähe brachten eine seltsame Spannung mit sich. Christina konnte Alexanders ruhige Atmung hören, und obwohl sie wusste, dass sie sich aufregen sollte, bemerkte sie, wie seine Präsenz eine eigenartige Ruhe in ihr auslöste.

„Was machen Sie eigentlich, wenn Sie nicht gerade Fälle lösen?" fragte sie schließlich, um die Stille zu durchbrechen.

„Lesen, meistens."

„Natürlich. Was sonst? Wahrscheinlich alte psychologische Abhandlungen."

„Manchmal auch Romane", sagte er, und Christina konnte den Hauch eines Lächelns in seiner Stimme hören. „Aber nichts zu Romantik. Das überlasse ich anderen."

„Gut zu wissen", murmelte Christina.

Die Lichter flackerten erneut und sprangen schließlich wieder an. Der Aufzug ruckte, und nach einem Moment setzte er sich wieder in Bewegung.

„Da haben wir es", sagte Alexander ruhig.

„Schade", sagte Christina mit gespieltem Bedauern. „Ich hatte fast angefangen, unsere gemeinsame Zeit zu genießen."

„Fast?" fragte Alexander mit hochgezogenen Augenbrauen.

„Lassen Sie uns einfach sagen, dass ich bei unserer nächsten Mission einen funktionierenden Aufzug verlange."

Als die Türen sich öffneten, betraten sie einen alten Raum voller Dokumente und Manuskripte. Doch anstatt sich über die unerwartete Entdeckung zu freuen, bemerkte Christina sofort etwas Seltsames: Eine der Kisten war eindeutig vor Kurzem geöffnet worden.

„Wir sind nicht die Ersten hier", sagte sie und zog ihre Taschenlampe hervor.

„Das bedeutet, dass wir richtig liegen könnten", sagte Alexander.

„Oder dass wir verfolgt werden", erwiderte Christina und betrat vorsichtig den Raum.

Der Klosterhof war von einer melancholischen Ruhe erfüllt, unterbrochen nur vom Rascheln der Blätter im Wind und dem fernen Ruf eines Vogels. Christina und Alexander saßen in der kleinen, karg eingerichteten Klosterküche an einem schmalen Holztisch. Ein Mönch mit einem wettergegerbten Gesicht servierte ihnen dampfende Schüsseln mit Gemüsesuppe, die sowohl schlicht als auch mysteriös wirkte – genau wie alles andere in diesem Kloster.

„Falls ich nach diesem Essen ohnmächtig werde, ziehen Sie mich nicht zurück in den Aufzug", sagte Christina und rührte skeptisch in ihrer Suppe.

„Es ist nur Suppe", sagte Alexander, während er bereits einen Löffel probierte. „Was könnte daran gefährlich sein?"

Christina hob eine Augenbraue. „Das ist die Art von Frage, die Leute in Horrorfilmen stellen, bevor sie sterben."

Der Mönch, der sich schließlich als Bruder Matthias vorstellte, setzte sich zu ihnen. Seine Bewegungen waren langsam, fast bedächtig, und seine Augen funkelten mit einer Intelligenz, die weit über die friedliche Fassade hinausging.

„Ihr seid wegen der alten Archive hier", begann er, ohne Zeit zu verschwenden.

„Das ist richtig", sagte Alexander, seine Stimme so höflich wie immer.

„Was genau sucht ihr?" Bruder Matthias' Blick ruhte schwer auf Christina, als würde er sie einschätzen.

Christina legte den Löffel beiseite. „Informationen. Über Symbole, die in den letzten Jahren bei Verbrechen aufgetaucht sind. Und möglicherweise über eine Frau namens Sophie Baumann."

Bruder Matthias hielt inne, als hätte sie ein besonders delikates Thema angesprochen. „Sophie Baumann", murmelte er, mehr zu sich selbst als zu ihnen. „Der Name ist mir bekannt."

„Das hoffe ich", sagte Christina. „Sonst wäre das hier ein verschwendeter Nachmittag."

„Kommissarin", warnte Alexander leise, aber sie ignorierte ihn.

„Sophie Baumann kam hierher, um Fragen zu stellen", fuhr Matthias schließlich fort. „Über alte Manuskripte und vergessene Rituale. Sie wollte verstehen, was die Menschen im Mittelalter in diese Mauern trieb."

Christina lehnte sich vor. „Und? Was hat sie gefunden?"

„Etwas, das sie besser nicht gefunden hätte."

Alexander hob den Kopf. „Können Sie das genauer erklären?"

Bruder Matthias schwieg einen Moment, bevor er fortfuhr. „Es gibt Dinge, die besser im Dunkeln bleiben. Geheimnisse, die uns schützen, wenn sie verborgen bleiben."

Christina verschränkte die Arme. „Das ist eine poetische Art zu sagen, dass Sie uns nicht alles erzählen wollen."

„Manche Wahrheiten bringen mehr Schmerz als Heilung."

„Das sagen Leute, die Dinge verbergen", konterte Christina und stand auf. „Wenn Sie uns nicht helfen wollen, verschwenden wir keine Zeit."

Doch bevor sie den Raum verlassen konnte, hielt Bruder Matthias sie mit einem Blick auf. „Sophie hat etwas über die Sterne gesagt."

Christina blieb stehen. „Die Sterne?"

„Ja", sagte Matthias. „Sie sprach von einer Konstellation. Etwas, das sie in den Manuskripten gefunden hatte. Sie glaubte, es sei ein Schlüssel zu etwas... Größerem."

„Und was ist dieses ‚Größere'?" fragte Alexander.

Matthias lächelte traurig. „Das ist die Frage, die sie letztendlich verschluckt hat."

Christina spürte eine kalte Welle den Rücken hinunterlaufen. Die Sterne – wieder tauchte dieses Motiv auf, und jedes Mal schien es mehr mit dem Täter und dem Fall verbunden zu sein.

„Haben Sie noch mehr Informationen darüber?" fragte sie, ihre Stimme jetzt etwas weicher.

„In den Archiven gibt es ein Manuskript", sagte Matthias. „Es wird ‚Das Buch des Sternenmagiers' genannt. Aber ich warne euch: Was ihr dort findet, könnte mehr Fragen als Antworten bringen."

Nach einer langen, schweigenden Minute verabschiedete sich Bruder Matthias und ließ Christina und Alexander allein am Tisch zurück.

„Ein Buch des Sternenmagiers", wiederholte Christina und starrte in ihre Suppe. „Klingt wie ein schlechter Titel für einen Fantasyroman."

„Vielleicht", sagte Alexander. „Aber in jedem schlechten Titel steckt eine Spur Wahrheit."

Christina schnaubte und schob ihre Schüssel beiseite. „Ich habe genug von Rätseln, die mehr Rätsel schaffen. Lassen Sie uns das Manuskript finden und hoffen, dass es nicht nur noch mehr kryptischen Unsinn enthält."

Draußen zog sich der Himmel zusammen, und erste Donnerschläge kündigten ein nahendes Gewitter an. Christina fühlte den Druck des Wetters wie eine physische Manifestation der wachsenden Komplexität des Falls. Sie wusste, dass sie der Lösung näher kamen – aber zu welchem Preis?

„Hoffen wir, dass die Sterne diesmal auf unserer Seite sind", sagte sie leise, während sie und Alexander zum Archiv zurückkehrten.

„Oder zumindest nicht gegen uns", fügte Alexander hinzu, sein Tonfall ebenso ruhig wie seine Schritte.

Die Rückfahrt zum Polizeirevier sollte eigentlich eine willkommene Gelegenheit sein, die Gedanken zu ordnen. Doch das herannahende Gewitter hatte andere Pläne. Dunkle Wolken hingen schwer über den engen Landstraßen, und der Regen prasselte in immer dichter werdenden Tropfen gegen die Windschutzscheibe. Christina klammerte sich an das Lenkrad, während Alexander auf dem Beifahrersitz saß, seine übliche Gelassenheit nur minimal durch das gelegentliche Anspannen seiner Hände unterbrochen.

„Es gibt zwei Arten von Menschen", begann Christina, ihre Stimme leicht angespannt. „Die, die bei Regen fahren können, und die, die nicht mal bei Sonnenschein sicher unterwegs sind."

„Und zu welcher Kategorie gehören wir gerade?" fragte Alexander, wobei sein Blick ungerührt auf der Straße ruhte.

„Zur ersten", sagte Christina trocken. „Aber ich fürchte, die anderen sind alle vor uns unterwegs."

Ein plötzlicher Blitz erhellte die Umgebung, gefolgt von einem donnernden Krachen, das selbst durch das Autoinnere vibrieren ließ. Christina bremste ab, während der Regen in Sturzbächen über die Windschutzscheibe lief.

„Wunderbar", murmelte sie. „Das ist der Moment, in dem das Klischee sich erfüllt und wir mitten in einem Thriller landen."

„Ich hoffe, es ist ein gut geschriebener", sagte Alexander mit einem Anflug von Humor.

Christina warf ihm einen Blick zu. „Ihre Definition von gut und meine könnten unterschiedlicher nicht sein."

Das Auto rollte in Richtung eines kleinen Rastplatzes, der nur von einem einzelnen, unheimlich flackernden Straßenlicht beleuchtet wurde. Christina stellte den Motor ab und lehnte sich zurück.

„Wir warten hier, bis das Schlimmste vorbei ist", erklärte sie knapp.

Alexander nickte, ohne etwas zu sagen, und die Stille zwischen ihnen wuchs, während der Regen das Auto einhüllte.

„Sie wirken ungewöhnlich ruhig für jemanden, der gerade aus einem gotischen Kloster voller düsterer Geheimnisse kommt", bemerkte Christina schließlich.

„Vielleicht bin ich es gewohnt, inmitten von Rätseln zu leben", erwiderte Alexander.

Christina lachte leise. „Das klingt, als hätten Sie ein paar eigene Geheimnisse."

Alexander drehte sich leicht zu ihr um, und für einen Moment war die Luft im Wagen wie elektrisch geladen – und das lag nicht nur am Gewitter. „Jeder hat seine Geheimnisse, Kommissarin", sagte er ruhig. „Die Frage ist nur, wie gut wir sie verbergen."

Christina hielt seinem Blick stand, obwohl sie spürte, wie eine unbestimmte Spannung in ihrem Inneren wuchs. „Und wie viele haben Sie?"

„Mehr als ich zählen möchte", antwortete er mit einem kleinen, geheimnisvollen Lächeln.

„Natürlich." Christina wandte sich ab und sah wieder nach draußen. „Das passt zu Ihnen."

Ein weiterer Blitz tauchte die Umgebung in ein grelles Licht, und plötzlich bemerkten sie eine Bewegung in der Nähe des Waldes. Christina richtete sich sofort auf.

„Haben Sie das gesehen?"

Alexander nickte, seine Aufmerksamkeit nun ebenso fokussiert. „Da war jemand."

„Bleiben Sie hier." Christina griff nach ihrer Taschenlampe und öffnete die Tür, ohne eine Antwort abzuwarten.

„Natürlich", sagte Alexander trocken, als er ihr folgte.

„Ich sagte, bleiben Sie hier!"

„Und ich bin nicht gut im Zuhören."

Der Regen prasselte auf sie herab, während sie sich durch den matschigen Boden kämpften. Die Gestalt, die sie gesehen hatten, war verschwunden, aber die Atmosphäre war geladen – und nicht nur wegen des Wetters.

„Das ist genau das, was ich immer vermeiden wollte", murmelte Christina und leuchtete mit ihrer Taschenlampe in die Dunkelheit.

„Ein spontaner Spaziergang im Regen?" fragte Alexander, der dicht hinter ihr blieb.

„Ein Mordfall, der sich wie ein Horrorfilm entwickelt", erwiderte sie.

Plötzlich rutschte Christina auf einem glitschigen Stein aus und fiel mit einem überraschten Laut nach hinten. Alexander reagierte instinktiv und fing sie auf, bevor sie den Boden erreichen konnte.

„Sie retten den Tag, wie immer", sagte Christina sarkastisch, obwohl ihre Stimme leicht zittrig war.

„Ich würde es eher als Teamarbeit bezeichnen", antwortete Alexander und ließ sie langsam los.

Für einen Moment standen sie dicht beieinander, ihre Blicke trafen sich im schwachen Licht der Taschenlampe. Der Regen tropfte von ihren Gesichtern, und die Welt um sie herum schien stillzustehen.

„Herr Doktor", begann Christina leise, doch bevor sie weitersprechen konnte, unterbrach ein weiterer Blitz den Moment, gefolgt von einem donnernden Krachen.

Alexander trat einen Schritt zurück, seine Haltung wieder ruhig und kontrolliert. „Wir sollten zurück zum Auto."

Christina nickte, ohne etwas zu sagen, und sie machten sich auf den Weg zurück, beide tief in Gedanken versunken.

Im Auto angekommen, startete Christina den Motor, und die Heizung füllte den Raum langsam mit angenehmer Wärme.

„Das war... seltsam", sagte sie schließlich.

„Das ist eine treffende Beschreibung", antwortete Alexander mit einem Hauch von Humor.

Die Spannung zwischen ihnen war noch immer spürbar, doch keiner sprach sie aus. Stattdessen fuhren sie schweigend weiter, das Geräusch des Regens und das leise Summen des Motors ihre einzigen Begleiter.

Kapitel 7

Die Sonne schob sich mühsam über den Horizont, als Christina verschlafen in die Küche ihrer Tante Hilda schlurfte. Der vertraute Duft von frisch gebackenem Apfelstrudel mischte sich mit dem dominanten Geruch von Räucherstäbchen, die Hilda mit einer fast religiösen Hingabe anzündete. Auf dem runden Küchentisch lag ein perfekt arrangiertes Tarot-Deck, und Hilda saß davor, ihre Stirn in Falten gelegt, als würde sie eine besonders knifflige Matheaufgabe lösen.

„Bitte sag mir, dass das Frühstück ist und kein weiterer Versuch, die Zukunft vorherzusagen", murmelte Christina, während sie sich eine Tasse Kaffee einschenkte.

Hilda sah nicht einmal auf. „Die Karten lügen nie, meine Liebe. Und heute haben sie viel zu sagen."

„Großartig", sagte Christina und ließ sich auf einen Stuhl fallen. „Hoffen wir, dass sie mir auch Lottozahlen geben."

Hilda zog die erste Karte und legte sie mit einer langsamen, dramatischen Bewegung auf den Tisch. „Die Hohepriesterin", verkündete sie mit einer Stimme, die besser zu einer Theaterbühne als zu ihrer kleinen Küche passte.

Christina nippte an ihrem Kaffee. „Ah, die Frau mit dem Buch. Was bedeutet das diesmal? Dass ich mehr lesen sollte?"

„Dass du auf deine Intuition hören musst", sagte Hilda ernst. „Die Hohepriesterin steht für Geheimnisse und verborgene Wahrheiten. Etwas Wichtiges wird dir enthüllt, aber nur, wenn du die Zeichen erkennst."

„Und wenn ich das nicht tue?"

Hilda zog eine weitere Karte. „Der Turm."

Christina seufzte. „Natürlich. Weil es nie etwas Gutes ist, wenn Sie Karten ziehen."

Hilda lehnte sich vor, ihre Augen funkelten besorgt. „Christina, das ist kein Spiel. Der Turm steht für plötzliche Veränderungen, für Gefahr. Du musst vorsichtig sein."

„Tante Hilda, ich arbeite als Polizistin. Gefahren gehören zum Job." Christina griff nach einem Stück Strudel. „Außerdem: Was soll schon passieren? Ein weiterer verrückter Mörder mit einem Faible für Tarotkarten?"

Hilda legte ihre Hand auf Christinas Arm. „Du machst dich über mich lustig, aber diese Karten lügen nicht. Pass auf dich auf, meine Liebe."

„Ich verspreche, vorsichtig zu sein", sagte Christina, obwohl sie wusste, dass das kaum ihre Art war. „Aber jetzt muss ich los. Mordfälle lösen sich nicht von selbst."

Als Christina ihre Tasche schnappte und zur Tür ging, hörte sie Hilda leise murmeln: „Die Sterne sehen nicht klar..."

„Danke für die optimistische Aussicht!" rief Christina über die Schulter und schloss die Tür hinter sich.

Auf dem Weg zum Polizeirevier versuchte Christina, die Worte ihrer Tante zu ignorieren. Doch ein kleiner, nagender Zweifel ließ sich nicht abschütteln. Was, wenn Hilda diesmal recht hatte?

„Nein", murmelte sie zu sich selbst. „Keine Zeit für Aberglauben. Ich habe genug echte Probleme."

Das Polizeirevier war an diesem Morgen noch unruhiger als sonst. Christina trat durch die Tür und bemerkte sofort, dass Franz hektisch durch den Flur lief, ein Stapel Akten unter dem Arm, während Patrick vor seinem Monitor saß und mit einer Mischung aus Frustration und Triumph auf den Bildschirm starrte.

„Guten Morgen, Team Chaos", sagte Christina und schmiss ihre Tasche auf ihren Schreibtisch. „Was haben wir heute? Noch mehr pfeifende Mörder oder vielleicht einen Hinweis auf ein geheimes Kloster? Lassen Sie mich raten: Beide."

Franz blieb abrupt stehen und schnappte nach Luft. „Christina! Endlich! Du musst dir das ansehen."

„Gib mir eine Sekunde, Franz." Christina drehte sich zu Patrick um, der immer noch auf den Bildschirm starrte. „Und was ist mit Ihnen? Wurde das Internet wieder von Katzenvideos überrannt?"

Patrick schnaubte. „Witzig. Nein, ich habe mir die alten Fallakten noch einmal angesehen. Und ich glaube, ich habe etwas gefunden."

Christina trat näher an Patricks Schreibtisch heran. Auf dem Bildschirm war ein Foto zu sehen, verblasst und vergilbt, aber immer noch deutlich genug, um die Silhouette eines Mannes zu zeigen, der neben einer Gruppe von Menschen stand.

„Und was genau sehe ich hier?" fragte Christina.

„Das ist ein Foto von einem alten Polizeifest vor etwa zwanzig Jahren", erklärte Patrick. „Der Mann in der Mitte? Das ist der Vater von Sophie Baumann."

Christina runzelte die Stirn. „Und was hat das mit unserem Fall zu tun?"

Patrick klickte auf ein weiteres Bild. „Hier ist ein weiteres Foto. Dasselbe Fest, aber eine andere Perspektive. Siehst du den Mann ganz rechts?"

Christina beugte sich vor, um genauer hinzusehen. Ihr Herz setzte einen Moment aus. „Das ist... unser Kommissar."

„Das dachte ich mir auch", sagte Patrick. „Ich habe ihn gefragt, ob er sich erinnert, aber er war... seltsam. Er hat es abgewunken und gesagt, es sei lange her."

„Seltsam", wiederholte Christina und warf einen Blick in Richtung des Büros des Kommissars, dessen Tür geschlossen war. „Das passt irgendwie zu seiner aktuellen Stimmung."

„Was meinst du?" fragte Patrick.

„Er hat in letzter Zeit einen Hauch von... nervöser Energie", sagte Christina. „Nichts Konkretes, aber es fällt auf."

In diesem Moment stürmte Franz erneut herein, diesmal noch atemloser. „Christina! Du musst dir das ansehen! Es ist wichtig!"

„Franz, ich schwöre, wenn du mir noch eine Kopie des Essensplans für die Kantine zeigst, verliere ich die Nerven."

„Es ist keine Kantine!" Franz wedelte mit einem Ausdruck vor ihrem Gesicht herum. „Es geht um das Lagerhaus, das wir neulich durchsucht haben. Wir haben Fingerabdrücke gefunden, und sie stimmen mit einem alten Eintrag in der Datenbank überein."

Christina nahm den Ausdruck und las ihn schnell durch. „Und wem gehören sie?"

Franz holte tief Luft. „Einem ehemaligen Mitarbeiter von Sophies Vater. Er hat damals in der Klinik gearbeitet."

Christina ließ das Blatt sinken und schloss für einen Moment die Augen. Die Puzzlestücke begannen sich langsam zusammenzufügen, aber das Bild, das sich abzeichnete, war alles andere als klar.

„Okay", sagte sie schließlich. „Patrick, sehen Sie, was Sie noch über die Verbindung zwischen dem Kommissar und Sophies Familie finden können. Franz, Sie und ich gehen diesen Mitarbeiter aufsuchen."

„Und der Kommissar?" fragte Patrick.

„Er bleibt vorerst außen vor", sagte Christina und griff nach ihrer Jacke. „Ich möchte zuerst verstehen, wie tief das hier geht."

Als sie das Büro verließen, warf Christina einen letzten Blick auf das Bild auf Patricks Bildschirm. Der Kommissar lächelte darauf, aber in seinen Augen lag etwas, das Christina jetzt nicht mehr ignorieren konnte.

„Geheimnisse", murmelte sie, während sie hinausging. „Jeder hat sie. Aber irgendwann kommen sie alle ans Licht."

Das kleine Café am Rande des Marktplatzes war eine Oase der Ruhe – zumindest normalerweise. Doch an diesem Mittag wirkte Christina alles andere als entspannt, als sie ihren Platz am Ecktisch einnahm. Sie zog ihre Jacke aus, warf sie über die Stuhllehne und schaute sich suchend um, bis sie Alexander entdeckte, der gerade durch die Tür trat.

Natürlich sah er aus, als hätte er einen Katalog für Herrenmode verlassen, mit seinem makellosen Mantel und dem charmanten Lächeln, das ihn ständig zu umgeben schien. Christina seufzte. „Wie schaffen Sie es eigentlich, selbst nach einem Mordfall auszusehen, als hätten Sie gerade eine Preisverleihung verlassen?"

Alexander zog eine Augenbraue hoch und setzte sich ihr gegenüber. „Vielleicht liegt es daran, dass ich meine Geheimwaffe benutze."

„Und die wäre?"

„Nicht in Panik zu geraten."

Christina ließ sich in ihren Stuhl zurücksinken und musterte ihn. „Dann erklären Sie mir bitte, wie Sie es schaffen, neben mir nicht in Panik zu geraten. Ich bin ein wandelndes Chaos."

Alexander grinste. „Vielleicht, weil Chaos manchmal die besten Ergebnisse bringt."

„Oh, Sie sind ein Fan des kontrollierten Wahnsinns?" Christina hob eine Augenbraue. „Das hätte ich nicht erwartet."

„Manchmal ist es das Unerwartete, das uns weiterbringt", erwiderte er und öffnete die Speisekarte.

„Schön, dann bestellen wir das Unerwartete", sagte Christina.

„Vielleicht gibt es heute eine Überraschung des Tages."

Das Gespräch nahm eine entspanntere Wendung, als die Bedienung ihre Bestellung aufnahm und die Getränke brachte. Christina nahm einen Schluck von ihrem Espresso und lehnte sich zurück.

„Also, Herr Doktor", begann sie. „Was machen Sie, wenn Sie nicht gerade bei Mordfällen helfen oder sich mit einer zynischen Polizistin herumschlagen?"

„Lesen, reisen... hin und wieder klassische Musik hören", antwortete Alexander mit einem leichten Lächeln.

„Natürlich", sagte Christina. „Der perfekte Gentleman. Ich wette, Sie haben auch noch ein Klavier in Ihrem Wohnzimmer."

„Ein Flügel, tatsächlich", sagte er, ohne zu zögern.

Christina rollte mit den Augen. „Natürlich haben Sie das. Und was spielen Sie? Beethovens Mondscheinsonate?"

„Rachmaninow", antwortete Alexander, und diesmal schien sein Lächeln wirklich echt zu sein.

Gerade, als Christina etwas Entwaffnendes erwidern wollte, summte ihr Handy auf dem Tisch. Sie griff danach und sah eine Nachricht von Franz: *„Dringend. Neues Verbrechen. Treffpunkt am alten Parkhaus."*

„Natürlich", murmelte sie und schob ihren Stuhl zurück.

„Was ist los?" fragte Alexander, sofort aufmerksam.

„Das Unerwartete", antwortete Christina und hielt ihm ihr Handy hin.

Alexander las die Nachricht und nickte. „Dann sollten wir wohl gehen."

„Und ich hatte mich gerade auf den Nachtisch gefreut", sagte Christina trocken.

Die Fahrt zum Tatort war geprägt von einer Mischung aus angespannten Blicken und kurzen Bemerkungen, die die Spannung im Auto nicht wirklich lösten. Der Regen hatte erneut eingesetzt, und die Dunkelheit des Himmels passte zur düsteren Stimmung, die über ihnen lag.

„Das alte Parkhaus", sagte Christina, während sie in eine enge Gasse einbog. „Ein weiterer Ort, der schreit: ‚Hier passiert garantiert nichts Gutes.'"

„Vielleicht ist das der Reiz solcher Orte für Täter", bemerkte Alexander. „Ein Gefühl der Isolation."

„Oder sie wissen einfach, dass wir die Treppen hochlaufen müssen, weil der Aufzug kaputt ist", murmelte Christina.

Als sie das Parkhaus erreichten, war die Polizei bereits vor Ort. Die Absperrbänder flatterten im Wind, und Franz winkte ihnen hektisch zu.

„Es ist wieder passiert", sagte er, als sie aus dem Auto stiegen.

„Eine weitere Tarotkarte?" fragte Christina, während sie ihre Handschuhe anzog.

Franz nickte. „Diesmal ‚Die Hohepriesterin'."

Die Karte lag sorgfältig auf einem Tisch neben der Leiche, einer jungen Frau, deren leeres Gesicht zum Dach des Parkhauses starrte. Christina spürte, wie ihr Magen sich zusammenzog, doch sie ließ sich nichts anmerken.

„Hat jemand etwas gesehen?" fragte sie und wandte sich an Franz.

„Ein Zeuge hat einen Mann in einem langen Mantel gesehen, der gepfiffen hat, bevor er verschwand."

„Natürlich", sagte Christina und rieb sich die Schläfen. „Unser pfeifender Freund ist wieder da."

Alexander trat näher an die Karte heran und betrachtete sie nachdenklich. „Die Hohepriesterin. Geheimnisse, Intuition... eine Botschaft vielleicht?"

„Ich hasse Nachrichten von Verrückten", murmelte Christina.

„Das ist noch nicht alles", sagte Franz und hielt ihr ein kleines Stück Papier hin.

Christina nahm es und las die handgeschriebenen Worte: *„Ein Schritt näher, Christina. Aber bist du bereit, den Vorhang zu lüften?"*

Sie spürte, wie ihr Puls raste. Zum ersten Mal hatte der Täter sie direkt angesprochen.

Alexander trat näher und las über ihre Schulter. „Das wird persönlich."

„Das war es schon die ganze Zeit", sagte Christina leise.

Ihre Augen trafen sich für einen Moment, und in Alexanders Blick lag etwas, das sie nicht deuten konnte – Sorge, vielleicht? Oder etwas Tieferes? Doch bevor sie weiter darüber nachdenken konnte, riss Franz sie aus ihren Gedanken.

„Was jetzt?"

Christina atmete tief durch und steckte das Papier ein. „Jetzt bringen wir diesen Mistkerl zur Strecke."

Das alte Parkhaus war ein düsterer Monolith aus Beton, der die Kälte des Regens aufzusaugen schien und sie in die Umgebung zurückwarf. Die Geräusche der Stadt klangen hier oben nur wie ein dumpfes Murmeln, und die grellen Blaulichter der Polizeifahrzeuge warfen unruhige Schatten auf die Wände. Christina stand mit verschränkten Armen neben der Leiche, ihre Augen auf die Tarotkarte gerichtet, die sorgfältig auf den Tisch gelegt worden war.

„Die Hohepriesterin", murmelte sie, während der Regen ihre Haare durchnässte. „Ich wünschte, ich könnte das als schlechtes Kunstprojekt abtun."

„Wenn es das wäre, hätte der Künstler sicher eine Einladung zur Biennale", erwiderte Alexander, der neben ihr stand und mit einer Mischung aus Neugier und Sorge auf die Szene blickte.

Die junge Frau, das dritte Opfer, lag mit einer unheimlichen Ruhe da. Ihr Gesicht war von blassem Regenwasser benetzt, das den Eindruck erweckte, als würde sie weinen. Alles an der Szenerie wirkte inszeniert – wie ein Stück, bei dem nur der Täter den Text kannte.

„Die Karte war direkt neben ihr", sagte Franz, der hinter ihnen stand und fröstelnd seinen Notizblock hielt. „Und die Botschaft... die ist eindeutig an dich gerichtet, Christina."

Christina zog das handgeschriebene Papier wieder aus ihrer Tasche. Die Worte darauf brannten sich in ihren Kopf: *„Ein Schritt näher, Christina. Aber bist du bereit, den Vorhang zu lüften?"*

„Es wird immer persönlicher", sagte Alexander leise, als er das Papier erneut überflog.

„Das ist nichts Neues", erwiderte Christina und steckte die Nachricht wieder weg. „Wir wissen schon lange, dass er uns steuert. Aber jetzt spielt er mit Namen. Das ist ein gefährlicher Unterschied."

Franz wirkte nervös. „Glaubst du, er beobachtet uns gerade?"

„Das tut er immer", sagte Christina mit einem bitteren Lächeln. „Jeder Schritt, jedes Wort. Es ist sein Spiel, und wir sind die Figuren."

„Aber warum jetzt?" fragte Alexander, seine Stirn in Falten gelegt. „Warum diese Eskalation?"

Christina warf einen Blick auf die Karte. „Weil er will, dass wir etwas erkennen. Etwas, das wir übersehen haben."

Die Spurensicherung arbeitete in der Nähe, aber Christina konnte spüren, dass alle Blicke immer wieder zu ihr zurückkehrten. Ihre Kollegen sagten nichts, aber sie fühlte die unausgesprochene Frage in der Luft: *Warum bist du die Zielscheibe?*

„Ich brauche einen Kaffee", murmelte sie und ging in Richtung des Einsatzwagens.

Alexander folgte ihr und blieb stehen, als sie sich mit dem Rücken gegen die Tür lehnte.

„Sie wirken... unruhiger als sonst", sagte er vorsichtig.

Christina hob eine Augenbraue. „Sie meinen, weil ich die Hauptrolle in einem wahnsinnigen Mordtheater spiele? Nein, das bringt mich überhaupt nicht aus der Fassung."

Alexander lehnte sich neben sie und blickte in die Dunkelheit des Parkhauses. „Vielleicht sollten wir uns fragen, warum er so fixiert auf Sie ist."

„Vielleicht, weil ich besser bin als er", sagte Christina mit einem schiefen Grinsen.

„Oder weil Sie etwas haben, das er will."

Christina drehte sich zu ihm um, und für einen Moment war da nur der Regen, der auf die Motorhaube prasselte, und das flackernde Blaulicht, das ihre Gesichter in ein unruhiges Licht tauchte.

„Das Problem ist", sagte sie leise, „ich habe keine Ahnung, was das sein könnte."

Plötzlich näherte sich Franz mit einem hektischen Ausdruck. „Christina, du musst das sehen!"

Er hielt ein weiteres Beweisstück hoch – ein kleines, zerknittertes Stück Papier, das offenbar unter dem Tisch gefunden worden war. Christina nahm es vorsichtig entgegen und öffnete es.

Darauf war ein einfacher Satz in derselben präzisen Handschrift: *„Hast du die Wahrheit gesehen, oder nur das, was du sehen wolltest?"*

Alexander trat näher und las mit. „Das ist eine direkte Herausforderung."

„Es ist mehr als das", sagte Christina, ihre Stimme jetzt angespannt. „Es ist ein verdammtes Rätsel. Und ich hasse Rätsel."

Die Polizei hatte begonnen, den Tatort zu räumen, aber Christina blieb stehen, ihre Gedanken rasten. Alexander beobachtete sie aus den Augenwinkeln, sagte jedoch nichts. Er wusste, dass sie sich zurückziehen musste, um zu verarbeiten, was gerade passiert war.

Schließlich drehte sie sich zu ihm um. „Wir müssen zurück ins Revier. Irgendwo in diesen Akten gibt es eine Antwort, und ich werde sie finden."

„Ich bin bei Ihnen", sagte Alexander ruhig.

„Natürlich sind Sie das", erwiderte Christina mit einem Hauch von Sarkasmus, obwohl sie insgeheim froh war, dass er es war.

Als sie zum Auto gingen, fiel ihr Blick ein letztes Mal auf die Tarotkarte und die Botschaft. Etwas an der Kombination ließ sie frösteln, aber sie konnte es nicht ganz in Worte fassen.

„Das ist noch nicht vorbei", murmelte sie, während sie den Motor startete.

„Das war es nie", antwortete Alexander, und seine Stimme war so ruhig, dass es fast beruhigend war.

Doch Christina wusste, dass das Schlimmste noch kommen würde.

Kapitel 8

Das Verhörzimmer war so kühl und steril wie immer, aber die Spannung darin war fast greifbar. Christina saß am Tisch, ihre Beine lässig übereinandergeschlagen, während sie den Verdächtigen fixierte. Gegenüber saß ein Mann mittleren Alters, dessen verschwitzte Stirn und nervöses Zucken eindeutig zeigten, dass er nicht gerne hier war. Alexander lehnte lässig an der Wand, doch Christina bemerkte sofort, dass etwas an ihm anders war.

„Herr Neubauer", begann Christina mit ihrer gewohnt trockenen Stimme, „Sie behaupten also, Sie hätten in der Nacht des Mordes am Tatort nichts zu suchen gehabt?"

„Das stimmt! Ich war… ich war zu Hause", stammelte Neubauer und wischte sich die Stirn mit einem Taschentuch ab, das schon bessere Tage gesehen hatte.

„Natürlich waren Sie das", sagte Christina süffisant. „Und der Mond war aus Käse. Wollen Sie uns vielleicht noch erzählen, dass Sie die Leiche nur zufällig gefunden haben?"

Alexander, der bisher still geblieben war, trat plötzlich vor. Seine Stimme, normalerweise ruhig und kontrolliert, klang jetzt ungewöhnlich scharf. „Hören Sie, Neubauer, wir wissen, dass Sie etwas verbergen. Ihre Fingerabdrücke wurden am Tatort gefunden. Also, warum machen Sie es sich nicht einfacher und erzählen uns die Wahrheit?"

Christina hob eine Augenbraue. Diese ungewohnte Härte war neu. Alexander war normalerweise der geduldige, analytische Typ, der lieber mit psychologischen Tricks arbeitete. Doch jetzt wirkte er fast... emotional.

„Ich schwöre, ich habe nichts getan!" rief Neubauer und wirkte, als würde er gleich in Tränen ausbrechen. „Ich habe die Frau nicht einmal gekannt!"

„Interessant", sagte Christina und ließ sich nach vorne lehnen. „Sie kennen sie nicht, aber Ihr Name steht in ihren alten Tagebüchern. Zufall?"

Neubauers Gesicht wurde noch bleicher, was keine kleine Leistung war. „Das... das muss ein Fehler sein! Ich habe keine Ahnung, wie mein Name da reingekommen ist!"

Alexander trat näher, seine Augen verengt. „Haben Sie vielleicht jemandem geholfen? Jemandem, der Sie benutzt hat, um Spuren zu verwischen?"

„Ich... nein... vielleicht..." Neubauer stotterte, bevor er plötzlich wie aus einer Kanone geschossen hervorsprudelte: „Es war nicht meine Schuld! Ich wusste nicht, was er vorhatte!"

Christina spürte, wie ihr Herz schneller schlug. „Wer ist ‚er', Herr Neubauer? Wen meinen Sie?"

Doch bevor er antworten konnte, hielt Neubauer inne, als hätte er etwas erkannt. Seine Augen wanderten zu Alexander, und eine seltsame Mischung aus Angst und Erleichterung huschte über sein Gesicht.

„Sie... Sie waren doch auch dort, oder?" fragte er, seine Stimme ein Flüstern.

Alexander erstarrte, und für einen Moment wirkte es, als hätte jemand die Luft aus dem Raum gezogen. Christina sah ihn an, ihre Augen verengt.

„Was soll das heißen?" fragte sie scharf.

„Ich... ich dachte nur..." Neubauer verstummte und rutschte unbehaglich auf seinem Stuhl herum. „Vielleicht habe ich mich geirrt."

„Das hoffe ich für Sie", sagte Christina eisig. Sie lehnte sich zurück und ließ Neubauer kurz zappeln, bevor sie weitersprach. „Haben Sie ein Alibi für die Nacht?"

„Ja! Ja, ich war mit meiner Freundin zusammen! Wir haben... äh... Netflix geschaut."

„Netflix", wiederholte Christina trocken. „Der sicherste Ort für Kriminelle seit 2012."

Alexander schüttelte leicht den Kopf, als hätte er versucht, einen Gedanken zu vertreiben, und trat zurück in den Schatten des Raumes. Christina registrierte seine plötzliche Zurückhaltung, sagte jedoch nichts. Neubauer wurde in der Zwischenzeit von einem Beamten hinausgeführt, während Christina und Alexander allein zurückblieben.

„Was war das?" fragte sie schließlich, ihre Augen auf ihn gerichtet.

„Was war was?" Alexander sah sie an, als wüsste er nicht, wovon sie sprach.

„Ihre Reaktion", sagte Christina und stand auf. „Sie waren ungewöhnlich... aggressiv. Und dann das mit Neubauer. Was sollte das?"

Alexander hielt ihren Blick stand, aber sie konnte sehen, dass etwas unter der Oberfläche brodelte. „Vielleicht bin ich einfach müde, Kommissarin. Dieser Fall zerrt an uns allen."

„Müde?" Christina verschränkte die Arme. „Oder vielleicht gibt es etwas, das Sie mir nicht sagen?"

„Vielleicht sollten wir uns auf den Fall konzentrieren", sagte Alexander kühl.

„Das tue ich. Aber ich habe das Gefühl, dass der Fall jetzt direkt hier im Raum ist."

Für einen Moment war die Spannung zwischen ihnen so stark, dass Christina schwören konnte, sie hätte die Funken sehen können. Doch dann wandte Alexander den Blick ab und ging zur Tür.

„Lassen Sie uns weiterarbeiten", sagte er, bevor er den Raum verließ.

Christina blieb allein zurück, ihre Gedanken ein Wirrwarr. Etwas an Alexanders Verhalten stimmte nicht, aber sie konnte noch nicht sagen, was es war. Doch eines wusste sie sicher: Sie würde es herausfinden.

Das Archiv des Rothenburger Polizeipräsidiums hatte den Charme eines verstaubten Dachbodens. Zwischen den endlosen Regalen aus grauem Metall stapelten sich Aktenordner, Kartons und ein eigenartiger Geruch, der irgendwo zwischen feuchtem Papier und einer vergessenen Mittagspause lag. Christina saß mit verschränkten Armen an einem kleinen Tisch, vor sich einen Berg alter Fallakten, während Alexander mit der stoischen Ruhe eines Archäologen in einer Kiste wühlte.

„Wissen Sie, was ich an Archiven hasse?" begann Christina und nahm einen Bissen von ihrem Sandwich, das sie aus der Kantine mitgebracht hatte.

„Dass sie Ihre Geduld auf die Probe stellen?" fragte Alexander, ohne aufzusehen.

„Dass sie mir das Gefühl geben, ich hätte in einem früheren Leben etwas Schreckliches getan und werde jetzt dafür bestraft."

Alexander schmunzelte und zog ein vergilbtes Dokument aus der Kiste. „Vielleicht haben Sie in einem früheren Leben tatsächlich Verbrechen aufgeklärt und zahlen jetzt die karmischen Schulden."

Christina schnaubte. „Karmische Schulden? Das klingt nach etwas, das meine Tante Hilda sagen würde."

„Ihre Tante ist eine kluge Frau", bemerkte Alexander trocken, während er das Dokument durchblätterte.

„Kluge Frauen sitzen nicht in Archiven und suchen nach Hinweisen, während irgendwo ein Verrückter pfeifend durch die Stadt läuft."

„Vielleicht sitzen kluge Frauen genau deshalb hier", sagte Alexander und reichte ihr das Dokument. „Schauen Sie sich das an."

Christina nahm das Papier und las es schnell durch. Es handelte sich um einen Bericht über ein altes Ermittlungsverfahren – ein Zwischenfall in einer psychiatrischen Klinik vor fünfzehn Jahren.

„Das ist Sophies Vater", sagte sie und legte das Dokument auf den Tisch. „Er war damals involviert. Und sehen Sie das hier?" Sie zeigte auf eine handschriftliche Notiz am Rand: *„Projekt Sternenlicht. Weitere Untersuchung nötig."*

„Projekt Sternenlicht", wiederholte Alexander nachdenklich. „Das taucht immer wieder auf. Es muss etwas bedeuten."

„Ja, dass wir in die Tiefen eines Science-Fiction-Films geraten sind", murmelte Christina und griff nach einem weiteren Aktenordner.

„Oder dass Sophie etwas entdeckt hat, das zu gefährlich war, um ans Licht zu kommen."

Christina hielt inne und blickte ihn an. „Glauben Sie wirklich, dass es eine Verbindung zwischen ihrem Verschwinden und diesen aktuellen Morden gibt?"

„Es gibt zu viele Überschneidungen, um sie zu ignorieren."

Die beiden arbeiteten schweigend weiter, das Rascheln von Papier und das gelegentliche Knistern eines alten Aktenordners die einzigen Geräusche im Raum. Doch die Stille war nicht unangenehm; sie war durchzogen von einer intensiven Konzentration, die mehr sagte als Worte.

„Sie wirken heute besonders schweigsam", bemerkte Christina schließlich, ohne von ihrer Akte aufzusehen.

Alexander zögerte einen Moment, bevor er antwortete. „Vielleicht, weil es zu viel zu sagen gibt."

„Das klingt verdächtig nach einer tiefgründigen Antwort", sagte sie und legte ihre Akte zur Seite. „Haben Sie vor, mich damit aus dem Konzept zu bringen?"

„Vielleicht." Er lächelte leicht, bevor er ihr einen weiteren Bericht hinlegte.

Christina nahm das Dokument und bemerkte, dass ihre Finger sich kurz berührten. Es war ein flüchtiger Moment, fast nichts, und doch bemerkte sie, wie ihre Haut prickelte. Sie sah auf, und ihre Augen trafen sich mit seinen.

„Was?" fragte sie schließlich, ihre Stimme leiser als beabsichtigt.

„Nichts", sagte er und wandte den Blick ab. Doch die Spannung in der Luft war nicht mehr zu leugnen.

„Das dachte ich mir", murmelte Christina und konzentrierte sich wieder auf den Bericht, obwohl sie spürte, dass ihre Gedanken woanders waren.

Plötzlich stieß Alexander einen kleinen Laut aus. „Das hier... sehen Sie sich das an."

Christina lehnte sich über den Tisch, um das Dokument zu betrachten. Es war ein handgeschriebener Brief, datiert auf wenige Wochen vor Sophies Verschwinden. Die Schrift war elegant, aber eilig, und die Worte waren eindeutig an einen „Dr. K." gerichtet.

„Die Wahrheit darf nicht ans Licht kommen. Es gibt zu viele, die nicht bereit sind, sie zu verstehen. Treffen wir uns an unserem üblichen Ort."

„Dr. K.", wiederholte Christina. „Das muss Sophies Vater sein. Aber was wollte er verbergen?"

„Vielleicht genau das, was sie gefunden hat", sagte Alexander leise.

Das Geräusch von knarrenden Dielen unterbrach ihre Konzentration. Christina sah auf und bemerkte, wie ein Kollege neugierig durch die Tür lugte.

„Alles in Ordnung?" fragte der junge Beamte, offensichtlich neugierig auf das, was sie hier trieben.

„Alles bestens", sagte Christina scharf. „Gehen Sie und retten Sie die Welt woanders."

Der Kollege verschwand hastig, und Christina schüttelte den Kopf. „Manchmal frage ich mich, ob ich mit einem Kindergarten arbeite."

„Vielleicht brauchen sie einfach eine starke Führung", sagte Alexander und schenkte ihr ein amüsiertes Lächeln.

„Dann haben sie sich definitiv die falsche Person ausgesucht", sagte Christina, aber ihr Lächeln verriet das Gegenteil.

Als die beiden weitermachten, spürte Christina, dass sie dem Fall näherkamen – und gleichzeitig, dass die Verbindung zwischen ihr und Alexander auf eine Weise wuchs, die sie nicht erwartet hatte. Sie wollte ihn fragen, was ihn so zu beschäftigen schien, doch sie wusste, dass die Antwort vielleicht zu viel verändern würde.

Stattdessen griff sie nach einer weiteren Akte und sagte mit einem Hauch von Ironie: „Na dann, Herr Doktor, lassen Sie uns sehen, wie tief das Kaninchenloch wirklich geht."

Alexander lehnte sich zurück und sah sie mit einem Blick an, der mehr sagte, als Worte es jemals könnten. „Ich denke, wir stehen erst am Anfang."

Das Café „Zum goldenen Engel" war so etwas wie das Herz der Stadt, auch wenn es an diesem Nachmittag eher den Charme einer leeren Bühne hatte. Die meisten Tische waren unbesetzt, und nur die vertraute Gestalt von Gerda Meyer bewegte sich mit der Eleganz einer ehemaligen Opernsängerin durch den Raum, während sie mit einem Tuch eine makellose Theke polierte.

„Ah, meine Lieblingspolizistin und ihr geheimnisvoller Schatten!" rief Gerda, als Christina und Alexander eintraten. „Was verschlägt euch in meine kleine Festung der Ruhe?"

„Wir brauchen Informationen, Gerda", sagte Christina und setzte sich an ihren üblichen Platz in der Ecke. „Und vielleicht auch einen Kaffee, der nicht wie Druckertinte schmeckt."

Gerda hob eine Augenbraue und schob eine Locke aus ihrem Gesicht. „Informationen? Ich bin doch kein Klatschblatt."

„Nein, aber du bist jemand, der mehr über diese Stadt weiß, als er vorgibt." Christina lächelte süffisant. „Und außerdem hast du die besten Ohren für Gespräche."

„Nun, wenn du es so formulierst..." Gerda schenkte beiden eine Tasse Kaffee ein, setzte sich und lehnte sich verschwörerisch nach vorne. „Was wollt ihr wissen?"

„Wir suchen nach jemandem, der mit Sophie Baumann in Verbindung stand", erklärte Alexander und zog das Dokument mit dem Hinweis auf „Dr. K." hervor. „Hast du jemals von einem geheimen Treffen an einem ‚üblichen Ort' gehört?"

Gerda runzelte die Stirn, während sie das Dokument betrachtete. „Das könnte alles und nichts bedeuten. Aber..." Sie machte eine dramatische Pause.

„Aber was?" drängte Christina.

„Ich erinnere mich an etwas", sagte Gerda, während sie aufstand und zu einem Regal ging, das mit alten Notizbüchern gefüllt war. „Vor Jahren – ich spreche von über einem Jahrzehnt – kamen immer wieder Leute hierher, die sich seltsam verhielten. Sie hatten Meetings im Hinterzimmer und bestellten nie mehr als einen Espresso."

„Klingt nach einem schlechten Mafiafilm", murmelte Christina.

„Oder einem perfekten Ort für geheime Absprachen", ergänzte Alexander, seine Stimme ruhig.

Gerda zog ein altes, abgenutztes Notizbuch aus dem Regal und blätterte durch die Seiten. „Hier. Ich habe die Namen aufgeschrieben, die ich damals gehört habe."

Christina nahm das Notizbuch und las die Namen. Die meisten sagten ihr nichts, aber einer sprang ihr sofort ins Auge: *„Dr. Klaus K. – Psychiatrische Klinik Rothenburg."*

„Das ist er", sagte sie und zeigte Alexander den Eintrag.

„Sophie hat also möglicherweise versucht, ihn zu treffen, bevor sie verschwand", sagte Alexander nachdenklich.

In diesem Moment öffnete sich die Tür, und Klaus Bauer, der allgegenwärtige Journalist, trat ein. Sein Mantel war durchnässt vom Regen, und er hatte ein triumphierendes Lächeln im Gesicht, das Christina sofort misstrauisch machte.

„Was für ein Zufall, euch hier zu sehen", begann Klaus, während er sich direkt zu ihrem Tisch begab.

„Kein Zufall, Klaus", sagte Christina ohne Umschweife. „Du hast uns verfolgt."

„Verfolgt? Ich? Niemals." Klaus zog einen Umschlag hervor. „Aber vielleicht interessiert euch das hier."

Er legte den Umschlag auf den Tisch, und Christina öffnete ihn vorsichtig. Darin befanden sich Fotos – verschwommene Bilder von Menschen, die sich in einem dunklen Raum trafen. Auf einem der Bilder war eindeutig Sophie Baumann zu erkennen, neben einem Mann, dessen Gesicht halb im Schatten verborgen war.

„Woher hast du das?" fragte Christina, ihre Stimme jetzt kühl.

„Meine Quellen sind meine eigenen", sagte Klaus selbstgefällig. „Aber ich dachte, ihr könntet das nützlich finden."

„Das ist das erste Mal, dass du etwas nützlich bist", murmelte Christina und schob die Fotos zu Alexander.

Alexander betrachtete die Bilder mit einer Stirnfalte, die tief genug war, um als Graben durchzugehen. „Das ist unser Mann", sagte er schließlich und deutete auf den Schattenmann.

„Dr. K.", bestätigte Christina. „Aber warum gibst du uns das, Klaus? Was willst du wirklich?"

Klaus grinste. „Vielleicht will ich nur sicherstellen, dass ihr mich nicht übergeht, wenn ihr den großen Durchbruch habt."

„Oder du willst uns dazu bringen, deine Drecksarbeit zu machen", erwiderte Christina und stand auf. „Wie auch immer, danke für die Fotos. Jetzt kannst du gehen."

Klaus zuckte mit den Schultern und ging zur Theke, während Christina sich wieder zu Alexander beugte. „Das wird immer komplizierter. Wir müssen herausfinden, wo diese Treffen stattgefunden haben."

„Gerda", sagte Alexander und wandte sich an die Cafébesitzerin, „hast du eine Ahnung, wo diese Fotos gemacht worden sein könnten?"

Gerda sah sich die Bilder an und nickte langsam. „Das sieht aus wie der Keller des alten Stadthauses. Es wurde seit Jahren nicht mehr benutzt, aber es gibt immer noch einen Zugang von der Rückseite."

Christina und Alexander tauschten einen Blick, der alles sagte. „Das ist unser nächster Halt", sagte Christina entschlossen.

„Viel Glück", sagte Gerda, ihre Stimme fast feierlich. „Aber passt auf euch auf. Das Stadthaus hat schon lange einen schlechten Ruf."

„Großartig", sagte Christina trocken. „Noch ein Ort, der schreit: ‚Betritt mich und stirb'."

„Vielleicht schreit er auch: ‚Betritt mich und finde die Wahrheit'", erwiderte Alexander ruhig.

Christina hob eine Augenbraue. „Sie müssen unbedingt an Ihrer Art arbeiten, Dinge optimistischer klingen zu lassen."

Die beiden verließen das Café, während der Regen noch stärker wurde. Christina spürte, wie die Spannung in der Luft sie fast erdrückte, doch sie wusste, dass sie näher an der Wahrheit waren als je zuvor.

„Das Stadthaus also", sagte sie, als sie ins Auto stieg.

„Und hoffentlich Antworten", erwiderte Alexander, während sie losfuhren.

Der Regen hatte nachgelassen, doch die Straßen glänzten immer noch wie polierte Spiegel, als Christina und Alexander das alte Stadthaus erreichten. Es war ein bedrückendes Bauwerk, dessen dunkle Fensterhöhlen sie wie leere Augen anstarrten. Ein perfekter Ort für alles, was im Schatten gedeihen wollte.

„Wissen Sie, was ich an diesen alten Gebäuden hasse?" fragte Christina, während sie den Wagen parkte und den Motor ausstellte.

„Dass sie mehr Fragen als Antworten bieten?" schlug Alexander vor.

„Dass sie immer schreien: ‚Komm rein, wenn du lebensmüde bist.'" Christina schnappte sich ihre Taschenlampe und stieg aus dem Auto.

Alexander folgte ihr mit einem leicht amüsierten Lächeln. „Ich schätze, das passt zu unserem Beruf."

Die beiden gingen in Deckung hinter einem alten Zaun, der den rückwärtigen Zugang zum Stadthaus halbherzig abschirmte. Die Dunkelheit war dicht, und das einzige Licht kam von einer einsamen Straßenlaterne, die flackernd ihren letzten Atemzug zu nehmen schien.

„Haben Sie etwas gesehen?" flüsterte Christina und richtete ihren Blick auf die schmale Kellertreppe, die in das Gebäude führte.

Alexander schüttelte den Kopf. „Noch nichts. Aber jemand war hier."

Er deutete auf frische Schuhabdrücke im Matsch, die in den Keller führten. Christina kniff die Augen zusammen. „Das sieht vielversprechend aus. Oder wie der Anfang eines schlechten Horrorfilms."

„Vielleicht sollten wir warten und beobachten", schlug Alexander vor.

„Oder wir könnten reingehen und dem Typen sagen, dass wir keine Angst vor ihm haben", sagte Christina sarkastisch. „Das klappt immer so gut."

Alexander warf ihr einen warnenden Blick zu. „Geduld ist manchmal eine Tugend, Kommissarin."

„Geduld ist eine Ausrede für Leute, die zu langsam sind", murmelte Christina, doch sie blieb an ihrer Position.

Die Minuten vergingen quälend langsam, bis schließlich eine Gestalt aus dem Schatten auftauchte. Es war ein Mann mittleren Alters, gekleidet in einen dunklen Mantel, der ihn fast vollständig verschluckte. Er hielt sich kaum länger als einen Moment an der Treppe auf, bevor er sich in Richtung eines dunklen Gangs bewegte.

„Da haben wir ihn", flüsterte Christina.

„Bleiben Sie hier", sagte Alexander.

Christina drehte sich zu ihm um, ihre Augen vor Sarkasmus funkelnd. „Bleiben Sie hier? Wirklich? Haben Sie mich jemals ‚hier' bleiben sehen?"

Bevor Alexander antworten konnte, war Christina bereits in Bewegung. Sie folgte dem Mann mit einer Leichtigkeit, die Alexander gleichzeitig beeindruckte und irritierte. Er eilte ihr hinterher, bemühte sich jedoch, leise zu bleiben.

Die beiden schlichen sich den Gang hinunter, bis sie eine halb geöffnete Tür erreichten, aus der gedämpfte Stimmen drangen. Christina hielt inne, und Alexander blieb dicht hinter ihr stehen.

„Hören Sie etwas?" flüsterte er.

Christina nickte. „Etwas über Sterne. Und Licht. Das übliche Sektenzeugs."

Plötzlich knackte unter Alexanders Fuß ein kleines Stück Kies, und die Stimmen verstummten. Christina warf ihm einen vernichtenden Blick zu.

„Fantastisch", murmelte sie. „Vielleicht treten Sie auch noch in eine Sirene."

Bevor Alexander antworten konnte, öffnete sich die Tür abrupt, und der Mann von vorhin stürzte hinaus, seine Augen weit aufgerissen vor Panik.

„Stop! Polizei!" rief Christina und stürmte hinter ihm her.

Die Verfolgungsjagd war kurz, aber intensiv. Der Mann rannte wie ein gejagtes Tier, doch Christina holte ihn schließlich ein und warf ihn zu Boden. Alexander war direkt hinter ihr und half, den Mann zu fixieren.

„Lassen Sie mich los!" keuchte der Mann. „Ich habe nichts getan!"

„Ja, ja, das sagen sie alle", murmelte Christina und zog ihm Handschellen an.

Doch bevor sie weitere Fragen stellen konnten, ertönte ein leises Klicken aus der Dunkelheit. Christina spürte, wie ihr Herz schneller schlug, als sie den Lauf einer Pistole bemerkte, der auf sie gerichtet war.

„Das war's, Christina", sagte eine vertraute Stimme.

Klaus Bauer trat aus dem Schatten, die Waffe fest in der Hand. Seine Augen waren kalt und entschlossen, und sein übliches selbstgefälliges Grinsen war verschwunden.

„Klaus?" sagte Christina, ihre Stimme vor Überraschung und Zorn gleichermaßen geladen. „Was zum Teufel machen Sie hier?"

„Ich könnte Ihnen dieselbe Frage stellen", erwiderte Klaus. „Aber es spielt keine Rolle. Sie sind zu weit gegangen."

„Zu weit gegangen?" wiederholte Christina und warf ihm einen bitteren Blick zu. „Sie laufen mit einer Waffe herum, und ich bin zu weit gegangen?"

Alexander trat einen Schritt zur Seite, seine Bewegungen langsam und bedächtig. „Klaus, was auch immer Sie denken, das hier ist nicht der richtige Weg."

„Oh, glauben Sie das wirklich?" Klaus' Stimme war voller Verachtung. „Es ist der einzige Weg. Niemand versteht, was hier auf dem Spiel steht."

Christina wusste, dass sie Zeit gewinnen musste. „Okay, Klaus. Warum erzählen Sie es uns nicht? Vielleicht überzeugen Sie uns."

„Weil es nichts mehr zu erzählen gibt", sagte Klaus und spannte den Abzug.

In diesem Moment stürzte Alexander sich auf ihn, und die Waffe ging los. Der Schuss hallte durch die dunkle Gasse, doch Alexander gelang es, Klaus zu entwaffnen. Christina trat vor und schlug Klaus zu Boden, bevor sie die Waffe sicherte.

„Das war knapp", sagte Christina, ihre Stimme jetzt zittriger als sie wollte.

Alexander richtete sich auf, sein Atem schwer. „Ich glaube, wir haben genug Action für einen Abend."

„Das nächste Mal bleiben wir bei Kaffee und Donuts", murmelte Christina, während sie Klaus' Hände fesselte.

Die Polizei traf ein, um die Szene zu sichern, doch Christina wusste, dass dies nur der Anfang war. Klaus' Beteiligung war ein Puzzlestück, aber das vollständige Bild war noch immer nicht klar.

Während sie den Tatort verließ, warf sie Alexander einen kurzen Blick zu. „Sie sind ein ziemlich guter Schutzengel, Herr Doktor."

Alexander lächelte schwach. „Und Sie sind ein ziemlich guter Teufel, Kommissarin."

Die beiden tauschten ein kurzes Lächeln, bevor sie wieder in die Dunkelheit gingen – auf der Suche nach der Wahrheit, die ihnen noch immer entglitt.

Kapitel 9

Das Büro war in das typische Chaos eines Montagmorgens getaucht: hektische Schritte, klingelnde Telefone und der unverkennbare Geruch von zu starkem Kaffee. Christina saß an ihrem Schreibtisch und blätterte durch Berichte, während sie gedanklich bereits an ihrer zweiten Tasse arbeitete. Alexander stand in einer Ecke, wie immer ungerührt, und beobachtete die Szene mit einem Ausdruck, der irgendwo zwischen amüsiert und abwesend lag.

„Morgenbesprechung in fünf Minuten!" rief Kommissar Schmidt und winkte mit einer Mappe, bevor er in seinem Büro verschwand.

„Wie motivierend", murmelte Christina und griff nach ihrer Tasse. „Ich wette, er hat wieder einen dieser ‚Inspirationskalender' gelesen."

Franz tauchte plötzlich auf, sein Gesicht vor Aufregung gerötet. Er hielt ein paar Ausdrucke in der Hand, die er wie ein Schatz präsentierte.

„Christina! Sie müssen das sehen!"

„Franz, es ist Montagmorgen. Wenn es keine Gratis-Donuts gibt, will ich es nicht sehen."

„Es ist wichtig!" Franz knallte die Ausdrucke auf den Tisch. Christina beugte sich vor, während Alexander mit einem scharfen Blick auf das Papier trat.

„Das sind Berichte von einem Labor", erklärte Franz. „DNA-Analysen vom Tatort. Wir haben eine Übereinstimmung gefunden."

Christina zog die Papiere näher zu sich und las die Ergebnisse. Ihr Gesichtsausdruck wurde ernst. „Das ist unmöglich."

„Was ist unmöglich?" fragte Alexander, seine Stimme ruhig, aber seine Haltung angespannt.

„Die DNA gehört jemandem, der seit Jahren tot ist." Christina hielt das Papier hoch. „Dr. Klaus K. wurde vor fünf Jahren offiziell für tot erklärt."

Alexander blieb still, aber Christina bemerkte, wie seine Kiefer sich anspannten.

„Könnte es ein Fehler sein?" fragte Franz.

„Oder eine absichtliche Irreführung", murmelte Alexander, fast mehr zu sich selbst.

„Was meinen Sie damit?" fragte Christina und sah ihn scharf an.

Alexander zögerte einen Moment, bevor er antwortete. „Vielleicht hat jemand seine Identität benutzt, um falsche Spuren zu legen."

„Oder vielleicht", erwiderte Christina, „ist er nie wirklich gestorben."

Die Worte hingen in der Luft, und für einen Moment schien die Welt stillzustehen.

„Das ist eine kühne Theorie", sagte Alexander schließlich, aber seine Stimme klang nicht überzeugt.

Der Kommissar betrat den Raum, und die Besprechung begann. Franz präsentierte seine Erkenntnisse mit der Energie eines Welpen, der gerade ein neues Spielzeug entdeckt hatte. Doch Christina konnte sich nicht auf die Diskussion konzentrieren.

Ihr Blick wanderte immer wieder zu Alexander, der ungewöhnlich still war. Es war nicht nur die Sache mit der DNA – irgendetwas schien ihn wirklich zu beschäftigen.

„Also, was denken Sie, Christina?" fragte der Kommissar plötzlich und riss sie aus ihren Gedanken.

„Ich denke, dass wir alle auf die falsche Spur geführt werden", sagte sie und lehnte sich zurück. „Aber wer auch immer das tut, hat einen verdammt guten Plan."

Nach der Besprechung zog Christina Alexander beiseite. „Okay, Herr Doktor. Was geht Ihnen durch den Kopf?"

„Nichts, was ich Ihnen nicht bereits gesagt hätte", antwortete er ausweichend.

„Das glaube ich nicht." Christina verschränkte die Arme. „Sie verhalten sich seit Tagen seltsam. Und jetzt diese DNA-Übereinstimmung? Es ist, als ob Sie mehr wissen, als Sie sagen."

Alexander hielt ihrem Blick stand, aber seine Augen verrieten, dass er mit etwas kämpfte. „Ich denke, dass wir vorsichtig sein sollten, bevor wir voreilige Schlüsse ziehen."

„Das klingt wie eine elegante Art, nichts zu sagen."

Bevor Christina weiter drängen konnte, erschien Franz wieder und unterbrach sie. „Wir haben eine Adresse gefunden! Es gibt einen Zeugen, der möglicherweise etwas über Dr. K. weiß."

„Dann fahren wir hin", sagte Christina und griff nach ihrer Jacke.

Alexander folgte ihr schweigend, aber sie konnte fühlen, dass er ihr etwas verheimlichte. Was auch immer es war, sie würde es herausfinden – früher oder später.

Die Fahrt zum Zeugen begann mit einer bedrückenden Stille, die nur vom Summen des Motors und dem gelegentlichen Plätschern des Regens unterbrochen wurde. Christina saß hinter dem Steuer, ihre Hände fest um das Lenkrad gekrallt, während Alexander auf dem Beifahrersitz saß und aus dem Fenster starrte.

„Das ist ja mal eine angenehme Stille", murmelte Christina schließlich, ihre Stimme mit Ironie getränkt. „Fast wie ein romantischer Roadtrip, nur ohne die Romantik."

Alexander wandte den Kopf zu ihr. „Vielleicht sollten wir die Stille nutzen, um nachzudenken."

„Nachdenken? Darüber, wie Sie mir ständig etwas verheimlichen?" Christina warf ihm einen kurzen, scharfen Blick zu.

Alexander seufzte. „Ich habe Ihnen nichts verheimlicht, Christina."

„Oh, natürlich nicht." Ihre Stimme war vor Sarkasmus triefend. „Das erklärt, warum Sie jedes Mal so aussehen, als hätten Sie einen Geist gesehen, wenn wir etwas über Dr. K. erfahren."

„Vielleicht bin ich einfach ein Freund von Geistern", erwiderte Alexander trocken.

„Vielleicht sind Sie einer", schoss Christina zurück.

Die Spannung im Auto war so dicht, dass man sie hätte schneiden können.

Die Straße führte sie tiefer in eine abgelegene Gegend, vorbei an Feldern und alten Scheunen, die im Nebel kaum zu erkennen waren.

„Sie wissen, dass ich das irgendwann aus Ihnen herausbekomme, oder?" sagte Christina und hielt ihre Augen fest auf die Straße gerichtet.

„Ich bezweifle nicht Ihre Hartnäckigkeit", sagte Alexander, ein schwaches Lächeln auf den Lippen.

„Gut. Denn ich werde nicht locker lassen."

Ein plötzlicher Schlag ließ das Auto kurz erzittern. Christina bremste scharf und brachte den Wagen zum Stehen.

„Was war das?" fragte Alexander und blickte alarmiert aus dem Fenster.

Christina schüttelte den Kopf. „Keine Ahnung. Vielleicht ein Ast. Vielleicht ein Versuch des Universums, mich noch mehr zu ärgern."

Die beiden stiegen aus, und Christina leuchtete mit einer Taschenlampe unter das Auto. Dort lag etwas, das wie ein kleines Metallstück aussah – halb verbogen und mit Schmutz bedeckt.

„Das sieht nicht aus wie ein Ast", sagte Alexander und bückte sich, um es aufzuheben.

Christina betrachtete das Metallstück genauer. Es war alt, aber an einer Seite war eine Gravur zu erkennen: *„Klinik Rothenburg – Zugang 4A."*

„Das ist... interessant", sagte sie langsam.

„Interessant ist eine Untertreibung", erwiderte Alexander. „Was macht etwas wie das hier mitten auf der Straße?"

„Vielleicht möchte uns jemand eine Botschaft senden", murmelte Christina und steckte das Stück ein. „Aber ich mag es nicht, wenn man versucht, mich zu manipulieren."

Zurück im Auto war die Spannung weniger feindselig, aber nicht minder intensiv. Christina startete den Wagen, und die Fahrt ging weiter, doch diesmal sprach keiner von beiden.

„Sie denken darüber nach, was das Metallstück bedeutet", sagte Alexander schließlich.

„Und Sie denken darüber nach, wie Sie Ihre Geheimnisse weiterhin bewahren können", erwiderte Christina.

„Vielleicht", sagte er leise, „versuche ich nur, Sie zu schützen."

Christina lachte trocken. „Schützen? Vor wem? Vor Ihnen?"

Sie hielten schließlich vor einem alten Landhaus, dessen Fassade den Anschein erweckte, als würde sie sich jeden Moment auflösen. Der Zeuge, ein älterer Mann namens Herr Reuther, öffnete die Tür mit einer Mischung aus Misstrauen und Neugier.

„Polizei?" fragte er, seine Augen zwischen Christina und Alexander hin- und herwandernd.

„Nicht ganz", sagte Christina und zeigte ihren Ausweis. „Wir suchen nach Informationen über Dr. Klaus K. Sie kennen ihn?"

Reuther zögerte, bevor er nickte. „Ja. Aber warum interessiert Sie ein Mann, der seit Jahren tot ist?"

Christina zog das Metallstück hervor und hielt es ihm hin. „Weil wir glauben, dass er nicht so tot ist, wie er sein sollte."

Reuther schien zu erbleichen, seine Hände zitterten leicht. „Das... das ist nicht möglich."

„Sie wären überrascht, was alles möglich ist", sagte Christina und trat einen Schritt näher. „Also, Herr Reuther. Erzählen Sie uns, was Sie wissen."

Der Mann schien zu kämpfen, bevor er schließlich einen tiefen Atemzug nahm. „Dr. K. war ein Genie, aber auch ein Mann, der sich mit Dingen beschäftigt hat, die er nicht verstehen sollte. Sternenlicht... es war mehr als ein Projekt. Es war eine Obsession."

„Was meinen Sie damit?" fragte Alexander, seine Stimme jetzt eindringlich.

Reuther sah ihn an, und Christina bemerkte, wie eine seltsame Spannung zwischen den beiden entstand, fast als würde Reuther Alexander erkennen.

„Sternenlicht war kein wissenschaftliches Projekt", sagte Reuther. „Es war... etwas anderes. Etwas Gefährliches."

„Gefährlich wie?" drängte Christina, doch Reuther schüttelte den Kopf.

„Ich kann nicht mehr sagen. Wenn ich das tue..." Er brach ab und trat einen Schritt zurück. „Sie sollten gehen. Und vergessen, dass Sie hier waren."

„Das werden wir nicht tun", sagte Christina fest. „Wir werden nicht aufgeben, bis wir die Wahrheit herausfinden."

Als sie das Haus verließen, fühlte sich die Luft schwerer an. Christina warf Alexander einen Seitenblick zu. „Gut, Herr Doktor. Was war das?"

„Was meinen Sie?"

„Er hat Sie angesehen, als würde er Sie kennen. Und Sie haben keinen Ton gesagt."

Alexander schwieg, und Christina konnte sehen, dass er erneut mit sich rang. Doch bevor sie weiter fragen konnte, vibrierte ihr Handy.

Eine Nachricht von Franz: „*Notfall. Kommen Sie sofort ins Revier.*"

Christina seufzte. „Natürlich. Es kann nie einfach sein."

Sie stiegen ins Auto, und die Fahrt zurück verlief in angespannter Stille. Christina wusste, dass etwas Großes vor sich ging – nicht nur im Fall, sondern auch zwischen ihr und Alexander.

Und sie war entschlossen, beide Rätsel zu lösen.

Das Haus von Tante Hilda war wie immer ein Ort, an dem die Zeit stehen geblieben zu sein schien. Der Duft von frischem Apfelstrudel wehte durch den Raum, und das sanfte Knistern des Kaminfeuers sorgte für eine trügerische Gemütlichkeit. Christina betrat die Küche mit Alexander im Schlepptau, der den Raum mit einem Blick musterte, als sei er in ein Kuriositätenkabinett geraten.

„Ah, meine Lieben!" rief Hilda fröhlich und wischte sich die Hände an ihrer bunten Schürze ab. „Kommt, setzt euch! Das Essen ist fast fertig."

„Tante Hilda, wir sind nicht hier, um zu essen", sagte Christina, ließ sich aber dennoch an den Tisch fallen. „Wir brauchen... Antworten."

„Antworten? Pfft!" Hilda winkte ab. „Ihr braucht vor allem etwas Gutes zu essen. Antworten kommen später besser."

„Ich mag ihre Prioritäten", murmelte Alexander, während er Platz nahm.

„Natürlich tun Sie das", erwiderte Christina trocken. „Sie mögen alles, was mich davon abhält, Ihnen unangenehme Fragen zu stellen."

„Du solltest nicht so hart zu ihm sein", sagte Hilda, während sie Teller mit dampfendem Strudel auf den Tisch stellte. „Vielleicht hat er ein gutes Herz, das du nur noch nicht sehen kannst."

„Das hoffe ich", sagte Christina und sah Alexander mit einem scharfen Blick an. „Sonst werde ich es irgendwann in seinem Bericht sezieren müssen."

Hilda setzte sich schließlich zu ihnen und zog ihr Tarot-Deck hervor, das sie immer in der Nähe hatte. „Gut, lasst uns sehen, was die Karten heute sagen."

„Nein, Hilda", protestierte Christina sofort. „Wir brauchen keine Karten, wir brauchen Fakten."

„Manchmal sind die Karten näher an der Wahrheit, als du denkst", sagte Hilda mit einem schelmischen Lächeln und begann, die Karten zu mischen.

Alexander lehnte sich zurück, ein amüsiertes Glitzern in seinen Augen. „Ich bin gespannt. Vielleicht haben die Karten tatsächlich etwas Interessantes zu sagen."

Hilda zog die erste Karte und legte sie mit einer langsamen, dramatischen Bewegung auf den Tisch: *„Der Narr"*.

„Natürlich", sagte Christina und rollte mit den Augen. „Weil das perfekt zu meinem Tag passt."

„Der Narr ist nicht nur ein Narr, meine Liebe", erklärte Hilda ernst. „Er steht für Neuanfänge, aber auch für Risiken. Du stehst am Rand eines Abgrunds, Christina. Der nächste Schritt ist entscheidend."

„Fantastisch", sagte Christina sarkastisch. „Noch mehr Druck. Genau das, was ich brauche."

Die nächste Karte war *„Der Turm"*, und Hilda wurde merklich ernster. „Gefahr", sagte sie leise. „Eine plötzliche Veränderung. Etwas wird zerstört, damit etwas Neues entstehen kann."

„Das ist immer so ermutigend", murmelte Christina und starrte auf die Karte.

Die dritte Karte war „*Der Magier*", und Hilda hielt inne, bevor sie sprach. „Manipulation. Jemand in deinem Umfeld spielt ein doppeltes Spiel."

Christina warf Alexander einen schnellen Blick zu, doch er blieb ruhig und ungerührt.

„Das ist ja alles sehr aufbauend", sagte Christina schließlich und stand auf. „Aber ich glaube, ich ziehe es vor, meinen Abgrund mit Beweisen statt mit Karten zu konfrontieren."

„Die Karten zeigen nur, was du vielleicht nicht sehen willst", sagte Hilda und legte die Hand auf ihre Schulter. „Pass auf dich auf, meine Liebe. Und auf ihn."

Hilda sah Alexander an, ihre Augen schienen für einen Moment tiefer zu blicken, als es möglich schien. Alexander hielt ihrem Blick stand, sagte jedoch nichts.

Als sie das Haus verließen, herrschte eine seltsame Stille zwischen ihnen. Christina setzte sich hinter das Steuer und startete den Wagen.

„Also", begann sie schließlich, „was denken Sie? Sind die Karten Unsinn, oder ist meine Tante die deutsche Version von Nostradamus?"

„Ich glaube, dass die Wahrheit oft irgendwo dazwischen liegt", sagte Alexander nachdenklich.

„Natürlich glauben Sie das." Christina grinste schief. „Das ist Ihre Standardantwort auf alles."

„Vielleicht", sagte Alexander, sein Tonfall leicht herausfordernd. „Aber wenn jemand in Ihrem Umfeld wirklich ein doppeltes Spiel spielt, sollten Sie vorsichtig sein."

Christina warf ihm einen schnellen Blick zu. „Das könnte genauso gut für Sie gelten."

„Vielleicht", sagte er leise, doch seine Augen verrieten nichts.

Die Fahrt zurück zum Revier war angespannt, und Christina konnte das Gefühl nicht abschütteln, dass die Karten mehr als nur Zufall gewesen waren.

Die Dämmerung legte sich wie ein schwerer Schleier über die Stadt, während Christina ihre Wohnungstür aufschloss. Der Tag hatte sich wie eine unendliche Aneinanderreihung von Rätseln und Frustrationen angefühlt, und der Gedanke an ein heißes Bad und ein Glas Wein war das Einzige, was sie noch aufrecht hielt.

Doch sobald sie die Tür öffnete, spürte sie, dass etwas nicht stimmte. Die Luft war schwer, als wäre jemand hier gewesen. Ihr Instinkt setzte ein, und sie griff nach der Pistole in ihrer Tasche.

„Wenn Sie ein Einbrecher sind, dann hoffe ich, Sie haben auch geputzt", rief sie in die Dunkelheit und schaltete das Licht an.

Nichts bewegte sich. Die Wohnung schien leer, aber das flaue Gefühl in ihrem Magen blieb.

Sie trat vorsichtig ein, ihre Waffe vor sich haltend. Die Stille war fast ohrenbetäubend, unterbrochen nur vom Ticken der Küchenuhr. Alles schien an seinem Platz zu sein, doch als sie ins Wohnzimmer ging, bemerkte sie eine kleine Karte auf dem Tisch.

Es war eine Tarotkarte: *„Der Turm."*

Christinas Herz schlug schneller. Die Botschaft war klar. Dies war keine Warnung – es war eine Drohung.

„Natürlich", murmelte sie, während sie die Karte aufhob. „Es wäre zu einfach gewesen, den Tag ohne einen weiteren Schock zu beenden."

In diesem Moment hörte sie ein Geräusch hinter sich. Ein leises Knarren, kaum wahrnehmbar. Sie drehte sich blitzschnell um, doch bevor sie reagieren konnte, wurde sie zu Boden gestoßen. Die Waffe flog ihr aus der Hand, und ein maskierter Angreifer warf sich auf sie.

„Verdammt!" rief Christina, während sie sich verzweifelt wehrte. Der Angreifer war stark, und sie spürte, wie der Schmerz in ihrer Schulter auflöderte, als sie gegen den Couchtisch prallte.

Doch Christina war nicht der Typ, der sich kampflos geschlagen gab. Sie trat nach ihm, traf ihn am Knie, und er stürzte einen Moment lang zurück.

Sie griff nach ihrer Pistole, doch bevor sie sie erreichen konnte, sprang der Angreifer wieder auf sie zu. In diesem Moment brach die Tür mit einem lauten Krachen auf, und Alexander stürmte herein, seine Augen vor Entschlossenheit funkelnd.

„Runter von ihr!" rief er, bevor er den Angreifer packte und gegen die Wand warf.

Christina schnappte nach Luft und griff nach ihrer Waffe, doch Alexander hatte die Situation bereits unter Kontrolle. Der Angreifer versuchte zu entkommen, doch Alexander hielt ihn mit eiserner Kraft fest.

„Geht es Ihnen gut?" fragte Alexander, ohne den Angreifer loszulassen.

„Oh, wunderbar", keuchte Christina. „Ich liebe es, abends überraschend von Unbekannten angegriffen zu werden."

„Das habe ich mir gedacht." Alexanders Stimme war ruhig, doch seine Augen waren voller Zorn, als er den maskierten Mann betrachtete.

„Sehen Sie zu, dass wir herausfinden, wer er ist", sagte Christina und richtete sich auf. „Ich habe genug von diesen verdammten Überraschungen."

Alexander zog dem Mann die Maske vom Gesicht, doch das Gesicht darunter war unbekannt – ein durchschnittlicher Mann, der in der Menge untergehen würde.

„Großartig", murmelte Christina. „Der Typ sieht aus wie ein Statist aus einem Krimi. Das hilft uns wirklich weiter."

Der Angreifer blieb stumm, doch seine Augen sprachen Bände. Christina spürte, dass er keine Angst hatte – was bedeutete, dass er für jemanden arbeitete, der ihm Schutz versprach.

„Ich rufe die Polizei", sagte Alexander, doch Christina hielt ihn zurück.

„Nein. Noch nicht."

„Was meinen Sie damit?"

„Ich meine, dass wir ihn vielleicht dazu bringen können, zu reden, bevor wir ihn den Kollegen übergeben. Und seien Sie ehrlich, Herr Doktor – Sie haben doch auch ein paar Fragen."

Alexander zögerte, doch schließlich nickte er. „Was schlagen Sie vor?"

„Ich schlage vor, dass wir herausfinden, für wen er arbeitet. Und zwar jetzt."

Der Angreifer blieb stur, selbst als Christina ihn mit einem scharfen Blick fixierte. Doch Alexander hatte eine andere Taktik.

„Hören Sie", sagte er, seine Stimme überraschend ruhig. „Sie wissen, dass Sie keine Chance haben, hier rauszukommen. Also warum machen Sie es sich nicht einfacher?"

Der Mann sah ihn an, und für einen Moment schien es, als würde er überlegen. Doch dann verzog er die Lippen zu einem höhnischen Lächeln.

„Ihr habt keine Ahnung, was da draußen wirklich vor sich geht", sagte er schließlich.

Christina trat einen Schritt näher. „Dann erleuchten Sie uns doch, bevor ich die Geduld verliere."

Doch der Mann schüttelte nur den Kopf. „Ihr werdet es bald genug herausfinden. Aber ich verspreche euch, das hier ist erst der Anfang."

Bevor Christina oder Alexander reagieren konnten, schlug der Mann seinen Kopf abrupt gegen die Wand und sackte bewusstlos zusammen.

„Verdammt!" rief Christina und kniete sich zu ihm. „Das gibt's doch nicht! Der Typ hätte uns alles sagen können!"

Alexander zog sie zurück. „Er lebt noch, aber wir müssen ihn in Sicherheit bringen. Es ist zu gefährlich, ihn hier zu behalten."

Christina nickte, doch der Zorn in ihren Augen war unübersehbar. „Das war nicht sein erster Auftrag, und es wird nicht sein letzter sein."

Als die Polizei schließlich eintraf und den Angreifer abführte, blieb Christina allein mit Alexander in ihrer Wohnung zurück. Die Stille war überwältigend, doch es lag eine neue Spannung in der Luft.

„Sie haben mein Leben gerettet", sagte Christina schließlich, ihre Stimme leise.

„Ich habe nur das getan, was ich tun musste", antwortete Alexander, doch seine Augen verrieten mehr, als er sagen wollte.

Christina trat einen Schritt näher, und für einen Moment schien die Welt stillzustehen.

„Sie sind ein Rätsel, Herr Doktor", sagte sie schließlich, ihre Stimme kaum mehr als ein Flüstern.

„Und Sie sind eine Herausforderung, Kommissarin", erwiderte er, ein schwaches Lächeln auf den Lippen.

Bevor sie weiter sprechen konnte, trat er einen Schritt näher, und plötzlich waren seine Lippen auf ihren. Der Kuss war unerwartet, intensiv und ließ Christina für einen Moment alles vergessen – die Morde, die Karten, den Verrat.

Doch genauso schnell, wie es begonnen hatte, löste Alexander sich wieder und trat zurück.

„Das... war vielleicht ein Fehler", sagte er, seine Stimme leise.

Christina brauchte einen Moment, um wieder klar zu denken. „Oder vielleicht das einzig Richtige in diesem ganzen Chaos."

Alexander sah sie an, doch bevor er antworten konnte, vibrierte ihr Handy. Eine Nachricht von Franz: *„Notfall. Wir haben einen neuen Hinweis."*

„Natürlich", murmelte Christina und griff nach ihrer Jacke. „Es gibt nie eine Pause, oder?"

Alexander folgte ihr zur Tür, ein Lächeln auf den Lippen. „Nicht in unserer Welt."

Kapitel 10

Christinas Wohnung glich einem Schlachtfeld. Die Beamten hatten den Tatort abgesichert, und Alexander wich keinen Moment von ihrer Seite, während die Spurensicherung ihrer Arbeit nachging. Christina saß auf der Couch, ein feuchtes Handtuch an ihre Stirn gepresst, wo sie sich bei der Auseinandersetzung eine kleine Schramme zugezogen hatte.

„Ich brauche keinen Babysitter", sagte sie schließlich und warf Alexander einen scharfen Blick zu.

„Das sehe ich anders", erwiderte er ruhig, die Arme verschränkt. „Angesichts der Tatsache, dass Sie in Ihrer eigenen Wohnung angegriffen wurden, scheint mir ein bisschen zusätzliche Vorsicht angebracht."

„Zusätzliche Vorsicht? Sie sind doch schon halb an mich gekettet", murmelte sie und lehnte sich zurück. „Vielleicht sollten Sie mir eine elektronische Fußfessel verpassen, um sicherzugehen, dass ich nicht entkomme."

Alexander schmunzelte. „Ich hätte nicht gedacht, dass Sie diese Art von Humor in einer solchen Situation finden würden."

„Humor ist meine Art, nicht durchzudrehen."

Ein junger Beamter betrat den Raum, eine Akte unter dem Arm und einen nervösen Ausdruck im Gesicht. „Kommissarin Weber, Herr Doktor Richter, es gibt da jemanden, der Sie beide sprechen möchte."

„Wenn es Franz ist, der mir mitteilen will, dass er wieder Kaffee verschüttet hat, dann kann er gleich wieder gehen", sagte Christina trocken.

„Nein, es ist ein Zeuge. Er sagt, er hätte etwas Wichtiges zu berichten."

Christina und Alexander tauschten einen Blick. „Schicken Sie ihn rein", sagte sie schließlich.

Der Beamte trat zur Seite, und ein Mann in den späten Vierzigern betrat den Raum. Er wirkte nervös, seine Hände zitterten leicht, und seine Augen wanderten unruhig umher.

„Setzen Sie sich", forderte Christina ihn auf und deutete auf einen Stuhl. „Wer sind Sie, und was wissen Sie?"

„Mein Name ist Martin Krämer", begann der Mann, seine Stimme leise. „Ich habe etwas gesehen. Etwas, das mit dem Fall zu tun haben könnte."

„Dann machen Sie es kurz, Herr Krämer", sagte Christina und verschränkte die Arme. „Ich habe heute schon genug Rätsel gehabt."

Krämer nickte und begann zu erzählen: „Ich arbeite in einem Parkhaus in der Nähe des Stadthauses. Vor ein paar Nächten habe ich jemanden dort gesehen – einen Mann in einem dunklen Mantel. Er hat etwas aus einem Auto geholt und es in eine Tasche gepackt. Ich dachte zuerst, es wäre ein normaler Kunde, aber..."

„Aber was?" fragte Alexander, seine Stimme ruhig, aber eindringlich.

„Das Auto war nicht seins. Er hat es aufgebrochen. Und ich habe die Tasche gesehen, die er bei sich hatte, bevor er ging. Es sah aus wie... medizinisches Equipment."

Christina zog die Stirn kraus. „Medizinisches Equipment? Was genau haben Sie gesehen?"

„Spritzen, Röhrchen, solche Sachen. Ich habe es nicht genau erkannt, aber es sah aus wie etwas aus einem Labor."

„Haben Sie ihn erkannt?" fragte Alexander, sein Ton plötzlich schärfer.

Krämer schüttelte den Kopf. „Nein. Er hat eine Maske getragen."

„Natürlich hat er das", murmelte Christina und rieb sich die Schläfen. „Warum auch nicht? Es wäre ja zu einfach gewesen."

„Aber ich habe das Kennzeichen des Autos aufgeschrieben", fügte Krämer hastig hinzu.

Christina sah ihn an, ihre Augen scharf wie ein Messer. „Warum kommen Sie erst jetzt damit?"

Krämer wich ihrem Blick aus. „Ich... hatte Angst. Aber nachdem ich gehört habe, was Ihnen passiert ist, dachte ich, dass ich es melden muss."

„Ein bisschen spät, aber besser als nie", sagte Christina und nahm den Zettel mit dem Kennzeichen entgegen, den Krämer aus seiner Tasche zog.

Alexander warf einen Blick darauf und nickte. „Das können wir nachverfolgen."

„Gut. Herr Krämer, bleiben Sie in Reichweite. Wir werden uns möglicherweise wieder bei Ihnen melden."

Krämer nickte hastig und verschwand fast so schnell, wie er gekommen war. Christina drehte sich zu Alexander um.

„Ein Parkhaus. Medizinisches Equipment. Und ein maskierter Mann." Sie seufzte. „Das klingt wie das Drehbuch für einen schlechten Thriller."

„Oder wie die nächste Spur in unserem Fall", sagte Alexander.

„Das will ich hoffen", erwiderte Christina, aber ihre Gedanken rasten bereits. Etwas an der Beschreibung des Mannes und dem medizinischen Equipment ließ sie nicht los. Es war ein weiteres Puzzlestück, das sie nicht einordnen konnte.

„Wir sollten das Kennzeichen sofort überprüfen lassen", sagte Alexander, als ob er ihre Gedanken gelesen hätte.

Christina nickte. „Ja, aber ich habe das Gefühl, dass das nicht die einzige Antwort ist, die wir heute Abend finden werden."

Das Krankenhaus war so kalt und steril wie ein Labor – eine Umgebung, die Christina stets an unangenehme Ermittlungen und schlechte Kaffeemaschinen erinnerte. Die Neonlichter warfen ein grelles Licht auf die weißen Wände, während sie und Alexander den Flur entlanggingen.

„Ich hasse Krankenhäuser", murmelte Christina, während sie ihre Jacke enger um sich zog. „Sie erinnern mich daran, dass ich sterblich bin."

„Ich hätte gedacht, dass Sie das längst akzeptiert hätten", erwiderte Alexander trocken.

„Ich habe es akzeptiert. Ich mag nur nicht, daran erinnert zu werden."

Ihr Ziel war ein Patientenzimmer, in dem der Mann lag, der sie in ihrer Wohnung angegriffen hatte. Nachdem er sich selbst gegen die Wand geschlagen hatte, war er ins Krankenhaus gebracht worden, und Christina hatte nur darauf gewartet, ihn zu befragen.

„Glauben Sie, dass er reden wird?" fragte Alexander, als sie vor der Tür stehenblieben.

„Er wird", sagte Christina entschlossen. „Die Frage ist nur, wie viele Drohungen es braucht."

„Ich hoffe, Sie meinen das nicht wörtlich."

„Vielleicht ein bisschen."

Im Zimmer lag der Mann, sein Kopf verbunden, aber seine Augen waren wachsam, als sie eintraten. Christina setzte sich auf den Stuhl neben seinem Bett, während Alexander im Hintergrund blieb, seine Arme verschränkt.

„Wie geht's Ihnen?" fragte Christina mit einem süffisanten Lächeln. „Der Kopf wieder klar?"

Der Mann sagte nichts, sein Blick war kalt und berechnend.

„Na schön", fuhr Christina fort. „Lassen Sie uns die Höflichkeiten überspringen. Wer hat Sie geschickt?"

Der Mann lachte leise, ein unangenehmer, kehliger Ton. „Glauben Sie wirklich, ich würde Ihnen das sagen?"

„Oh, ich bin sicher, dass Sie es tun werden", sagte Christina und lehnte sich näher. „Denn wenn nicht, werde ich dafür sorgen, dass Ihr Leben hier drin zur Hölle wird."

„Sie sind charmant", sagte er, seine Stimme triefend vor Sarkasmus.

„Und Sie sind ein Idiot", erwiderte Christina. „Also passen wir perfekt zusammen."

Alexander trat vor, sein Tonfall ruhig, aber eindringlich. „Wir wissen, dass Sie nicht allein arbeiten. Und wir wissen, dass Sie Anweisungen haben. Wenn Sie uns helfen, könnten wir dafür sorgen, dass Sie es leichter haben."

„Leichter?" Der Mann schnaubte. „Es gibt nichts Leichtes an dem, was kommt."

„Was meinen Sie damit?" fragte Alexander, seine Augen verengt.

„Ihr versteht es nicht, oder?" Der Mann grinste, aber es war kein freundliches Grinsen. „Ihr spielt ein Spiel, dessen Regeln ihr nicht kennt."

Christina schnaubte. „Das ist das Problem mit Typen wie Ihnen. Sie denken, Sie seien die großen Meister, aber in Wirklichkeit sind Sie nur Bauern auf dem Schachbrett."

„Bauern können Königreiche zerstören", sagte der Mann leise.

Für einen Moment herrschte Stille im Raum. Alexander warf Christina einen Blick zu, der sagte: Seien Sie vorsichtig. Doch sie ignorierte ihn.

„Sagen Sie uns, was Sie wissen, oder genießen Sie die nächsten Jahre hinter Gittern", sagte Christina kalt.

Der Mann lehnte sich zurück, als würde er überlegen. Schließlich sprach er: „Es geht um das Projekt. Sternenlicht."

Christinas Herz schlug schneller. „Was ist mit Sternenlicht?"

„Es war nie beendet. Und die, die daran beteiligt waren... sie sind immer noch aktiv."

Alexander trat näher, seine Stimme jetzt drängender. „Wer sind ‚sie'? Nennen Sie uns Namen."

Doch der Mann schüttelte nur den Kopf. „Ich habe schon zu viel gesagt."

In diesem Moment kam eine Krankenschwester herein, um den Patienten zu überprüfen. Christina und Alexander traten zur Seite, und Christina nutzte die Gelegenheit, um Alexander leise anzusprechen.

„Was denken Sie?"

„Er weiß mehr, als er sagt", antwortete Alexander.

„Das habe ich auch gemerkt, danke."

Die Krankenschwester trat zur Seite, und Christina beugte sich wieder zum Mann. Doch bevor sie weiterfragen konnte, begann er plötzlich zu zittern, seine Augen rollten zurück, und er sackte in seinem Bett zusammen.

„Was zum...?" Christina sprang auf, während die Krankenschwester Alarm schlug.

„Er hat einen Anfall!" rief die Krankenschwester, während sie versuchte, ihn zu stabilisieren.

Doch es war zu spät. Innerhalb von Sekunden war der Mann tot.

Christina stand wie erstarrt da, während die Ärzte hereinstürmten. Alexander legte ihr eine Hand auf die Schulter, seine Stimme leise. „Das war kein Zufall."

„Nein", sagte Christina, ihre Stimme heiser. „Jemand wollte sicherstellen, dass er nichts mehr sagt."

Als sie das Krankenhaus verließen, herrschte zwischen ihnen eine schwere Stille. Christina konnte die Wut und Frustration in sich aufsteigen spüren.

„Das ist nicht vorbei", sagte sie schließlich, während sie in die kühle Nacht hinaustraten.

„Nein", stimmte Alexander zu. „Es hat gerade erst begonnen."

Der Weg zurück ins Polizeipräsidium war von einer angespannten Stille erfüllt, die schwerer wog als das nächtliche Dunkel um sie herum. Christina hatte die Hände fest ums Lenkrad geklammert, ihr Blick starr auf die Straße gerichtet, während Alexander neben ihr saß, seine üblich gelassene Haltung durch ein kaum merkliches Zittern in seinen Fingern verraten.

„Wollen Sie es sagen, oder soll ich?" fragte Christina schließlich und warf ihm einen kurzen Seitenblick zu.

„Sagen Sie was?" Alexanders Ton war neutral, fast zu neutral.

„Dass der Typ im Krankenhaus nicht einfach so gestorben ist. Das war kein Anfall, und das wissen Sie genauso gut wie ich."

„Natürlich war es kein Anfall", antwortete Alexander ruhig. „Aber das macht die Frage nur komplizierter. Wer hatte Zugang zu ihm, und wie wurde es ausgeführt?"

„Klingt, als hätten Sie schon eine Theorie."

„Vielleicht", sagte er, doch seine Stimme verriet nichts.

Christina schnaubte. „Herr Doktor, Sie und Ihre kryptischen Antworten. Wissen Sie, das ist eines Tages entweder beeindruckend oder unglaublich nervig."

„Ich hoffe, es ist das Erste."

Sie parkte den Wagen vor dem Präsidium, schaltete den Motor aus und wandte sich zu ihm. „Sehen Sie, ich bin normalerweise ein geduldiger Mensch."

Alexander hob eine Augenbraue.

„Na gut, ich bin es nicht", korrigierte sie sich selbst. „Aber ich mag keine Geheimniskrämerei. Und Sie, Herr Doktor, halten sich mehr zurück, als mir lieb ist."

Er sah sie lange an, seine braunen Augen suchten in ihrem Gesicht nach einem Hinweis. Schließlich seufzte er. „Es gibt Dinge, die ich nicht sagen kann, Christina. Nicht jetzt."

„Nicht jetzt?" Sie lachte trocken. „Wir jagen einen Killer, ich werde in meiner eigenen Wohnung angegriffen, und unser Hauptzeuge stirbt direkt vor unseren Augen. Wann genau wäre denn Ihrer Meinung nach ein besserer Zeitpunkt?"

Alexander sah zu Boden. „Ich weiß, wie das aussieht, aber glauben Sie mir, ich versuche, Sie zu schützen."

„Schützen? Vor was?" Ihre Stimme war jetzt leiser, aber die Wut dahinter war unverkennbar. „Vor der Wahrheit?"

Bevor er antworten konnte, vibrierte Alexanders Handy. Er zog es hervor, las die Nachricht und seine Miene verdüsterte sich.

„Was ist los?" fragte Christina.

„Ein Notruf. Etwas ist am Stadthaus passiert."

„Natürlich." Christina schnappte sich ihre Jacke. „Weil der Abend ja noch nicht aufregend genug war."

Auf dem Weg zum Stadthaus fühlte sich die Spannung zwischen ihnen fast greifbar an. Christina wollte ihn zur Rede stellen, wollte Antworten, doch der Ernst der Lage hielt sie davon ab.

Als sie ankamen, fanden sie das alte Gebäude in völliger Dunkelheit vor. Die einzige Beleuchtung kam von den schwachen Taschenlampen zweier Kollegen, die am Eingang standen.

„Was ist passiert?" fragte Christina, während sie ausstieg.

„Ein Anruf. Jemand hat gesagt, es gäbe dort drinnen Beweise für die Morde", sagte einer der Polizisten.

„Das schreit nach einer Falle", murmelte Christina, zog ihre Waffe und nickte Alexander zu. „Bleiben Sie hinter mir."

„Natürlich", antwortete er mit einem Hauch von Ironie. „Ich bin nur der harmlose Psychologe."

„Harmlose Psychologen retten nicht Menschenleben mit solchen Reflexen", erwiderte Christina trocken, bevor sie in das Gebäude trat.

Die Luft im Inneren war feucht und schwer, und ihre Schritte hallten auf dem kalten Steinboden wider. Christina leuchtete mit ihrer Taschenlampe die Wände entlang, auf der Suche nach etwas – irgendetwas –, das ihnen einen Hinweis geben könnte.

„Sehen Sie etwas?" fragte Alexander leise hinter ihr.

„Nur Dreck und die Überreste von wahrscheinlich illegalen Partys."

Doch plötzlich blieb sie stehen. Am Boden lag ein weiteres Stück Metall, ähnlich dem, das sie bereits gefunden hatten.

„Das ist kein Zufall", murmelte Christina, während sie sich hinkniete, um es aufzuheben. Doch in dem Moment, in dem sie es berührte, hörte sie ein leises Klicken – ein Geräusch, das sie nur zu gut kannte.

„Runter!" rief Alexander, warf sich auf sie und riss sie zu Boden, gerade als ein lauter Knall die Stille durchbrach.

Ein improvisierter Sprengsatz war explodiert, und der Raum wurde von einer Welle aus Hitze und Staub erfüllt. Christina spürte, wie Alexander sie festhielt, während sie beide gegen die Wand geschleudert wurden.

„Alles in Ordnung?" fragte er, seine Stimme drängend, während er sie hochhalf.

„Wenn Sie Explosionen mögen, dann ja", keuchte sie, ihr Kopf dröhnte von dem Lärm. „Verdammt, das war knapp."

„Jemand will uns eindeutig eine Botschaft senden", sagte Alexander und zog sie weiter in Richtung Ausgang.

„Ja, und ich habe langsam genug von ihren Nachrichten."

Als sie das Gebäude verließen, sahen sie, wie weitere Polizisten eintrafen, um den Tatort zu sichern. Christina warf einen letzten Blick zurück auf das Stadthaus, ihr Herz voller Wut und Entschlossenheit.

„Das war kein Zufall", sagte sie, mehr zu sich selbst als zu Alexander.

„Nein, das war eine Warnung", stimmte er zu.

„Dann sollten wir besser aufpassen, dass sie uns nicht einholen."

Der Regen prasselte unaufhörlich gegen die Fenster des kleinen Cafés, in dem Christina und Alexander Unterschlupf gefunden hatten. Der Vorfall im Stadthaus hatte sie beide aufgewühlt, doch Christina bestand darauf, einen klaren Kopf zu bewahren – auch wenn ihre Hände zitterten, als sie ihre Tasse Kaffee hielt.

„Sie wissen, dass ich Explosionen hasse, oder?" fragte sie trocken und nippte an ihrem Kaffee.

„Das ist mir aufgefallen", antwortete Alexander, seine Stimme wie immer ruhig, doch seine Augen zeigten eine ungewöhnliche Wärme. „Vielleicht sollten Sie sich einen weniger gefährlichen Beruf suchen."

„Wie Sie? Psychologie ist bestimmt total sicher, besonders wenn man sich mit mordlustigen Genies einlässt."

Er lächelte leicht, doch es war ein müdes Lächeln. „Wir machen beide gefährliche Jobs, Christina. Aber es gibt einen Unterschied."

„Und der wäre?"

„Sie sind viel besser darin, sich in Schwierigkeiten zu bringen."

Christina musste trotz allem lachen. „Und Sie sind erstaunlich gut darin, mich da wieder rauszuholen."

Das Knistern zwischen ihnen war fast greifbar, doch bevor einer von ihnen etwas hinzufügen konnte, klingelte Christinas Handy. Sie warf einen Blick auf das Display und runzelte die Stirn.

„Franz? Warum ruft er um diese Uhrzeit an?"

Alexander beobachtete sie, während sie den Anruf entgegennahm. Doch bevor sie ein Wort sagen konnte, hörte sie nur ein gedämpftes Rauschen und eine gebrochene Stimme: „Kommissarin... sie... kommen..."

„Franz?" rief sie laut, doch die Verbindung war bereits unterbrochen.

„Was ist los?" fragte Alexander, sein Gesicht plötzlich angespannt.

„Das weiß ich nicht", sagte Christina und sprang auf. „Aber das klang nicht gut."

Ohne ein weiteres Wort stürmte sie hinaus in den Regen, Alexander dicht hinter ihr.

„Christina, warten Sie!" rief er, doch sie hatte bereits den Wagen gestartet.

„Wenn Franz in Schwierigkeiten steckt, habe ich keine Zeit zu warten", sagte sie entschlossen. „Steigen Sie ein oder bleiben Sie hier."

Alexander zögerte nicht und nahm seinen Platz auf dem Beifahrersitz ein.

Die Fahrt war hektisch und gefährlich. Der Regen machte die Straßen rutschig, und Christina fuhr schneller, als sie sollte. Alexander klammerte sich an das Armaturenbrett, doch er sagte kein Wort – er wusste, dass sie nicht aufzuhalten war.

„Wo soll das alles enden?" murmelte er schließlich.

„Hoffentlich nicht mit noch einem Toten", erwiderte Christina, ihre Stimme angespannt.

Als sie das Polizeipräsidium erreichten, war es unheimlich still. Die Lichter brannten, doch keine Menschenseele war zu sehen. Christina zog ihre Waffe und warf Alexander einen ernsten Blick zu.

„Bleiben Sie dicht bei mir", sagte sie.

„Haben Sie jemals bemerkt, dass ich das immer tue?" antwortete er, und obwohl seine Stimme ruhig war, war die Anspannung in seinem Gesicht deutlich zu erkennen.

Die beiden traten ein, und das leise Knarren der Tür hallte durch die Gänge. Die Atmosphäre war drückend, fast klaustrophobisch.

„Franz?" rief Christina, doch nur das Echo antwortete ihr.

Plötzlich ertönte ein dumpfes Geräusch aus einem der hinteren Büros. Christina hob die Waffe, und Alexander folgte dicht hinter ihr.

„Wenn das ein weiterer verdammter Hinterhalt ist, werde ich jemanden ernsthaft verletzen", murmelte sie.

Sie öffnete die Tür, und da lag Franz – gefesselt und mit Klebeband über dem Mund. Christina eilte zu ihm, schnitt die Fesseln durch und zog das Klebeband ab.

„Was ist passiert?" fragte sie, während Franz hustend zu Atem kam.

„Sie... sie waren hier", keuchte er. „Sie haben etwas gesucht. Etwas, das wir gefunden haben."

„Wer? Wer war hier?"

Franz schüttelte den Kopf, seine Augen weit vor Angst. „Ich weiß es nicht. Aber sie sagten, es wäre erst vorbei, wenn..."

Ein lautes Krachen unterbrach ihn, und die Fenster explodierten, als eine weitere Granate in den Raum geschleudert wurde. Christina riss Franz zu Boden, während Alexander sie beide mit einem Schreibtisch abschirmte.

Die Explosion war ohrenbetäubend, und der Raum füllte sich mit Rauch. Christina hustete und griff nach ihrer Waffe.

„Ich habe genug von diesen verdammten Bomben!" schrie sie, während sie versuchte, ihre Sicht zu klären.

Eine dunkle Gestalt tauchte im Rauch auf, doch bevor sie reagieren konnte, hatte Alexander den Angreifer bereits zu Boden geworfen. Christina sprang hinzu, trat die Waffe des Mannes weg und hielt ihre eigene auf ihn gerichtet.

„Keine Bewegung!" rief sie, doch der Mann war bereits bewusstlos – ein weiterer anonymer Schläger, der mehr Fragen aufwarf als Antworten gab.

Als die Verstärkung eintraf, ließ Christina endlich die Waffe sinken. Alexander half ihr auf die Beine, seine Hand lingerte einen Moment länger an ihrer Schulter, als nötig.

„Sie sind unerschütterlich, Kommissarin", sagte er leise, fast bewundernd.

„Und Sie sind ziemlich gut darin, mich aus brenzligen Situationen zu retten", antwortete sie, ihre Augen suchten die seinen.

Das Schweigen zwischen ihnen war diesmal nicht unangenehm, sondern von einer seltsamen Intimität erfüllt.

„Ich glaube, ich schulde Ihnen etwas", sagte Christina schließlich, ein schwaches Lächeln auf den Lippen.

„Eine Erklärung, warum Sie immer in Schwierigkeiten geraten?" antwortete er und lächelte zurück.

„Vielleicht. Oder vielleicht einfach nur einen Drink, wenn das hier vorbei ist."

„Darauf werde ich Sie festnageln."

Doch bevor sie den Moment weiter genießen konnten, klingelte Alexanders Handy erneut. Er warf einen Blick darauf, und sein Gesichtsausdruck wurde ernst.

„Es gibt Neuigkeiten", sagte er und steckte das Handy weg. „Etwas über Sternenlicht. Und Sie werden es nicht glauben."

„Ich glaube, ich habe schon alles gesehen", murmelte Christina und folgte ihm aus dem Raum.

Doch tief in ihrem Inneren wusste sie, dass dies nur der Anfang war.

Kapitel 11

Der sterile Geruch des Krankenhauses war das Erste, was Christina bemerkte, als sie langsam die Augen öffnete. Das schwache Licht der Morgensonne fiel durch die Vorhänge und verlieh dem Raum einen trügerischen Hauch von Gemütlichkeit. Sie brauchte einen Moment, um sich zu orientieren.

Dann fiel ihr Blick auf die beiden uniformierten Beamten, die wie zwei überdimensionale Wachhunde an der Tür standen.

„Ach, fantastisch", murmelte sie und richtete sich mühsam auf. „Jetzt habe ich auch noch Bodyguards. Wann ist das passiert?"

Einer der Beamten trat vor. „Kommissarin Weber, wir haben Anweisung, Sie zu bewachen. Sicherheit geht vor."

Christina schnaubte. „Sicherheit? Ich bin mir sicher, die Bombenleger zittern schon vor Angst, wenn sie hören, dass ich zwei muskelbepackte Beschützer habe."

Der Beamte blieb ernst, doch bevor er antworten konnte, wurde die Tür aufgerissen, und Tante Hilda stürmte herein, ein Korb voller Muffins in der einen Hand und ihr Tarotdeck in der anderen.

„Christina, mein Schatz!" rief Hilda und ignorierte die Beamten völlig, während sie ihre Nichte fest umarmte. „Du siehst schrecklich aus. Hast du wenigstens gefrühstückt?"

„Guten Morgen, Tante Hilda", murmelte Christina und ließ sich zurück ins Kissen fallen. „Nein, ich habe nicht gefrühstückt. Ich bin zu sehr damit beschäftigt, lebendig zu bleiben."

„Das solltest du auch bleiben", sagte Hilda mit ernstem Gesichtsausdruck, bevor sie sich auf den Stuhl neben dem Bett setzte. „Aber ich habe eine viel wichtigere Frage: Was sagt das Schicksal?"

„Das Schicksal sagt, ich brauche Kaffee", erwiderte Christina trocken.

Doch Hilda ließ sich nicht beirren. Sie zog ihre Karten hervor und begann sie mit geübten Bewegungen zu mischen. „Die Karten lügen nie, Christina. Lass uns sehen, was sie zu sagen haben."

Christina seufzte und schloss die Augen. „Warum nicht? Es ist ja nicht so, als hätte ich gerade wichtigere Dinge zu tun."

Hilda legte die erste Karte: *„Der Eremit"*.

„Interessant", sagte sie und runzelte die Stirn. „Der Eremit steht für Einsamkeit, aber auch für die Suche nach Wahrheit."

„Einsamkeit? Ich bin in einem Krankenhaus mit zwei Wachhunden und einer Tante, die Muffins mitgebracht hat", murmelte Christina. „Das ist nicht gerade einsam."

„Vielleicht geht es nicht um physische Einsamkeit", sagte Hilda geheimnisvoll.

Die zweite Karte: *„Das Rad des Schicksals"*.

„Das ist ein Zeichen", sagte Hilda dramatisch. „Die Dinge werden sich bald ändern. Es wird eine Entscheidung geben, die alles beeinflusst."

Christina öffnete ein Auge und sah sie an. „Das Rad des Schicksals? Können wir das Rad nicht einfach stoppen und eine Pause einlegen?"

Hilda ignorierte sie und legte die dritte Karte: *„Die Liebenden"*.

„Oh!" rief Hilda und sah Christina mit großen Augen an. „Das ist interessant."

„Bitte sag mir nicht, dass es um eine Romanze geht", sagte Christina und zog die Decke über ihren Kopf.

„Nicht unbedingt eine Romanze", sagte Hilda mit einem schelmischen Lächeln. „Aber es bedeutet, dass Beziehungen – persönliche oder berufliche – im Mittelpunkt stehen werden."

„Großartig", murmelte Christina unter der Decke. „Genau das, was ich brauche: Beziehungsdrama."

Bevor Hilda weitere Karten legen konnte, öffnete sich die Tür erneut, und Alexander trat ein. Seine Miene war wie immer ruhig, doch seine Augen musterten Christina aufmerksam.

„Wie fühlen Sie sich?" fragte er und ignorierte Hilda völlig.

„Wie jemand, der von einem Zug überrollt wurde, aber danke der Nachfrage", sagte Christina und setzte sich auf.

Hilda sah Alexander mit einem vielsagenden Lächeln an. „Ah, der mysteriöse Doktor. Vielleicht sollten wir Ihnen auch die Karten legen."

Alexander zog eine Augenbraue hoch. „Danke, aber ich verlasse mich lieber auf Fakten als auf Vorhersagen."

„Fakten sind gut", sagte Hilda. „Aber manchmal sagt das Herz mehr als der Verstand."

Christina stöhnte. „Hilda, hör auf, meine Kollegen zu therapieren."

Hilda packte ihre Karten ein, aber nicht bevor sie Alexander einen letzten Blick zuwarf. „Passen Sie gut auf meine Nichte auf, Herr Doktor. Sie hat eine harte Schale, aber ein weiches Herz."

Alexander lächelte schwach. „Das habe ich bemerkt."

Als Hilda schließlich ging, trat Alexander näher und setzte sich auf den Stuhl neben Christinas Bett.

„Ich habe Neuigkeiten", begann er, seine Stimme leise.

„Oh, bitte", sagte Christina. „Ich liebe es, morgens von schlechten Nachrichten geweckt zu werden."

„Es geht um ‚Sternenlicht'", sagte Alexander, und seine Augen verdunkelten sich. „Wir haben einen Hinweis gefunden, der bestätigt, dass das Projekt nie wirklich eingestellt wurde."

Christinas Herz schlug schneller. „Was meinen Sie damit?"

„Ich meine, dass die Leute, die daran beteiligt waren, immer noch aktiv sind. Und sie haben eine Agenda."

„Und was für eine Agenda wäre das?" fragte Christina und lehnte sich nach vorne.

Alexander zögerte, bevor er antwortete. „Das ist es, was wir herausfinden müssen. Aber es ist gefährlich, Christina. Gefährlicher, als ich dachte."

„Gefährlich ist mein zweiter Vorname", sagte sie trocken. „Also los, Herr Doktor. Wo fangen wir an?"

Alexander hielt ihrem Blick stand, doch bevor er antworten konnte, klopfte es an der Tür. Es war ein Kollege, der hereinkam und eine Akte überreichte.

„Das könnte Ihre nächste Spur sein", sagte der Beamte, bevor er wieder verschwand.

Christina öffnete die Akte, und ihr Herz setzte einen Schlag aus. „Das ist... ein Verdächtiger aus dem ursprünglichen Fall. Jemand, der vor Jahren verschwunden ist."

Alexander nickte. „Es sieht aus, als würde die Vergangenheit endlich aufholen."

Das Polizeipräsidium war an diesem Morgen wie ein Bienenstock – hektisch, laut und voller gespannter Gesichter. Christina betrat den Hauptbereich, ihre Schulter schmerzte noch immer leicht von den Ereignissen der vergangenen Nacht, doch das hielt sie nicht auf. Alexander war direkt hinter ihr, schweigend, aber seine Präsenz war kaum zu übersehen.

„Kommissarin!" rief Franz vom anderen Ende des Raums und winkte eifrig mit einer Mappe.

„Franz, wenn das wieder eine dieser unnützen Berichte ist, in denen steht, dass der Kaffeeautomat kaputt ist, verspreche ich Ihnen, ich setze Sie als Lockvogel ein", sagte Christina und schnappte sich die Mappe.

„Diesmal nicht, Chefin", antwortete Franz, seine Augen vor Aufregung funkelnd. „Das hier wird Sie interessieren."

„Interessieren ist relativ", murmelte Christina und schlug die Mappe auf. Ihre Augen wanderten über die Dokumente, und ihr Ausdruck wurde zunehmend ernster. „Was zur Hölle ist das?"

„Die Ergebnisse der DNA-Analyse vom Metallstück, das wir im Stadthaus gefunden haben", erklärte Franz. „Es stammt aus einem medizinischen Gerät, das vor Jahren in einer Einrichtung benutzt wurde – einer, die eng mit Dr. K. und diesem ‚Sternenlicht'-Projekt verbunden war."

Christina warf Alexander einen schnellen Blick zu, doch sein Gesicht verriet nichts.

„Das erklärt, warum jemand bereit war, uns in die Luft zu jagen", sagte sie und blätterte weiter. „Aber was haben Sie hier gefunden?"

Franz grinste, als wäre er ein Schüler, der gerade die Antwort auf eine besonders knifflige Frage wusste. „Das Beste kommt noch. Erinnern Sie sich an den Namen Maximilian Hesse?"

Christina runzelte die Stirn. „Ehemaliger Mitarbeiter von Dr. K., verschwand vor Jahren spurlos. Was ist mit ihm?"

„Er ist zurückgetaucht." Franz tippte auf ein Dokument. „Jemand hat vor drei Tagen ein Flugticket unter seinem Namen gebucht – nach München."

„München?" Christina hob eine Augenbraue. „Das ist entweder extrem mutig oder extrem dumm. Wahrscheinlich beides."

„Und es wird noch besser", fuhr Franz fort. „Der Name, mit dem das Ticket bezahlt wurde, taucht in den alten Aufzeichnungen von ‚Sternenlicht' auf. Ein gewisser... Markus Brandt."

„Markus Brandt", wiederholte Christina und schloss die Mappe. „Ein Name, der schon lange auf unserer Liste steht. Und jetzt taucht er plötzlich wieder auf?"

„Es scheint, als wäre er nicht nur wieder aufgetaucht, sondern auch mitten im Zentrum des Ganzen", sagte Alexander, seine Stimme ruhig, aber bestimmt.

„Gut", sagte Christina entschlossen. „Franz, ich will alles, was wir über diesen Brandt haben – alte Berichte, Verbindungen, sogar seine Lieblingsfarbe, wenn Sie sie finden."

„Schon dabei, Chefin!" Franz verschwand eilig, seine Energie wie die eines aufgeregten Welpen.

Christina wandte sich an Alexander. „Also, Herr Doktor, was denken Sie? Zufall oder ein perfekt inszeniertes Drama?"

Alexander zuckte mit den Schultern. „Ich habe gelernt, dass Zufälle in Fällen wie diesen selten existieren."

Sie gingen in ihr Büro, wo Patrick bereits auf sie wartete, seine Brille leicht schief und ein Stapel Papiere vor ihm.

„Ah, da sind Sie ja", sagte er und reichte Christina einen Bericht. „Das sind die Analysen der Überwachungsaufnahmen vom Stadthaus. Und es gibt etwas, das Sie sich ansehen sollten."

Christina nahm den Bericht entgegen, während Patrick das Video auf seinem Laptop abspielte. Auf dem Bildschirm war eine unscharfe Gestalt zu sehen, die das Gebäude betrat – groß, dunkel gekleidet und mit einer Maske.

„Nicht besonders hilfreich", murmelte Christina. „Es sei denn, wir können Magie anwenden, um die Maske zu durchdringen."

„Warten Sie", sagte Patrick und spulte das Video zurück. „Sehen Sie sich das an."

Er hielt das Bild an, und Christina sah genauer hin. Der Mann trug eine Tasche über der Schulter, aus der etwas herausragte – ein metallisches Objekt, das vage wie ein medizinisches Gerät aussah.

„Das könnte alles sein", sagte Christina.

„Nicht ganz", erwiderte Patrick und reichte ihr ein weiteres Dokument. „Die Form passt genau zu einer Maschine, die in der Klinik von Dr. K. verwendet wurde. Und sie wurde angeblich zerstört."

Christinas Miene wurde noch ernster. „Wenn diese Maschine noch existiert, könnte das bedeuten, dass jemand das Projekt ‚Sternenlicht' wiederbelebt hat."

„Oder nie wirklich beendet hat", fügte Alexander hinzu.

„Das ist eine Möglichkeit, die mir überhaupt nicht gefällt", sagte Christina und lehnte sich zurück. „Wenn wir diesen Markus Brandt finden, könnten wir endlich Antworten bekommen."

„Und mehr Fragen", sagte Alexander.

„Das gehört zum Job."

Franz stürmte erneut herein, diesmal mit einem Ausdruck, der sowohl Aufregung als auch Besorgnis zeigte.

„Chefin, ich habe etwas gefunden", sagte er und wedelte mit einem weiteren Bericht.

„Bitte sagen Sie mir, dass es gute Nachrichten sind", murmelte Christina und nahm ihm die Papiere ab.

„Das hängt davon ab, wie Sie ‚gut' definieren", antwortete Franz.

Christina überflog den Bericht und hielt plötzlich inne. „Das kann nicht sein."

„Was ist es?" fragte Alexander.

„Dieser Markus Brandt... er hat vor Jahren eine Verbindung zu einem unserer aktuellen Verdächtigen gehabt", sagte Christina, ihre Stimme leise, aber fest. „Und nicht nur das. Er war derjenige, der die letzten Experimente von ‚Sternenlicht' geleitet hat."

Alexander lehnte sich zurück, seine Augen schmal. „Das bedeutet, er ist nicht nur ein Mitläufer. Er ist derjenige, der den Plan in die Tat umsetzt."

Christina nickte langsam. „Das bedeutet auch, dass er uns einen Schritt voraus ist. Und wenn wir ihn nicht aufhalten, könnte das Schlimmste noch bevorstehen."

Die Spannung im Raum war greifbar, doch Christina spürte, dass sie näher an der Wahrheit waren, als je zuvor. Und doch – je mehr sie herausfanden, desto gefährlicher wurde das Spiel.

„Franz, stellen Sie ein Team zusammen", sagte sie schließlich. „Wir müssen diesen Brandt finden, und zwar schnell."

Das Büro von Kommissar Schmidts war klein, dunkel und roch nach altem Leder und Kaffee, der mindestens eine Woche in der Maschine gestanden haben musste. Christina war schon oft hier gewesen, aber diesmal war sie nicht eingeladen.

Sie stand hinter der Tür, die einen Spaltbreit offen war, und lauschte. Normalerweise war sie kein Fan von heimlichem Belauschen, aber das Gespräch zwischen Alexander und Schmidt hatte sie neugierig gemacht – vor allem, weil beide darauf bestanden hatten, dass sie es nicht hören durfte.

„Das ist ein riskanter Plan", hörte sie Alexander sagen, seine Stimme gedämpft, aber bestimmt.

„Haben Sie einen besseren Vorschlag?" Schmidts Tonfall war scharf, fast gereizt.

„Ich sage nur, dass wir vorsichtig sein müssen", entgegnete Alexander. „Wenn Christina davon erfährt..."

Christina hob eine Augenbraue. Wenn Christina davon erfährt? Sie konnte spüren, wie sich ihre Geduld verabschiedete und ihre Wut sich anschickte, ihren Platz einzunehmen.

„Sie wird davon erfahren", fuhr Schmidt fort. „Aber erst, wenn die Zeit reif ist. Bis dahin bleiben wir bei der Abmachung."

„Ich hoffe, Sie wissen, was Sie tun", sagte Alexander.

„Das könnte ich auch von Ihnen sagen", konterte Schmidt.

Es folgte eine kurze Stille, bevor Schritte zu hören waren. Christina zog sich hastig zurück und tat so, als würde sie gerade erst ankommen.

Die Tür öffnete sich, und Alexander trat heraus. Er erstarrte, als er sie sah, doch er erholte sich schnell. „Christina. Was machen Sie hier?"

„Ich wollte mit Schmidt sprechen", sagte sie und verschränkte die Arme. „Und was machen Sie hier?"

„Ein... dienstlicher Austausch", antwortete Alexander, doch sein Tonfall war zu glatt, zu perfekt.

„Natürlich", murmelte Christina, bevor sie an ihm vorbeiging und ins Büro trat. Schmidt saß hinter seinem Schreibtisch, seine Stirn in Falten gelegt.

„Christina, was kann ich für Sie tun?" fragte er mit einem Hauch von Nervosität, den sie nur selten bei ihm sah.

„Oh, ich wollte nur sicherstellen, dass ich nichts verpasse", sagte sie süffisant und setzte sich auf den Stuhl vor seinem Schreibtisch.

„Das tun Sie nicht", sagte Schmidt knapp.

„Wirklich?" Sie lehnte sich zurück und musterte ihn. „Denn es scheint mir, als würden hier gerade Entscheidungen getroffen, die mich betreffen könnten."

„Das bildest du dir ein", sagte Schmidt, aber sein Blick wich ihrem aus.

Christina schnaubte. „Wissen Sie, ich habe kein Problem damit, wenn Leute Geheimnisse vor mir haben – solange diese Leute keine Morde aufzuklären versuchen, an denen ich arbeite."

Schmidt rieb sich die Schläfen. „Christina, manchmal gibt es Dinge, die besser ungesehen bleiben. Glaub mir, das ist einer dieser Momente."

„Ich bin Polizistin. Ich sehe beruflich, was andere nicht sehen wollen."

Bevor Schmidt antworten konnte, klopfte es erneut an der Tür, und Alexander trat wieder ein. „Wir haben eine neue Entwicklung", sagte er und reichte Schmidt einen Bericht.

„Ach, wie passend", murmelte Christina und griff nach dem Bericht, bevor Schmidt ihn nehmen konnte. „Ich nehme an, das hier ist wieder etwas, das ich nicht wissen soll?"

Schmidt seufzte, während Alexander ruhig blieb. „Das ist nicht, was du denkst, Christina."

Christina überflog den Bericht. Es waren Informationen über Markus Brandt – eine Adresse, die auf einen Treffpunkt hinwies. „Und warum erfahre ich das erst jetzt?" fragte sie und warf Schmidt einen scharfen Blick zu.

„Weil wir nicht sicher sind, ob es eine Falle ist", antwortete Schmidt schließlich. „Wir wollten erst mehr Informationen sammeln, bevor wir handeln."

„Oder bevor ich hingehe und mich in die Luft jagen lasse?" fragte sie trocken.

Alexander trat näher, sein Tonfall ruhiger, aber eindringlich. „Christina, ich verstehe Ihre Frustration, aber wir müssen vorsichtig sein. Brandt ist gefährlich."

„Das weiß ich", sagte sie scharf. „Aber das bedeutet nicht, dass ich am Rand stehen und warten werde, bis jemand anders die Entscheidungen trifft."

Alexander hielt ihrem Blick stand, doch seine Augen verrieten etwas – eine Art Sorge, die sie irritierte.

„Hören Sie", sagte er schließlich. „Ich werde mitkommen. Egal, was passiert."

„Oh, das beruhigt mich ungemein", sagte Christina sarkastisch. „Herr Doktor in Aktion – was könnte schiefgehen?"

„Mehr, als Sie denken", antwortete er leise, fast zu leise.

Schmidt unterbrach ihre Spannung, indem er sich räusperte. „Also gut. Wenn ihr beide dabei sein wollt, dann gehen wir das zusammen an. Aber ich warne euch – das hier wird gefährlich."

Christina stand auf, ihre Augen funkelten vor Entschlossenheit. „Gefährlich ist mein dritter Vorname."

Alexander lächelte leicht. „Ich dachte, es wäre ‚Frustration'."

„Das könnte auch passen."

Schmidt schüttelte den Kopf, doch ein schwaches Lächeln zog über sein Gesicht. „Gut, dann machen wir das. Aber wenn das schiefgeht, werde ich euch beiden die Ohren langziehen."

„Das ist ein Risiko, das ich eingehe", sagte Christina.

Als sie das Büro verließen, warf Christina Alexander einen Seitenblick zu. „Also, Herr Doktor, was genau verbergen Sie?"

„Würden Sie mir glauben, wenn ich sage, dass ich nur das Beste für Sie will?"

„Nein", sagte sie ohne zu zögern.

Er seufzte und lächelte schwach. „Dann bleiben wir wohl bei Geheimnissen, bis die Zeit reif ist."

Christina hielt inne, sah ihn an und schüttelte den Kopf. „Ich hasse es, wenn Leute mich ausspielen wollen. Aber ich hasse es noch mehr, wenn sie denken, ich merke es nicht."

Alexander erwiderte ihren Blick, sein Gesichtsausdruck ernster denn je. „Vielleicht merken Sie mehr, als Sie denken."

Bevor sie antworten konnte, vibrierte ihr Handy. Eine Nachricht von Franz: *„Treffpunkt bestätigt. Es gibt Bewegung."*

„Dann los", sagte Christina und steckte das Handy weg. „Es wird Zeit, Antworten zu bekommen."

Alexander folgte ihr, ein Hauch von Sorge in seinen Augen, doch er sagte nichts. Die Karten waren auf dem Tisch – und das Spiel hatte gerade erst begonnen.

Der Abend war kühl und still, als Christina endlich in ihre Wohnung zurückkehrte. Der Tag war ein einziger Wirbelsturm aus unerwarteten Enthüllungen, lauten Konfrontationen und noch mehr unbeantworteten Fragen gewesen. Alles, was sie jetzt wollte, war eine heiße Dusche und ein paar Minuten, um ihren Kopf freizubekommen.

Doch kaum hatte sie ihre Jacke ausgezogen, klopfte es an der Tür.

„Natürlich", murmelte sie und rieb sich die Schläfen. „Weil ein ruhiger Abend offensichtlich zu viel verlangt ist."

Sie öffnete die Tür und war nicht sonderlich überrascht, Gertha dort zu sehen, die wie immer ein Lächeln trug, das sowohl tröstlich als auch beunruhigend war.

„Christina, Liebling! Ich hoffe, ich störe nicht?" fragte Gertha, während sie ohne Einladung eintrat und ihre Tasche auf den Küchentisch stellte.

„Du störst immer, Gertha", sagte Christina trocken. „Aber das hat dich ja noch nie aufgehalten."

„So ein Mundwerk, und trotzdem bist du noch Single", entgegnete Gertha mit einem frechen Lächeln, während sie begann, Papiere aus ihrer Tasche zu ziehen.

„Was ist das?" fragte Christina und setzte sich skeptisch an den Tisch.

„Informationen", sagte Gertha geheimnisvoll. „Und glaub mir, Liebes, du wirst sie brauchen."

Christina zog eine Augenbraue hoch. „Das klingt ja fast, als würdest du in einer Spionageserie mitspielen."

„Nenn es, wie du willst", sagte Gertha und schob ihr einen Stapel Dokumente hin. „Aber das hier stammt aus einer Quelle, die ich nicht verraten kann."

„Oh, großartig. Geheimnisse. Mein Lieblingsthema."

Christina begann die Papiere durchzusehen, und ihre Miene wurde immer ernster. Es waren Berichte, alte Notizen und sogar Fotos, die offenbar mit dem Projekt „Sternenlicht" in Verbindung standen.

„Das sind Dinge, die wir noch nicht hatten", murmelte sie. „Woher hast du das?"

„Eine Dame hat ihre Geheimnisse", antwortete Gertha mit einem Augenzwinkern.

„Und diese Dame bringt mich noch ins Grab", erwiderte Christina.

Bevor sie weiterfragen konnte, klingelte es erneut an der Tür. Christina warf Gertha einen warnenden Blick. „Wenn das noch jemand ist, der mir Informationen ‚aus einer geheimen Quelle' bringen will, schwöre ich, ich schreie."

Doch es war Alexander.

„Oh, wie passend", sagte Christina, als sie ihn eintreten ließ. „Jetzt haben wir die komplette Besetzung. Was fehlt, ist nur noch ein Mörder, der aus dem Schrank springt."

Alexander sah Gertha und dann die Dokumente auf dem Tisch. „Was ist das?"

„Gerthas neuestes Geschenk aus dem Reich der Schatten", sagte Christina und schob ihm die Papiere hin.

Er begann sie durchzusehen, und sein Gesichtsausdruck wurde zusehends ernster. „Das hier... das sind Beweise. Konkrete Verbindungen zu den Überbleibseln von ‚Sternenlicht'."

„Sag ich doch", sagte Gertha zufrieden. „Und ich habe noch mehr."

Sie zog ein Foto aus ihrer Tasche und legte es auf den Tisch. Es zeigte einen Mann mittleren Alters mit grauem Haar und kalten Augen.

„Markus Brandt", sagte Alexander leise.

„Genau der", bestätigte Gertha. „Und das Foto wurde vor zwei Tagen aufgenommen. Er ist hier in der Stadt."

„Natürlich ist er das", murmelte Christina. „Warum sollte es einfach sein?"

Alexander sah sie an. „Das heißt, wir haben eine echte Chance, ihn zu finden. Aber das könnte gefährlich werden."

„Könnte?" Christina schnaubte. „Es ist gefährlich seit dem Moment, als jemand beschlossen hat, Tarotkarten mit Leichen zu kombinieren."

Gertha stand auf und schnappte sich ihre Tasche. „Ich überlasse euch zwei jetzt eure Ermittlungen. Aber denkt daran: Ihr habt das nicht von mir."

„Natürlich nicht", sagte Christina trocken. „Wir haben es aus dem Nichts gezaubert."

Gertha zwinkerte ihr zu und verschwand, bevor Christina weitere Fragen stellen konnte.

Alexander lehnte sich zurück, sein Blick fest auf Christina gerichtet. „Wir müssen uns beeilen. Wenn Brandt hier ist, könnte das bedeuten, dass er seinen nächsten Zug plant."

„Dann lass uns keine Zeit verschwenden", sagte Christina, doch bevor sie weiterreden konnte, wurden die Lichter plötzlich dunkel.

„Was zum...?" murmelte sie und griff instinktiv nach ihrer Waffe.

Ein lautes Geräusch kam von draußen, gefolgt von Schritten im Treppenhaus. Alexander war sofort an ihrer Seite, seine Augen wachsam.

„Bleiben Sie hinter mir", sagte er, doch Christina lachte leise.

„Herr Doktor, ich glaube, Sie haben vergessen, wer hier die Waffe trägt."

„Und ich glaube, Sie haben vergessen, dass ich keine schlechte Ablenkung bin."

Sie schlichen zur Tür, und Christina öffnete sie vorsichtig. Der Flur war dunkel, doch eine Gestalt war deutlich zu erkennen – groß, breit und eindeutig nicht da, um Nachbarschaftshilfe zu leisten.

„Hey!" rief Christina und richtete ihre Waffe auf die Gestalt. „Keine Bewegung!"

Der Mann zögerte, doch dann warf er etwas in ihre Richtung – ein kleiner, schwarzer Gegenstand. Christina reagierte sofort, packte Alexander und zog ihn zurück in die Wohnung, gerade als eine weitere Explosion den Flur erschütterte.

„Das ist jetzt langsam lächerlich", keuchte sie, während sie sich aufrappelte. „Wer verdammt noch mal wirft mit Bomben um sich?"

„Jemand, der sicherstellen will, dass wir nicht weiterkommen", sagte Alexander und half ihr hoch.

Der Angreifer war bereits verschwunden, doch die Botschaft war klar. Christina sah Alexander an, ihre Augen funkelten vor Wut. „Das war's. Ich habe genug von diesen Spielchen. Es wird Zeit, dass wir diesen Brandt finden und das Ganze beenden."

„Dann sollten wir uns beeilen", sagte Alexander, seine Stimme ruhig, aber fest.

Christina nickte. „Das war ihr letzter Zug. Jetzt sind wir dran."

Kapitel 12

Christina lag in ihrem Krankenhausbett und starrte an die Decke, als würde sie darauf warten, dass die Lösung all ihrer Probleme von oben herabfiel. Der sterile Geruch des Zimmers, kombiniert mit dem monotonen Piepen der Geräte, raubte ihr den letzten Nerv.

„Das ist absurd", murmelte sie vor sich hin. „Ich bin Polizistin, keine Schwerverbrecherin. Warum fühle ich mich dann wie ein Gefangener in meinem eigenen Leben?"

Ihre beiden Wächter – zwei muskulöse Beamte, die vor der Tür standen – hörten es nicht. Sie waren zu sehr damit beschäftigt, sich gegenseitig darüber zu belehren, wer den besseren Kaffeeautomaten bedienen konnte.

Christina seufzte. „Wenn ich hier noch länger bleibe, verliere ich den Verstand. Oder schlimmer noch – ich gewöhne mich an diesen widerlichen Krankenhauskaffee."

Ihre Gedanken wurden unterbrochen, als ihr Handy vibrierte. Sie zog es unter der Decke hervor und las die Nachricht: *„Treffpunkt in fünf Minuten. Sei bereit. - Franz"*

Ein kleines Lächeln stahl sich auf ihr Gesicht. Franz war nicht immer der Schnellste, aber er wusste, wie man improvisierte.

Mit einem schnellen Blick zur Tür überprüfte sie, ob die Luft rein war. Dann zog sie sich ihre Jacke über, steckte die Füße in ihre Schuhe und schob die Decke so zurecht, dass es aussah, als würde sie noch im Bett liegen.

„Zeit für den großen Ausbruch", flüsterte sie und öffnete leise das Fenster.

Die Luft war frisch, und sie konnte den Verkehr der Straße unter sich hören. Es war nicht der eleganteste Plan, aber er würde funktionieren.

Gerade als sie sich hinauslehnte, hörte sie eine Stimme hinter sich. „Und was genau machen Sie da?"

Sie erstarrte. Langsam drehte sie sich um und sah Alexander, der in der Tür stand, die Arme verschränkt und einen Ausdruck im Gesicht, der irgendwo zwischen Amüsement und Besorgnis lag.

„Äh... frische Luft schnappen?" versuchte sie, doch ihr Tonfall verriet sie.

Alexander schüttelte den Kopf. „Sie wollen fliehen."

„Ich würde es eher ‚eine strategische Umgruppierung' nennen", entgegnete sie und setzte einen unschuldigen Blick auf.

„Das ist keine gute Idee."

„Es ist eine fantastische Idee", widersprach sie. „Bleiben Sie hier, wenn Sie wollen. Aber ich habe keine Zeit, auf Befehle von oben zu warten."

Er trat näher und sah sie eindringlich an. „Wenn Sie wirklich glauben, dass das der beste Weg ist, lassen Sie mich zumindest helfen."

„Helfen? Wollen Sie mich nicht aufhalten?"

„Nein", sagte er ruhig. „Aber ich möchte sicherstellen, dass Sie lebend da rauskommen."

„Das ist ein Angebot, das ich annehmen könnte", murmelte sie, bevor sie aus dem Fenster kletterte.

Draußen wartete Franz in einem alten Lieferwagen, der aussah, als hätte er seine besten Tage vor zwanzig Jahren hinter sich gelassen.

„Das ist Ihr Fluchtwagen?" fragte Christina skeptisch, als sie einstieg.

„Er ist unauffällig", verteidigte sich Franz.

„Er ist hässlich", stellte Alexander fest, der sich neben sie setzte.

„Ihr seid beide so negativ", murmelte Franz und fuhr los.

Doch kaum hatten sie das Krankenhaus hinter sich gelassen, tauchte ein schwarzer Wagen hinter ihnen auf.

„Wir werden verfolgt", sagte Christina, als sie in den Rückspiegel sah.

„Natürlich werden wir das", murmelte Alexander. „Wäre ja zu einfach gewesen."

„Schneller, Franz!" rief Christina, während sie sich anschnallte.

„Ich gebe schon alles!" Franz drückte das Gaspedal durch, doch der Lieferwagen hatte offensichtlich nicht mehr die Leistung, die er einst gehabt hatte.

Der schwarze Wagen kam näher, und Christina konnte den Fahrer sehen – eine maskierte Gestalt, die sie kalt anstarrte.

„Das wird eng", murmelte sie und suchte im Wagen nach irgendetwas, das als Ablenkung dienen konnte.

„Hier, nehmen Sie das", sagte Alexander und reichte ihr einen Feuerlöscher.

„Was soll ich damit?"

„Improvisieren Sie."

Christina öffnete das Fenster, lehnte sich hinaus und zielte mit dem Feuerlöscher auf die Windschutzscheibe des Verfolgers. Mit einem kräftigen Stoß entließ sie eine Wolke aus weißem Schaum, die den Wagen kurzzeitig zum Abbremsen zwang.

„Nicht schlecht", sagte Alexander anerkennend.

„Danke. Ich bin flexibel."

Sie bogen in eine schmale Seitenstraße ein und hielten schließlich vor der alten Stadtbibliothek.

„Hier können wir uns verstecken", sagte Franz, als sie ausstiegen.

„Eine Bibliothek?" fragte Alexander. „Das ist Ihr Plan?"

„Niemand sucht in einer Bibliothek nach mir", sagte Christina und grinste. „Ich bin schließlich keine Leseratte."

Die Tür öffnete sich, und Tante Hilda stand dort, die Hände an ihre Hüften gestemmt.

„Was habt ihr drei jetzt schon wieder angestellt?" fragte sie, ihre Stimme eine Mischung aus Erleichterung und Tadel.

„Lange Geschichte", sagte Christina und eilte hinein. „Können wir uns hier verstecken?"

„Natürlich", sagte Hilda und schloss die Tür. „Aber ich will jedes Detail hören."

Christina lehnte sich gegen ein Bücherregal und atmete tief durch. „Das war knapp."

Alexander stand neben ihr, seine Hände in den Taschen. „Das war mehr als knapp. Sie spielen mit dem Feuer, Christina."

„Das tue ich immer", sagte sie und sah ihn an. „Und meistens gewinne ich."

„Das hoffe ich für Sie", sagte er leise, doch in seinen Augen lag etwas, das sie nicht deuten konnte – Besorgnis, Zuneigung und ein Hauch von etwas, das sie nicht zuzulassen bereit war.

Die Stadtbibliothek war so alt, dass sie wahrscheinlich schon existierte, bevor die Buchdruckkunst erfunden wurde. Staubige Regale zogen sich bis zur Decke, und der Duft von altem Papier erfüllte die Luft. Für Christina war das kein Ort, um sich zu entspannen – es sei denn, die Alternative war eine Explosion oder ein weiteres Krankenhauszimmer.

„Setzt euch", befahl Tante Hilda, während sie den Korb mit frisch gebackenen Muffins auf den großen Holztisch stellte. „Ihr seht aus, als hätte euch ein Tornado durch die Stadt gejagt."

„Nicht ganz falsch", murmelte Christina und ließ sich auf einen Stuhl fallen. „Aber der Tornado hatte ein Auto und einen verdammt schlechten Geschmack in Masken."

Alexander setzte sich neben sie, und sein Blick blieb auf Christina gerichtet, während Hilda um den Tisch herumwirbelte wie ein General, der seine Truppen sortierte.

„Tee? Kaffee? Oder wollt ihr einfach direkt mit dem Drama weitermachen?" fragte sie und ließ keinen Zweifel daran, dass sie eine Antwort erwartete.

„Kaffee", sagte Christina. „Stark. Und bitte nichts, was mich daran erinnert, dass ich fast in die Luft gesprengt wurde."

Hilda schnaufte, verschwand in der Küche und ließ Christina und Alexander allein. Das Schweigen zwischen ihnen war nicht unangenehm, sondern geladen, wie die Stille vor einem Gewitter.

„Sie sollten vorsichtiger sein", begann Alexander schließlich, seine Stimme ruhig, aber mit einem Hauch von Ärger.

„Oh, danke für den Hinweis", sagte Christina sarkastisch. „Ich werde nächstes Mal meine Fluchtpläne vorher mit Ihnen abstimmen."

„Das meine ich ernst, Christina." Seine braunen Augen funkelten vor Entschlossenheit. „Sie riskieren viel mehr, als Sie denken."

„Und Sie glauben, ich weiß das nicht?" fragte sie und verschränkte die Arme. „Ich riskiere jeden Tag mein Leben, Alexander. Das ist mein Job. Und ehrlich gesagt – es ist mein Leben."

Er hielt ihrem Blick stand, aber etwas in seinem Ausdruck veränderte sich. „Es ist mehr als das. Diese Leute... sie spielen nicht fair. Sie haben keine Grenzen. Und wenn Sie nicht aufpassen, könnten Sie etwas verlieren, das Ihnen wichtig ist."

Christina wollte etwas scharfes erwidern, doch sie spürte, dass hinter seinen Worten eine persönliche Wahrheit lag. „Warum tun Sie das?" fragte sie schließlich leise.

„Was?"

„Sich einmischen. Sich Sorgen machen."

Alexander zögerte, bevor er antwortete. „Weil Sie mir wichtig sind. Und weil ich schon einmal jemanden verloren habe, der mir wichtig war."

Christina war für einen Moment sprachlos. Die Schwere seiner Worte hing zwischen ihnen, doch bevor sie weiter darüber nachdenken konnte, platzte Hilda zurück in den Raum, einen dampfenden Kaffeebecher in der Hand.

„Hier", sagte sie und stellte ihn mit einem dramatischen Schwung vor Christina. „Das stärkste Gebräu, das ich auf die Schnelle zaubern konnte. Und jetzt... was ist euer Plan?"

Christina nahm einen Schluck Kaffee und verzog das Gesicht. „Tante Hilda, das schmeckt wie flüssige Kohle."

„Und doch bist du noch wach, oder?" Hilda setzte sich und fixierte Christina mit einem wissenden Blick. „Also, Liebes, was wirst du tun?"

„Ich werde diesen Markus Brandt finden", sagte Christina entschlossen. „Und ich werde ihn zur Rechenschaft ziehen."

„Und wie willst du das anstellen? Einfach an seine Tür klopfen und sagen: ‚Hallo, ich bin Christina Weber, die Polizei. Würden Sie bitte aufhören, mich zu verfolgen und Leute umzubringen?'"

„Das ist eine Idee", murmelte Christina. „Aber ich habe etwas Dramatischeres im Sinn."

„Natürlich hast du das", sagte Hilda trocken. „Du bist schließlich meine Nichte."

Alexander räusperte sich. „Bevor wir einen Plan machen, sollten wir sicherstellen, dass wir alle Informationen haben. Es gibt noch zu viele Unbekannte."

„Dann klären wir die Unbekannten", sagte Christina und stand auf. „Was immer Brandt versteckt, wir werden es finden. Und wir werden ihn zur Strecke bringen."

Hilda sah Alexander an, ihre Augen funkelten vor Neugier. „Was ist mit Ihnen, Herr Doktor? Werden Sie Christina begleiten? Oder bleiben Sie lieber hier und verstecken sich zwischen den Regalen?"

Alexander lächelte schwach. „Ich bin nicht der Typ, der sich versteckt."

„Gut", sagte Hilda und nickte. „Dann passt ihr perfekt zusammen. Zwei Dickköpfe auf einer Mission. Das wird großartig."

„Wir brauchen einen Ausgangspunkt", sagte Alexander, während er aufstand. „Etwas, das uns zu Brandt führt."

Hilda grinste und zog eine kleine Schachtel aus ihrer Tasche. „Vielleicht hilft das."

„Was ist das?" fragte Christina misstrauisch.

„Etwas, das ich aus einer alten Akte gefunden habe. Es gehört Brandt."

Christina nahm die Schachtel und öffnete sie. Darin lag ein altes Foto – ein Mann und eine Frau, die zusammen vor einem großen Gebäude standen.

„Das ist die Klinik", murmelte Alexander, als er das Foto betrachtete. „Und das... das ist Brandt."

Christina sah genauer hin. Die Frau neben ihm kam ihr bekannt vor, doch sie konnte sie nicht einordnen.

„Wer ist das?" fragte sie und zeigte auf die Frau.

„Das ist die große Frage", sagte Hilda. „Vielleicht jemand, der uns Antworten geben kann."

„Oder jemand, der mehr Probleme verursacht", murmelte Christina.

Alexander legte eine Hand auf ihre Schulter. „Egal was passiert, wir machen das zusammen."

Sie sah ihn an, und für einen Moment vergaß sie die Gefahr, die sie umgab.

Die Bibliothek war nun still, nur das gelegentliche Rascheln von Papier durchbrach die Stille. Christina, Alexander und Tante Hilda hatten sich an einem großen Tisch niedergelassen, der mit alten Zeitungsausschnitten, verstaubten Akten und dem mysteriösen Foto bedeckt war.

„Also, was haben wir hier?" fragte Christina und musterte das Bild. „Ein charmantes Paar vor einem Gebäude, das wie der perfekte Schauplatz für einen Horrorfilm aussieht."

Alexander lehnte sich vor und zeigte auf die Frau. „Sie kommt mir bekannt vor. Aber ich kann sie nicht einordnen."

Hilda, die mit einer Lupe über einem der Zeitungsausschnitte hing, hob den Kopf. „Das liegt daran, dass sie sehr wahrscheinlich tot ist. Tote Menschen sehen immer anders aus, wenn man sie lebendig sieht."

„Vielen Dank für diesen tiefen psychologischen Einblick, Tante Hilda", sagte Christina trocken.

„Keine Ursache", erwiderte Hilda und blätterte weiter. „Ah, hier haben wir etwas. ‚Dr. Markus Brandt und seine Assistentin Ingrid Sommer'. Dieser Artikel stammt aus einer Zeitschrift, die vor etwa zwanzig Jahren über medizinische Durchbrüche berichtete."

„Ingrid Sommer", wiederholte Christina und notierte den Namen. „Was ist mit ihr passiert?"

Alexander zog einen weiteren Artikel hervor, in dem das Wort „Vermisst" fett gedruckt war. „Sie verschwand vor ungefähr fünfzehn Jahren. Kurz nachdem das ‚Sternenlicht'-Projekt angeblich beendet wurde."

„Natürlich verschwand sie", murmelte Christina. „Niemand in diesem Fall kann einfach in Rente gehen oder eine normale Karriere verfolgen."

„Was bedeutet das für uns?" fragte Hilda, während sie einen Schluck Tee nahm. „Suchen wir jetzt eine Frau, die vielleicht tot ist, vielleicht aber auch nicht?"

Christina warf Alexander einen fragenden Blick zu. „Wenn Ingrid Sommer wirklich mit Brandt zusammengearbeitet hat, könnte sie mehr wissen, als uns lieb ist."

„Oder sie ist der Schlüssel zu all dem", fügte Alexander hinzu. „Wir sollten herausfinden, was mit ihr passiert ist."

„Das klingt nach einer Aufgabe für das Stadtarchiv", sagte Christina und stand auf. „Alte Zeitungen, Berichte, vielleicht ein paar Hinweise darauf, wo sie zuletzt gesehen wurde."

„Oder", sagte Hilda mit einem scharfen Blick, „ihr fragt einfach jemanden, der noch lebt und sich an sie erinnert."

Christina drehte sich um. „Wen meinen Sie?"

„Klausi natürlich", sagte Hilda, als wäre es das Offensichtlichste der Welt.

„Klausi?" fragte Alexander skeptisch.

„Der Journalist, der jeden kennt und jedes Geheimnis in dieser Stadt ausgräbt", erklärte Hilda. „Wenn jemand etwas über Ingrid Sommer weiß, dann er."

„Großartig", murmelte Christina. „Das Letzte, was ich heute brauche, ist eine Unterhaltung mit dem männlichen Klatschweib dieser Stadt."

„Komm schon, Liebes", sagte Hilda und klopfte ihr auf die Schulter. „Manchmal muss man mit unangenehmen Menschen reden, um die Wahrheit herauszufinden. Außerdem liebt er es, wenn du ihn anschreist. Es gibt ihm das Gefühl, wichtig zu sein."

„Ich schrei niemanden an", protestierte Christina, doch Alexander hob nur eine Augenbraue.

„Nein? Wollen wir das mit einer Aufnahme überprüfen?"

Christina ignorierte ihn und griff nach ihrer Jacke. „Na gut. Gehen wir zu Klausi. Aber wenn er anfängt, mich nach meinem Liebesleben zu fragen, verlasse ich die Stadt."

Der Weg zu Klaus Bauers Büro war kurz, aber nicht weniger unangenehm. Seine „Redaktion" war eine Mischung aus chaotischem Arbeitsraum und Antiquitätensammlung, und Klaus selbst saß hinter einem Schreibtisch, der unter Bergen von Papier zusammenzubrechen drohte.

„Christina!" rief er, als sie eintrat. „Und der geheimnisvolle Herr Doktor! Was für eine Ehre!"

„Hör auf mit dem Geschleime, Klaus", sagte Christina und setzte sich vor seinen Schreibtisch. „Wir brauchen Informationen."

„Oh, Informationen. Ich liebe Informationen", sagte Klaus und lehnte sich zurück. „Aber wie immer gibt es einen kleinen Preis."

„Klaus, wenn du Geld willst, bist du bei mir an der falschen Adresse."

„Kein Geld", sagte er mit einem schelmischen Grinsen. „Nur ein kleines Interview. Die Leute lieben Geschichten über mutige Polizistinnen und ihre geheimnisvollen Partner."

Alexander sah Klaus mit schmalen Augen an. „Ich bin kein Partner. Ich bin ein Berater."

„Natürlich", sagte Klaus mit einem Zwinkern. „Das sagen sie alle."

„Klaus", unterbrach Christina ihn, bevor er weitermachen konnte. „Konzentrier dich. Ingrid Sommer. Was weißt du über sie?"

Klaus wurde plötzlich ernst. „Ingrid Sommer... das ist ein Name, den ich lange nicht gehört habe."

„Aber du erinnerst dich?" fragte Christina.

„Oh, ich erinnere mich", sagte Klaus und griff nach einer alten Mappe. „Sie war eine brillante Frau, aber sie hatte eine dunkle Seite. Sie verschwand, und niemand wusste, warum. Es gab Gerüchte..."

„Was für Gerüchte?" fragte Alexander.

„Dass sie und Markus Brandt mehr teilten als nur berufliche Interessen", sagte Klaus. „Und dass sie, kurz bevor sie verschwand, ein Tagebuch führte. Angeblich enthielt es alles – ihre Forschungen, ihre Gedanken und... ihre Ängste."

„Ein Tagebuch?" Christina lehnte sich vor. „Wo ist es jetzt?"

Klaus zuckte mit den Schultern. „Das ist die große Frage, nicht wahr? Manche sagen, es wurde vernichtet. Andere sagen, es wurde versteckt."

„Großartig", murmelte Christina. „Ein weiteres Rätsel, das wir lösen müssen."

„Aber wenn ihr es findet", sagte Klaus, „könnte es euch alles geben, was ihr braucht, um Brandt zu stoppen."

„Und das sagt dir deine journalistische Intuition?" fragte Alexander trocken.

„Nein", sagte Klaus mit einem breiten Grinsen. „Das sagt mir mein Instinkt für Dramatik."

Als sie das Büro verließen, war Christina ungewöhnlich still. Alexander sah sie an und fragte schließlich: „Woran denken Sie?"

„Ich denke, dass wir in einem Labyrinth stecken, und jedes Mal, wenn wir glauben, den Ausgang zu sehen, taucht eine neue Mauer auf", sagte sie.

„Aber wir kommen näher", sagte Alexander.

„Ich hoffe es", murmelte sie. „Denn ich habe langsam genug von diesem Spiel."

Der Abend war kalt und still, als Christina und Alexander vor dem alten Gebäude standen, das laut Klaus der letzte bekannte Aufenthaltsort von Ingrid Sommer gewesen sein könnte. Es war ein verlassener Flügel eines Krankenhauses, dessen Fenster wie dunkle, tote Augen auf sie herabsahen.

„Hätten wir vielleicht warten sollen, bis wir Verstärkung haben?" fragte Alexander, während er sich umblickte.

„Oh, das ist eine fantastische Idee", sagte Christina sarkastisch. „Dann können wir die Presse einladen und ein nettes Foto für die nächste Ausgabe der Lokalzeitung machen. ‚Kommissarin Weber und der geheimnisvolle Doktor bei der Arbeit‘."

„Ich nehme an, das ist ein Nein?"

Christina schüttelte den Kopf und zog ihre Taschenlampe heraus. „Kommen Sie schon, Herr Doktor. Wenn jemand hier drin auf uns lauert, sollten wir ihm wenigstens die Chance geben, uns ordentlich zu erschrecken."

„Ihre Tapferkeit ist bewundernswert", murmelte Alexander und folgte ihr ins Gebäude.

Der Flur war dunkel und roch nach Feuchtigkeit und altem Holz. Ihre Schritte hallten, und Christina konnte spüren, wie die Spannung zwischen ihnen wuchs.

„Also, was genau suchen wir hier?" fragte Alexander.

„Alles, was nach Tagebuch aussieht", antwortete Christina. „Oder nach einer Falle."

„Das beruhigt mich ungemein."

„Das sollte es auch. Ich bin schließlich dafür bekannt, dass ich meine Partner beschütze."

„Wir sind keine Partner", stellte Alexander fest.

„Noch nicht", sagte sie mit einem frechen Grinsen.

Sie betraten einen großen Raum, der einmal ein Büro gewesen sein könnte. Ein alter Schreibtisch stand in der Mitte, umgeben von umgestürzten Regalen und Papieren, die wie vergilbte Schneeflocken auf dem Boden verteilt waren.

„Sieht einladend aus", bemerkte Alexander und begann, die Regale zu durchsuchen.

Christina ging zum Schreibtisch und öffnete eine der Schubladen. „Wenn ich ein geheimes Tagebuch wäre, wo würde ich mich verstecken?"

„Vermutlich nicht in einem verrottenden Krankenhaus", sagte Alexander trocken.

„Danke für die Unterstützung, Sherlock."

Bevor Alexander antworten konnte, hörten sie Schritte hinter sich. Christina erstarrte, und Alexander zog sie instinktiv näher zu sich.

„Wer ist da?" rief Christina, ihre Stimme fest, doch innerlich raste ihr Herz.

Eine Gestalt trat aus den Schatten, und Christina erkannte ihn sofort: Markus Brandt. Sein Gesicht war ruhig, fast freundlich, aber seine Augen funkelten vor Kälte.

„Kommissarin Weber", sagte er mit einer Stimme, die so glatt war wie Glas. „Und Herr Doktor. Was für ein unerwartetes Vergnügen."

„Ich wünschte, ich könnte dasselbe sagen", entgegnete Christina, während sie unauffällig nach ihrer Waffe griff.

Brandt hob eine Hand, in der er einen kleinen schwarzen Gegenstand hielt. „Ich würde das nicht tun, wenn ich Sie wäre. Dieser Knopf hier könnte etwas... Unangenehmes auslösen."

„Natürlich", murmelte Christina. „Ein Bösewicht mit einem Fernzünder. Wie originell."

Alexander trat einen Schritt vor. „Was wollen Sie, Brandt?"

„Das ist eine interessante Frage", sagte Brandt und musterte sie beide. „Aber die bessere Frage ist: Was wollen Sie?"

„Wir wollen Antworten", sagte Christina. „Und ehrlich gesagt, habe ich die Geduld verloren, sie freundlich zu stellen."

Brandt lachte leise. „Das gefällt mir an Ihnen, Frau Weber. Diese Entschlossenheit. Es erinnert mich an jemanden, den ich einmal kannte."

„Ingrid Sommer?" fragte Alexander, und Brandts Lächeln verschwand.

„Sie wissen mehr, als ich dachte", sagte Brandt langsam. „Aber Ingrid ist Geschichte. So wie Sie es bald sein könnten, wenn Sie nicht aufpassen."

„Dann erzählen Sie uns, warum Sie all das tun", sagte Christina und machte einen kleinen Schritt nach vorne. „Ist es Rache? Macht? Oder sind Sie einfach nur gelangweilt?"

Brandt musterte sie einen Moment, bevor er antwortete. „Es ist... kompliziert."

„Oh, großartig", sagte Christina. „Ein Bösewicht mit Gefühlen. Jetzt fehlen nur noch die traurigen Geigen."

Brandt lachte erneut, doch dieses Mal war sein Lachen härter. „Sie haben keine Ahnung, wovon Sie sprechen."

„Dann klären Sie mich auf", forderte Christina.

Doch bevor Brandt antworten konnte, hörten sie erneut Schritte – diesmal von der anderen Seite des Raumes.

Eine zweite Gestalt trat hervor, und Christina erkannte sie sofort: Ingrid Sommer.

„Das ist unmöglich", murmelte Alexander.

„Ach, Alexander", sagte Ingrid mit einem kalten Lächeln. „Du solltest wissen, dass nichts unmöglich ist."

Christina warf Alexander einen scharfen Blick zu. „Was zum Teufel geht hier vor sich?"

Alexander öffnete den Mund, doch Ingrid unterbrach ihn. „Er hat es Ihnen nicht erzählt, oder? Wie süß."

„Was nicht erzählt?" fragte Christina, ihre Stimme eisig.

„Dass Alexander Teil des ursprünglichen Projekts war", sagte Ingrid und ließ jedes Wort wie eine Bombe fallen. „Dass er wusste, was wir taten, und dass er uns trotzdem nicht aufhielt."

Christina starrte Alexander an, ihre Gedanken ein Chaos aus Wut und Verrat. „Ist das wahr?"

Alexander senkte den Blick, bevor er leise antwortete: „Es ist komplizierter, als es klingt."

„Natürlich ist es das", sagte Christina und zog ihre Waffe. „Aber das können wir später klären. Jetzt kümmern wir uns um diese beiden."

„Viel Glück damit", sagte Ingrid und zog eine Waffe.

Ein Schuss hallte durch den Raum, und Chaos brach aus. Christina warf sich zu Boden, während Alexander sie zu decken versuchte. Brandt und Ingrid verschwanden in den Schatten, und ihre Stimmen hallten durch das Gebäude.

„Das war nur der Anfang, Frau Weber", rief Brandt. „Das Spiel ist noch nicht vorbei."

Christina starrte in die Dunkelheit, ihr Herz raste, und sie wusste, dass dies erst der Anfang war.

Kapitel 13

Christina saß auf der Kante eines alten Sofas, das in einer verlassenen Ferienwohnung stand, die Hilda als „Notfall-Unterschlupf" bezeichnet hatte. Draußen war es still, abgesehen vom leisen Rauschen der Bäume im Wind. Alexander stand am Fenster, den Blick in die Dunkelheit gerichtet.

„Das hätte schiefgehen können", murmelte Christina und rieb sich über die Stirn.

„Das ist es fast", antwortete Alexander, ohne sich umzudrehen.

„Danke für diese unglaublich beruhigenden Worte", sagte Christina sarkastisch und zog ihre Schuhe aus. „Nächstes Mal können wir vielleicht vorher ein ‚Bitte nicht schießen'-Schild aufstellen?"

Alexander drehte sich langsam um, sein Blick ernst. „Ich hätte es Ihnen früher sagen sollen."

Christina seufzte. „Wenn Sie von Ihrer Verbindung zu ‚Sternenlicht' sprechen – ja, das hätten Sie. Aber wissen Sie was? Ich bin zu müde, um mich jetzt darüber aufzuregen. Also reden wir darüber, während ich nicht komplett wütend bin."

Alexander setzte sich in einen Sessel gegenüber von ihr, seine Schultern leicht gesenkt. „Ich war jung, ehrgeizig, und ich glaubte, dass ‚Sternenlicht' wirklich etwas Gutes bewirken könnte. Die Idee war faszinierend – Menschen helfen, ihre Traumata zu überwinden, ihre Ängste zu bewältigen."

„Das klingt ja fast wie eine Heldengeschichte", sagte Christina trocken. „Lassen Sie mich raten – irgendwo auf dem Weg wurde es düster."

„Sehr düster", gab Alexander zu. „Als ich merkte, dass die Methoden, die wir anwandten, mehr Schaden anrichteten als halfen, war es zu spät. Ich wollte aussteigen, aber sie ließen mich nicht."

„,Sie'?" fragte Christina und lehnte sich vor. „Brandt und Ingrid?"

Alexander nickte. „Sie waren davon überzeugt, dass das Projekt revolutionär war – egal, was es kostete."

Christina schüttelte den Kopf. „Und jetzt ist Ingrid plötzlich wieder da, lebendig und gut bewaffnet. Was, um alles in der Welt, hat das mit Sophi Baumans Verschwinden zu tun?"

Alexander zögerte einen Moment, bevor er antwortete. „Sophie war eine Journalistin, die das Projekt untersucht hat. Sie hatte herausgefunden, dass einige der Teilnehmer verschwanden. Und sie war entschlossen, die Wahrheit ans Licht zu bringen."

„Und? Hat sie etwas gefunden?"

„Ich denke, sie war nah dran", sagte Alexander leise. „Zu nah. Brandt hat sie verschwinden lassen, davon bin ich überzeugt. Aber ihre Arbeit – ihre Notizen, ihre Quellen – könnten noch irgendwo existieren."

Christina stand auf und begann im Raum auf und ab zu gehen. „Also suchen wir nicht nur Brandt und Ingrid, sondern auch die Reste von Sophies Recherchen. Und das alles, während sie uns jagen."

„Es ist komplizierter, als es aussieht", sagte Alexander.

„Oh, wirklich? Das hätte ich nie vermutet", erwiderte Christina sarkastisch und blieb vor ihm stehen. „Aber wissen Sie was? Ich bin nicht gut darin, aufzugeben. Also finden wir sie. Alle."

Alexander lächelte schwach. „Ich hatte nichts anderes erwartet."

Das Schweigen, das folgte, war nicht unangenehm, sondern voller unausgesprochener Worte. Schließlich brach Christina es.

„Warum haben Sie sich so verändert?" fragte sie leise.

„Weil ich gelernt habe, dass Intelligenz nichts wert ist, wenn sie von falschen Überzeugungen angetrieben wird", antwortete Alexander.

Christina nickte langsam. „Das ist eine gute Lektion."

Sie setzte sich wieder und lehnte den Kopf zurück. „Aber jetzt, Herr Doktor, brauche ich fünf Minuten, um nicht über Mörder, verschwundene Tagebücher oder Sie nachzudenken. Ist das zu viel verlangt?"

„Keineswegs", sagte Alexander mit einem schwachen Lächeln. „Ich werde wachen."

„Großartig", murmelte Christina. „Ein wachsamer Psychologe. Was könnte schiefgehen?"

Doch obwohl sie scherzte, fühlte sie sich sicherer, als sie es zugeben wollte. Alexanders Nähe war beruhigend, trotz der Geheimnisse, die zwischen ihnen lagen. Und während ihre Augen sich schlossen, wusste sie, dass der nächste Schritt sie noch näher an die Wahrheit – und die Gefahr – bringen würde.

Das Polizeipräsidium war an diesem Morgen lebendig wie ein Ameisenhaufen. Telefone klingelten, Kollegen diskutierten hitzig über neueste Fälle, und in der Ecke führte Franz ein lautstarkes Gespräch mit der IT-Abteilung, das mehr nach persönlicher Fehde als nach professioneller Kommunikation klang.

Christina trat mit einem müden Gesichtsausdruck ein, Alexander an ihrer Seite. Die Nacht im Versteck hatte zwar ihre Gedanken sortiert, aber ihr Schlafkonto war weiterhin hoffnungslos überzogen.

„Ah, Frau Weber, da sind Sie ja wieder", rief Kommissar Schmidt von seinem Schreibtisch aus. „Haben Sie die Nacht in einer Gruft verbracht? Sie sehen aus wie eine Figur aus einem schlechten Horrorfilm."

„Danke, Chef. Ihr Charme macht den Montagmorgen gleich viel besser", sagte Christina trocken und ließ sich in ihren Stuhl fallen.

Alexander blieb stehen, die Hände in den Taschen, und musterte die Szenerie mit seiner üblichen Mischung aus distanzierter Beobachtung und stiller Amüsiertheit.

„Herr Doktor, wenn Sie nichts zu tun haben, können Sie mir gerne helfen, die Kaffeekasse aufzubessern", fügte Schmidt hinzu und hielt ihm eine Büchse hin.

„Ich fürchte, ich bin besser darin, Menschen zu analysieren als ihren Koffeinkonsum zu finanzieren", antwortete Alexander glatt.

Christina verdrehte die Augen. „Können wir uns bitte auf etwas Wichtigeres konzentrieren? Zum Beispiel die neuen Entwicklungen?"

„Franz! Komm her!" rief Schmidt, und Franz stolperte mit einem Stapel Akten und einem Kaffeebecher, der gefährlich nah daran war, überzulaufen.

„Ja, Chef?"

„Erzähl uns, was du hast", sagte Schmidt und nahm einen Schluck aus seiner eigenen Tasse, die aussah, als hätte sie die letzten drei Jahrzehnte ohne gründliche Reinigung überstanden.

Franz schlug die Akten auf und begann, nervös zu erklären. „Also, ähm, wir haben neue Hinweise auf die Verbindung zwischen Markus Brandt und Ingrid Sommer. Es scheint, dass sie vor Jahren gemeinsam an einer Art... Geheimlabor gearbeitet haben."

„Ein Geheimlabor?" fragte Christina skeptisch. „Das klingt nach einem schlechten Science-Fiction-Film."

„Es war angeblich Teil eines größeren Netzwerks", fuhr Franz fort. „Experimente, illegale Tests – die ganze Palette. Und das Beste? Es gibt einen Bericht über ein Treffen vor ein paar Wochen. Hier, in der Stadt."

Alexander zog die Akte heran und überflog die Seiten. „Das erklärt, warum Brandt zurückgekehrt ist. Aber warum jetzt?"

„Vielleicht, weil sie etwas zu Ende bringen wollen, das vor Jahren begonnen wurde", sagte Schmidt und lehnte sich zurück. „Oder sie haben Angst, dass jemand zu viel weiß."

„Das würde Sophie Baumans Interesse erklären", murmelte Christina. „Sie hat die Verbindung gesehen, die wir alle übersehen haben."

„Und jetzt sind wir mitten in ihrem Spiel", fügte Alexander hinzu.

„Spiel?" Schmidt lachte trocken. „Das hier ist kein Spiel, Doktor. Das ist ein verdammter Albtraum. Und wenn wir nicht aufpassen, stehen wir am Ende ohne Antworten da."

„Das wäre eine Premiere", sagte Christina ironisch. „Wir Polizisten sind schließlich bekannt dafür, immer die klaren Lösungen zu haben."

Schmidt ignorierte sie und wandte sich an Franz. „Was ist mit den Aufzeichnungen? Gibt es Überwachungsmaterial oder Zeugen?"

„Nicht viel", gestand Franz. „Aber es gibt ein paar seltsame Transaktionen auf einem Konto, das mit Ingrid Sommer in Verbindung steht. Es sieht aus, als hätte sie vor kurzem eine große Summe für... medizinische Geräte ausgegeben."

„Großartig", sagte Christina. „Das heißt, sie basteln entweder an einer neuen Version ihres Wahnsinns oder planen eine Party, die wir definitiv nicht besuchen wollen."

Schmidt rieb sich die Stirn. „Das wird immer besser. Was ist mit dem Tagebuch, von dem ihr gesprochen habt? Glaubt ihr wirklich, dass es existiert?"

„Es ist möglich", sagte Alexander. „Wenn Sophie ihre Arbeit dokumentiert hat, könnte es alles enthalten – Beweise, Verbindungen, Motive."

„Dann finden Sie es", sagte Schmidt entschlossen. „Und zwar schnell."

Christina stand auf, ihre Energie plötzlich zurück. „Ich werde das tun. Aber zuerst brauche ich einen Kaffee, der nicht nach verbrannter Erde schmeckt."

„Und ich werde versuchen, den Rest der Akten zu durchforsten", sagte Alexander. „Vielleicht finden wir etwas, das uns weiterbringt."

Schmidt nickte. „Gut. Aber denkt daran – jeder Fehler könnte unser letzter sein. Und ich möchte nicht auf eure Beerdigungen gehen. Ich hasse Krawatten."

Als Christina und Alexander das Büro verließen, blieb ein merkwürdiges Schweigen zwischen ihnen. Schließlich war es Christina, die es brach.

„Was denken Sie wirklich über das Tagebuch?" fragte sie.

„Ich denke, es könnte die Antwort auf alles sein", sagte Alexander. „Aber ich denke auch, dass es uns in größere Gefahr bringen könnte, als wir uns vorstellen können."

Christina nickte langsam. „Dann sollten wir besser darauf vorbereitet sein."

„Sind Sie das nicht immer?" fragte Alexander mit einem Hauch von Humor.

„Natürlich", sagte sie mit einem Lächeln. „Ich bin schließlich Christina Weber."

Das Café „Zum goldenen Engel" war zur Mittagszeit gut besucht. Der Duft von frischem Apfelstrudel und starkem Kaffee erfüllte die Luft, während Gertha hinter der Theke stand und mit einem Holzlöffel energisch auf einen rebellischen Teigklumpen einhämmerte.

„Ah, meine Lieblingspolizistin und ihr mysteriöser Begleiter", rief sie, als Christina und Alexander eintraten. „Was darf's sein? Koffein, Klatsch oder Chaos?"

„Ein bisschen von allem", sagte Christina und ließ sich auf einen der gepolsterten Stühle fallen. „Am besten in dieser Reihenfolge."

Alexander setzte sich neben sie, sein Blick wanderte über die anderen Gäste, die entweder in ihre Unterhaltungen vertieft oder zu höflich waren, um offen zu starren.

„Was ist los, Gertha? Du wirkst angespannt", fragte Christina, als Gertha ihnen zwei Tassen Kaffee brachte.

„Angespannt? Ich?" Gertha schnaufte und wischte sich die Hände an ihrer Schürze ab. „Nur weil ich gerade einen Anruf von einem alten Freund bekommen habe, der mir erzählt hat, dass die halbe Stadt darüber redet, dass du in einem verlassenen Gebäude mit einem Mörder Katz und Maus spielst? Nein, ich bin überhaupt nicht angespannt."

Christina nahm einen Schluck Kaffee und verdrehte die Augen. „Was soll ich sagen? Manche Leute spielen Golf, ich fange Psychopathen."

„Golf wäre sicherer", murmelte Alexander, doch sein Tonfall war mehr belustigt als tadelnd.

„Ihr beide seid unmöglich", sagte Gertha und setzte sich zu ihnen. „Aber das ist genau das, was ich an euch liebe. Hier, ich habe etwas für euch."

Sie zog eine kleine Mappe hervor und legte sie auf den Tisch. „Das hat mir jemand anonym zugeschickt. Es könnte nützlich sein."

Christina öffnete die Mappe und zog ein paar vergilbte Zeitungsausschnitte heraus. Überschriften wie „Schatten der Medizin" und „Verschwundene Wahrheit" sprangen ihr ins Auge.

„Das sind Artikel über das ‚Sternenlicht'-Projekt", sagte Alexander und zog eine Seite näher heran. „Das hier stammt aus einer investigativen Serie. Der Autor... Klaus Bauer."

„Natürlich", murmelte Christina. „Er steckt immer irgendwie mit drin."

„Klaus mag nervig sein", sagte Gertha und zwinkerte, „aber er hat seine Ohren überall. Wenn er etwas weiß, wird er es dir nicht einfach so geben. Du musst ihn schlau fragen."

„Schlau?" Christina zog eine Augenbraue hoch. „Ich glaube, du verwechselst mich mit jemandem, der diplomatisch ist."

„Deshalb nehme ich an, dass Alexander das übernimmt", sagte Gertha mit einem breiten Lächeln.

„Oh, großartig", sagte Alexander trocken. „Jetzt bin ich der Klaus-Flüsterer."

Gertha kicherte und tätschelte seine Hand. „Keine Sorge, Liebes. Du machst das wunderbar."

„Warum habe ich das Gefühl, dass ich hier der einzige Erwachsene im Raum bin?" murmelte Alexander.

Christina grinste. „Willkommen in meiner Welt."

Bevor sie weiterreden konnten, klingelte die Türglocke, und Klaus Bauer trat ein, mit einem breiten Grinsen und einem Stapel Notizen in der Hand.

„Ah, genau die Leute, die ich sehen wollte", sagte er, als er sich ungefragt zu ihnen setzte. „Ich habe Neuigkeiten."

„Das ist nichts Neues", sagte Christina und schob ihm die Zeitungsausschnitte hin. „Was kannst du uns über diese Artikel sagen?"

Klaus musterte die Seiten und lehnte sich zurück. „Das sind Klassiker meiner frühen Karriere. Damals hatte ich noch Träume davon, den Pulitzer zu gewinnen."

„Und jetzt?" fragte Alexander.

„Jetzt hoffe ich einfach, genug Geld zu verdienen, um meinen Kater zu füttern." Klaus grinste, doch sein Gesicht wurde schnell ernst. „Aber diese Artikel... sie haben einige Leute sehr nervös gemacht."

„Wen genau?" fragte Christina.

Klaus senkte die Stimme, als wäre er plötzlich Teil eines Spionage-Thrillers. „Ingrid Sommer hat mich einmal kontaktiert, kurz bevor sie verschwand. Sie wollte etwas loswerden – ein Tagebuch, dachte ich damals. Aber sie kam nie zu unserem Treffen."

„Und das erzählen Sie uns erst jetzt?" fragte Christina, ihre Stimme vorwurfsvoll.

„Ich bin ein Journalist, kein Detektiv", verteidigte sich Klaus. „Aber wenn ihr wirklich glaubt, dass das Tagebuch existiert, könnte es noch irgendwo sein."

„Haben Sie eine Ahnung, wo?" fragte Alexander.

Klaus zuckte mit den Schultern. „Vielleicht in einem alten Schließfach. Oder bei jemandem, dem sie vertraut hat. Aber ich weiß eines: Wenn ihr Ingrid finden wollt, werdet ihr das Tagebuch brauchen."

„Das bringt uns also zurück auf die Jagd", sagte Christina und lehnte sich zurück. „Wunderbar. Ich liebe es, wenn wir im Kreis laufen."

Bevor Klaus antworten konnte, klingelte sein Handy, und sein Gesichtsausdruck veränderte sich. „Das ist... interessant."

„Was?" fragte Christina.

Klaus legte auf und sah sie an. „Es gab einen Vorfall. In einer alten Lagerhalle am Stadtrand. Die Polizei ist schon auf dem Weg."

Christina sprang auf. „Was für ein Vorfall?"

„Ein Feuer. Und anscheinend hat jemand eine Nachricht für Sie hinterlassen."

Alexander sah Christina an, seine Augen voller Sorge. „Das klingt wie eine Einladung."

„Dann sollten wir sie annehmen", sagte Christina entschlossen.

„Ihr beide seid verrückt", sagte Gertha und schüttelte den Kopf.

„Vielleicht", sagte Christina, während sie zur Tür ging. „Aber manchmal braucht man das, um zu gewinnen."

Die Lagerhalle am Stadtrand war ein Relikt vergangener Zeiten. Einst ein Umschlagplatz für Güter, stand sie nun verlassen da, ihre Metallwände von Rost zerfressen und die Fenster längst blind vor Schmutz. Doch heute war sie alles andere als still. Blaulichter warfen zuckende Schatten auf das Gebäude, während Feuerwehrmänner und Polizisten sich an der Szene versammelten.

„Haben wir ein Déjà-vu, oder ist das hier das zweite Mal diese Woche, dass wir mitten in einer verdächtigen Katastrophe landen?" fragte Christina, als sie und Alexander aus dem Auto stiegen.

Alexander musterte die Szene mit einem ernsten Blick. „Es scheint, als hätte jemand eine Vorliebe für dramatische Inszenierungen."

„Das passt zu unserem Freund Brandt", murmelte Christina und ging auf den Einsatzleiter zu. „Was haben wir hier?"

„Brandstiftung", sagte der Mann knapp. „Wir haben den Brand unter Kontrolle, aber das Innere ist stark beschädigt. Und bevor Sie fragen: Ja, wir haben eine Nachricht gefunden."

Christina hob eine Augenbraue. „Eine Nachricht? Wo?"

Der Einsatzleiter deutete auf einen Feuerwehrmann, der einen halb verkohlten Zettel in der Hand hielt. Christina nahm ihn entgegen, ihre Finger spürten den rauen, verbrannten Rand des Papiers.

„Die Wahrheit liegt im Feuer.", las sie laut vor und schnaubte. „Wirklich? Was ist das hier, ein schlechter Krimi?"

„Zumindest hat er ein Talent für Dramatik", bemerkte Alexander trocken, während er sich den Zettel ansah.

„Was soll das überhaupt bedeuten?" fragte Christina und hielt den Zettel hoch. „Die Wahrheit liegt im Feuer? Ich weiß nicht, ob ich das als Metapher oder als Drohung nehmen soll."

„Wahrscheinlich beides", sagte Alexander, der den Blick auf die Lagerhalle gerichtet hielt. „Und ich wette, die Antwort liegt da drin."

„Natürlich", sagte Christina und seufzte. „Weil wir immer in die brennenden Gebäude gehen müssen."

Mit Taschenlampen bewaffnet, betraten sie die Lagerhalle. Der Geruch von Rauch und geschmolzenem Metall war beinahe erdrückend, und die Hitze der noch glühenden Überreste hing in der Luft.

„Bleiben Sie dicht bei mir", sagte Alexander, während sie sich vorsichtig durch die verkohlten Überreste bewegten.

„Oh, machen Sie sich keine Sorgen", sagte Christina. „Ich habe nicht vor, alleine durch dieses Fegefeuer zu wandern."

Plötzlich blieb Alexander stehen. „Da drüben. Sehen Sie das?"

Christina folgte seinem Blick und sah einen unversehrten Metallkoffer, der unter einem Stapel verbrannter Holzplanken lag.

„Ein Koffer mitten in einem Brand", sagte sie. „Das schreit nach einer Falle."

„Oder einer Botschaft", sagte Alexander und beugte sich vor, um den Koffer vorsichtig herauszuziehen.

Er öffnete den Koffer, und Christina leuchtete mit der Taschenlampe hinein. Darin lag ein altes Notizbuch, dessen Lederumschlag schwarz vor Ruß war.

„Das sieht aus, als könnte es wichtig sein", sagte Christina und nahm das Buch vorsichtig heraus.

„Es könnte das Tagebuch sein", sagte Alexander leise. „Ingrid Sommers verlorene Aufzeichnungen."

„Oder ein weiteres Puzzle, das wir lösen müssen", murmelte Christina und blätterte durch die ersten Seiten. „Das hier ist alt. Sehr alt."

Plötzlich hörten sie ein Geräusch – das Knarren von Metall, gefolgt von leisen Schritten. Christina erstarrte und drehte sich langsam um, die Taschenlampe auf die Dunkelheit gerichtet.

„Wir sind nicht allein", flüsterte sie.

„Natürlich nicht", sagte Alexander und trat näher zu ihr. „Das wäre ja auch zu einfach."

Ein Mann trat aus den Schatten, und Christina erkannte ihn sofort: einer von Brandts Handlangern, den sie bereits bei ihrer ersten Begegnung gesehen hatte.

„Frau Weber", sagte der Mann mit einem unheimlichen Lächeln. „Wie schön, dass Sie den Weg hierher gefunden haben."

„Ich wünschte, ich könnte dasselbe über Ihre Anwesenheit sagen", sagte Christina und richtete ihre Taschenlampe auf ihn. „Was wollen Sie?"

„Das Tagebuch", sagte er schlicht und streckte die Hand aus. „Geben Sie es mir, und niemand muss verletzt werden."

„Das klingt wie eine Einladung zu einer schlechten Verhandlung", sagte Christina und machte keinen Schritt zurück.

„Oder zu einer Katastrophe", fügte Alexander hinzu.

Der Mann zog eine Waffe und richtete sie auf sie. „Ich habe nicht die Geduld für Spielchen."

Christina warf Alexander einen schnellen Blick zu, und in diesem Moment war klar, dass sie keine Zeit für eine Diskussion hatten. Sie griff nach dem Koffer, warf ihn dem Mann zu und nutzte die Ablenkung, um sich hinter ein Metallregal zu werfen.

Ein Schuss hallte durch die Halle, und Alexander zog Christina hinter sich, während er sich mit einem Stapel Kisten Deckung suchte.

„Sie sind wirklich gut darin, Ärger anzuziehen", sagte er, während er sich vorsichtig umblickte.

„Das ist ein Talent", erwiderte sie und zog ihre eigene Waffe.

Das Chaos dauerte nur wenige Minuten, doch es fühlte sich an wie eine Ewigkeit. Schließlich hörten sie, wie der Mann fluchte und das Tagebuch an sich nahm, bevor er in die Nacht verschwand.

„Er ist weg", sagte Alexander, seine Stimme leise, aber angespannt.

„Und er hat das Buch", murmelte Christina. „Das hätte nicht passieren dürfen."

„Wir holen es zurück", sagte Alexander und legte eine Hand auf ihre Schulter. „Das war nur ein Rückschlag."

Christina sah ihn an, ihre Augen funkelten vor Entschlossenheit. „Das war mehr als ein Rückschlag. Das war eine Botschaft. Und wir werden zurückschlagen."

Kapitel 14

Das Polizeipräsidium hatte selten so früh am Morgen so viel Energie. Papiere raschelten, Telefone klingelten, und irgendwo versuchte Franz erfolglos, den Drucker zu überzeugen, seine Existenz nicht zu verweigern.

Christina betrat mit einer dampfenden Tasse Kaffee den Raum und fühlte sich immer noch wie ein wandelnder Zombie. Alexander folgte ihr mit der Gelassenheit eines Mannes, der entweder zu wenig schlief oder zu viel gewohnt war.

„Guten Morgen, Frau Weber", rief Patrick vom anderen Ende des Raumes, seine Stimme voller Aufregung. „Ich habe etwas, das Sie sehen müssen!"

„Bitte sagen Sie, dass es ein Beweis ist und kein weiterer Grund, Kaffee zu verschütten", sagte Christina, als sie sich an Patricks Schreibtisch setzte.

„Es ist besser als Kaffee", sagte Patrick triumphierend und drehte seinen Bildschirm zu ihr.

„Das bezweifle ich stark", murmelte Christina, doch dann verstummte sie, als sie die Anzeige sah.

„Was ist das?" fragte Alexander und trat näher.

„Ein Bankdatensatz", erklärte Patrick und deutete auf die Zahlenreihen. „Ich habe die Finanztransaktionen von Ingrid Sommer und Markus Brandt weiter verfolgt. Und sehen Sie das hier?"

„Das ist eine Menge Geld", sagte Christina, ihre Augen auf die Zahl gerichtet. „Aber wohin ging es?"

„Zu einem kleinen Lagerhaus am Stadtrand. Es wurde erst letzte Woche gekauft."

Christina lehnte sich zurück und schnaubte. „Lagerhäuser. Warum sind es immer Lagerhäuser?"

„Vielleicht, weil sie eine gewisse ‚böse Verbrecher'-Ästhetik haben", schlug Alexander vor, sein Tonfall trocken.

„Gut, dann packen wir die Kaffeetassen ein und machen einen Ausflug", sagte Christina und erhob sich.

„Moment mal", unterbrach Kommissar Schmidt, der gerade aus seinem Büro kam und die Unterhaltung aufgefangen hatte. „Was ist das für ein Lagerhaus, und warum höre ich davon erst jetzt?"

„Weil wir Ihnen die Spannung nicht ruinieren wollten, Chef", sagte Christina mit einem unschuldigen Lächeln.

Schmidt verschränkte die Arme und sah sie an, als würde er überlegen, ob er sie entlassen oder befördern sollte. „Das klingt nach Ärger. Gehen Sie nicht alleine."

„Natürlich nicht", sagte Christina. „Ich habe den Herrn Doktor dabei. Er ist ein Experte für... alles."

Alexander hob eine Augenbraue, sagte aber nichts.

„Patrick, geben Sie uns die Adresse", fuhr Christina fort. „Und informieren Sie die Kollegen, falls wir Verstärkung brauchen."

„Das klingt nach einem Plan, der in Flammen aufgeht", murmelte Schmidt, aber er gab nach. „Seien Sie vorsichtig. Ich habe nicht die Nerven, eine weitere Rettungsmission zu leiten."

„Wir sind immer vorsichtig", sagte Christina, als sie zur Tür ging.

„Nein, sind Sie nicht", rief Schmidt ihr nach, doch sie war schon verschwunden.

Die Adresse, die Patrick geliefert hatte, führte Christina und Alexander zu einer schmalen Straße am Rand der Stadt. Das Lagerhaus lag in einer verlassenen Gegend, umgeben von wild wucherndem Gestrüpp und zerfallenden Zäunen. Die Gegend schrie förmlich „zwielichtige Machenschaften".

„Ich wette, wenn wir hier einen Stein umdrehen, finden wir entweder eine Schlange oder einen Informanten", murmelte Christina, während sie aus dem Wagen stieg.

Alexander blickte sich aufmerksam um. „Oder beides."

Sie gingen langsam auf das Lagerhaus zu, Christina mit der Hand an ihrer Waffe, Alexander mit dieser Ruhe, die sie gleichzeitig beruhigend und nervtötend fand.

„Sehen Sie das?" flüsterte Christina und deutete auf einen Wagen, der hinter einer Ecke geparkt war.

„Ein Fluchtwagen", sagte Alexander.

„Oder ein Kaffeelieferant", fügte Christina sarkastisch hinzu. „Ich schätze, wir sollten es herausfinden."

Bevor sie jedoch näher kommen konnten, hörten sie das Knirschen von Kies. Eine Gestalt tauchte aus dem Lagerhaus auf – ein Mann mit Kapuze, der einen großen Rucksack trug.

„Das sieht nicht nach einem Picknick aus", murmelte Christina.

„Ich stimme zu", sagte Alexander.

Der Mann sah sich kurz um, bevor er in Richtung des Wagens ging. Christina zögerte keine Sekunde. „Los!"

Sie stürmten vor, doch der Mann bemerkte sie und rannte. Er war schnell, aber Christina war schneller. Sie jagte ihm nach, über eine verfallene Rampe und durch eine Reihe alter Container.

„Können Sie vielleicht einmal nicht direkt in Gefahr laufen?" rief Alexander ihr hinterher.

„Ich mag Action", rief Christina zurück, ohne sich umzudrehen.

Der Mann schlug plötzlich eine scharfe Kurve ein, stieß einen Containerdeckel um und versuchte, Christina mit einem Haufen Müllsäcke aufzuhalten.

„Wie originell", murmelte sie und sprang über die Hindernisse.

Doch der Mann hatte einen Vorsprung gewonnen und erreichte den Wagen. Mit einem lauten Knall sprang er hinein und startete den Motor.

„Er entkommt nicht", sagte Christina entschlossen und zog ihre Waffe.

Doch bevor sie schießen konnte, tauchte Alexander neben ihr auf. „Das ist keine gute Idee. Wenn er crasht, verlieren wir jede Spur."

„Dann tun Sie etwas Schlaues, Herr Doktor!"

Alexander reagierte blitzschnell. Mit einem gezielten Wurf schleuderte er einen Stein gegen den Rückspiegel des Wagens, wodurch der Fahrer abgelenkt wurde und gegen einen Zaun krachte.

„Nicht schlecht", murmelte Christina, während sie auf das Fahrzeug zuging.

Doch der Fahrer war zäher, als sie erwartet hatte. Er sprang aus dem Wagen, die Hände in den Taschen, und Christina wusste sofort, dass er bewaffnet war.

„Keinen Schritt weiter!" rief sie, ihre Waffe auf ihn gerichtet.

„Lass mich gehen, oder ihr werdet es bereuen", zischte der Mann, seine Augen funkelten vor Wut.

„Ich bereue schon so viele Dinge", sagte Christina. „Aber dich entkommen zu lassen, wird nicht dazugehören."

Der Mann zog seine Waffe, doch Alexander reagierte schneller. Mit einem geschickten Tritt entwaffnete er ihn und brachte ihn zu Boden.

„Vielleicht sollten Sie sich einen weniger aufregenden Job suchen", murmelte Alexander, während er den Mann fixierte.

„Und Sie sollten vielleicht Profisportler werden", sagte Christina beeindruckt.

Sie durchsuchte den Rucksack des Mannes und fand eine Reihe von Dokumenten, die mit dem Logo des „Sternenlicht"-Projekts versehen waren.

„Das sieht aus wie ein Jackpot", sagte sie und hielt die Papiere hoch.

„Vielleicht", sagte Alexander. „Oder wie eine weitere falsche Fährte."

Christina sah den Mann an, der zwischen ihnen lag. „Das werden wir gleich herausfinden."

Sie zogen den Mann zurück zu ihrem Wagen, während er fluchte und drohte.

„Sie sollten sich lieber ein paar bessere Ausreden einfallen lassen", sagte Christina, als sie ihn in den Wagen verfrachteten.

„Ich hoffe, Sie haben eine gute Haftpflichtversicherung", fügte Alexander trocken hinzu.

Das Licht im Verhörraum war grell und unbarmherzig. Der festgenommene Mann saß auf einem einfachen Metallstuhl, seine Hände gefesselt und sein Gesicht ein Porträt aus Trotz und Misstrauen. Christina stand mit verschränkten Armen an der Wand, während Alexander ruhig auf einem der Stühle Platz nahm, ein Notizblock vor sich.

„Also", begann Christina, ihr Tonfall trocken, „lassen Sie mich raten. Sie sind ein unschuldiger Passant, der zufällig in einem gestohlenen Wagen mit belastenden Dokumenten saß?"

„Ich rede nicht", knurrte der Mann, seine Augen auf den Tisch vor ihm gerichtet.

„Oh, das ist originell", sagte Christina sarkastisch. „Haben Sie das aus einem Handbuch für Möchtegern-Kriminelle?"

Alexander warf ihr einen warnenden Blick zu. „Vielleicht lassen Sie mich einen Versuch wagen?"

„Nur zu, Herr Doktor", sagte Christina und trat einen Schritt zurück. „Sehen Sie, ob Ihre Magie wirkt."

Alexander lehnte sich vor, sein Tonfall ruhig und fast freundlich. „Wie heißen Sie?"

Der Mann schwieg.

„Wissen Sie", fuhr Alexander fort, „es gibt zwei Arten von Menschen in diesem Raum. Diejenigen, die Antworten geben, und diejenigen, die sie bekommen. Und raten Sie mal, in welcher Kategorie Sie sind?"

Der Mann hob langsam den Kopf. „Was wissen Sie schon? Sie sitzen da wie ein Lehrer, der eine Strafarbeit verteilt."

„Ich weiß, dass Ihre Situation nicht gut aussieht", sagte Alexander ruhig. „Aber ich weiß auch, dass jeder, der in dieses Lagerhaus geschickt wird, mehr Angst vor Brandt hat als vor uns."

Der Mann erstarrte, seine Augen verrieten einen Hauch von Panik. Christina, die die Szene aufmerksam beobachtete, merkte sofort, dass Alexander einen Nerv getroffen hatte.

„Brandt wird Sie nicht schützen", fügte Alexander hinzu. „Er wird Sie fallen lassen, sobald Sie für ihn nicht mehr nützlich sind. Aber wir... wir können Ihnen helfen."

„Helfen?" Der Mann lachte bitter. „Ihr habt keine Ahnung, worauf ihr euch einlasst."

Christina trat näher. „Dann klären Sie uns auf. Oder wollen Sie sich von einem Mann wie Brandt benutzen und entsorgen lassen?"

Der Mann biss sich auf die Lippe und schien zu kämpfen, doch schließlich brach er sein Schweigen. „Ingrid Sommer", begann er. „Sie hat etwas, das Brandt unbedingt braucht."

„Was genau?" fragte Alexander, seine Stimme ruhig, doch seine Augen scharf.

„Ich weiß es nicht genau", sagte der Mann und wich ihrem Blick aus. „Ein Schlüssel. Ein Dokument. Vielleicht beides. Aber es ist wichtig genug, dass Brandt bereit ist, jeden zu eliminieren, der sich ihm in den Weg stellt."

„Wo ist Ingrid?" fragte Christina.

„Ich habe sie zuletzt in einer alten Villa außerhalb der Stadt gesehen", sagte der Mann widerwillig. „Brandt hat sie dort versteckt, bis er sicher ist, dass alles vorbereitet ist."

„Vorbereitet wofür?" Alexander lehnte sich vor, seine Stimme ein Hauch intensiver.

„Für das Ende", sagte der Mann leise. „Er will alle loswerden, die von ‚Sternenlicht' wissen. Euch eingeschlossen."

Christina schnaubte. „Das ist ja mal eine charmante Aussicht."

Alexander stand langsam auf und nickte dem Mann zu. „Danke für Ihre Ehrlichkeit. Das könnte Sie retten."

„Retten?" Der Mann lachte bitter. „Sie verstehen es nicht. Niemand ist sicher. Nicht einmal Sie."

Christina warf Alexander einen Blick zu. „Wir werden sehen."

Als sie den Verhörraum verließen, herrschte kurz Stille zwischen ihnen. Schließlich war es Alexander, der sprach. „Er hat Angst. Richtige Angst."

„Das ist ein gutes Zeichen", sagte Christina. „Angst macht Menschen unvorsichtig. Und genau das brauchen wir."

Alexander hielt kurz inne, bevor er leise hinzufügte: „Aber wenn er recht hat, haben wir nicht viel Zeit."

Christina schloss die Tür ihrer Wohnung mit einem müden Seufzen und ließ ihre Jacke achtlos auf den Stuhl fallen. Alexander folgte ihr, seinen Mantel ordentlich über den Arm gelegt. Sie warf ihm einen Blick zu.

„Sie müssen mir mal erklären, wie Sie es schaffen, nach all dem immer noch auszusehen, als hätten Sie gerade ein Fotoshooting für einen Anzugkatalog beendet."

„Übung", sagte Alexander trocken, stellte den Mantel ab und sah sich in ihrer Wohnung um. „Minimalistisch. Passt zu Ihnen."

„Minimalistisch? Das ist eine elegante Umschreibung für ‚Ich habe keine Zeit, Dekorationen auszusuchen'." Christina setzte Wasser für Tee auf und deutete auf das Sofa. „Setzen Sie sich. Oder lehnen Sie weiter in diesem ‚Ich bin zu cool für Möbel'-Stil an der Wand."

„Ich wusste nicht, dass ich Stil habe", erwiderte Alexander mit einem Hauch von Humor, bevor er sich tatsächlich setzte.

Christina kam mit zwei dampfenden Tassen Tee zurück und reichte ihm eine. „Reden wir über das Offensichtliche. Was machen wir mit den neuen Informationen?"

Alexander nahm die Tasse, aber er trank nicht sofort. „Wir müssen die Villa überprüfen. Wenn Ingrid wirklich dort ist, könnte sie alles haben, was wir brauchen, um Brandt zu stoppen."

„Das klingt nach einem Plan, der uns in den Tod führen könnte", sagte Christina und nahm einen Schluck. „Aber hey, das ist ja nichts Neues."

Alexander musterte sie über den Rand seiner Tasse hinweg. „Haben Sie jemals daran gedacht, etwas weniger Gefährliches zu tun? Vielleicht… Gärtnern?"

„Ich und Gärten?", fragte Christina und lachte. „Das wäre ein Massaker an Pflanzen."

Es entstand eine Pause, in der beide ihre Gedanken zu ordnen schienen. Schließlich war es Christina, die die Stille brach.

„Warum tun Sie das eigentlich?" fragte sie, ihre Stimme leiser als sonst. „Warum bleiben Sie hier, trotz all der Risiken? Ich meine, ich weiß, warum ich es tue – ich bin stur und ein bisschen verrückt. Aber Sie?"

Alexander lehnte sich zurück und sah sie an, seine Augen dunkler als sonst. „Vielleicht aus denselben Gründen. Oder vielleicht, weil ich denke, dass ich etwas wiedergutmachen muss."

„Wiedergutmachen?" Christina hob eine Augenbraue. „Das klingt nach einem Filmzitat."

Alexander lächelte schwach, aber es erreichte seine Augen nicht. „Es gibt Dinge, die ich hätte anders machen sollen. Menschen, die ich hätte retten können. Vielleicht sehe ich das hier als zweite Chance."

Christina sah ihn einen Moment an, dann schüttelte sie den Kopf. „Wissen Sie was? Sie sollten wirklich mal an Ihrer Selbstkritik arbeiten."

Bevor Alexander antworten konnte, hörte Christina ein Geräusch – ein leises Klopfen am Fenster. Sie stand abrupt auf, ihr Körper sofort angespannt.

„Warten Sie hier", flüsterte sie und zog ihre Waffe, während sie sich zum Fenster bewegte.

Alexander erhob sich ebenfalls, trotz ihrer Anweisung. „Wenn das jemand von Brandts Leuten ist, sollten wir das gemeinsam klären."

„Ich dachte, Psychologen wären Pazifisten", murmelte Christina und schob den Vorhang vorsichtig zur Seite.

Draußen war nichts zu sehen, aber ein kalter Wind ließ die Äste des nahegelegenen Baumes gegen das Fenster schlagen. Christina entspannte sich leicht, doch als sie sich umdrehte, bemerkte sie eine Bewegung hinter Alexander.

„Runter!" schrie sie, warf sich vor und zog ihn mit sich zu Boden, gerade rechtzeitig, bevor ein Schuss durch die Luft zischte und eine Vase auf dem Regal zertrümmerte.

„Das war knapp", murmelte Alexander, sein Atem flach, während er mit ihr auf dem Boden lag.

„Knapp? Das war eine Einladung zum Sterben!" zischte Christina, ihre Augen funkelten vor Zorn.

Sie robbten hinter das Sofa, während weitere Schüsse die Luft zerschnitten. Christina warf einen Blick über die Kante und sah eine dunkle Gestalt auf dem Dach gegenüber.

„Sniper", flüsterte sie.

„Das ist... beunruhigend", sagte Alexander.

„Ach, wirklich? Ich dachte, das wäre der normale Montagabend."

Christina zog ihr Handy heraus und wählte die Nummer von Patrick. „Wir brauchen sofort Verstärkung. Meine Wohnung. Und bringt einen verdammten Scharfschützen mit!"

Alexander beobachtete sie, während sie die Anweisungen gab. „Was jetzt?"

„Jetzt holen wir uns diesen Mistkerl", sagte Christina, ihre Augen funkelten vor Entschlossenheit.

„Und wie genau wollen Sie das tun?"

„Improvisation", sagte sie mit einem frechen Grinsen.

Kapitel 15

Der Regen fiel in dichten Schleiern, als Christina und Alexander auf dem Tatort eintrafen. Die blauen Lichter der Polizeiwagen ließen die nasse Straße wie eine bizarre Diskokugel erscheinen. Ein Absperrband flatterte im Wind, und die Gesichter der Beamten waren so düster wie die Wolken über ihnen.

„Was haben wir hier?" fragte Christina, als sie unter dem Band hindurchtrat, während Alexander dicht hinter ihr folgte.

„Es sieht aus wie die vierte Karte", sagte Kommissar Schmidt, der mit verschränkten Armen neben einem der Wagen stand. „Das Opfer wurde vor dem alten Gerichtsgebäude gefunden."

Christina hielt inne und warf einen Blick auf die Szene vor sich. Die Leiche, ein Mann mittleren Alters, lag auf den steinernen Stufen des Eingangs. Neben ihm war eine Tarotkarte sorgfältig platziert: „Das Gericht".

„Das ist fast zu perfekt", murmelte Christina und zog ihre Handschuhe an. „Was wissen wir über das Opfer?"

„Thomas Müller, 48 Jahre alt. Richter am Landgericht", sagte Schmidt. „Und bevor Sie fragen – ja, er war in irgendeiner Weise mit dem ‚Sternenlicht'-Projekt verbunden."

Alexander trat näher, seine Augen auf die Karte gerichtet. „Das passt zu ihrem Muster. Jeder, der eine Schlüsselrolle in der Vergangenheit des Projekts gespielt hat, wird zur Zielscheibe."

„Und trotzdem schaffen wir es immer erst nach der Zielscheibe hierher", sagte Christina sarkastisch und kniete sich neben die Leiche.

„Vielleicht, weil wir keinen Tarot-Detektiv mit hellseherischen Fähigkeiten haben", bemerkte Alexander trocken.

„Witzig. Haben Sie jemals daran gedacht, Stand-up-Comedian zu werden?"

Während Christina die Umgebung untersuchte, fiel ihr Blick auf eine eingeritzte Markierung im Stein der Stufe, direkt neben dem Opfer. Es war ein Symbol – ein Kreis, durchzogen von einer Linie, ähnlich einer alten Justizwaage.

„Sehen Sie das?" fragte sie und zeigte darauf.

Alexander trat näher und betrachtete das Symbol. „Das ist keine zufällige Kritzelei. Es könnte ein Hinweis sein."

„Oder ein weiteres Rätsel, das uns verrückt machen soll", murmelte Christina.

„Frau Weber", rief Schmidt, der auf sie zukam, „ich habe gerade von Patrick gehört. Er sagt, dass dieser Müller 15 Jahre lang ein Verfahren gegen das ‚Sternenlicht'-Projekt blockiert hat."

„Das bringt ihn direkt auf die Abschussliste", sagte Christina. „Brandt oder Ingrid räumen systematisch alle aus dem Weg, die ihre Geheimnisse gefährden könnten."

„Das heißt, wir sollten besser herausfinden, wer noch auf dieser Liste steht", fügte Alexander hinzu, sein Tonfall ernst.

Christina stand auf und sah ihn an. „Das Symbol. Haben Sie eine Ahnung, was es bedeuten könnte?"

Alexander schüttelte den Kopf. „Noch nicht. Aber ich habe das Gefühl, dass es uns näher an die Wahrheit bringen wird."

„Und wahrscheinlich noch mehr Ärger", sagte Christina und trat einen Schritt zurück, um das gesamte Bild zu betrachten.

„Aber das ist doch unser Spezialgebiet, oder?" Alexander lächelte leicht, obwohl sein Blick weiterhin ernst blieb.

„Wie ironisch", murmelte Christina. „Ein Richter, der das Symbol für Gerechtigkeit neben sich hat. Brandt hat wirklich ein Faible für morbiden Humor."

Schmidt nickte grimmig. „Und wir sind die Clowns in seiner Show."

Christina wandte sich zu ihm um. „Das wird nicht mehr lange so bleiben. Wir müssen schneller sein, klüger – und diesmal einen Schritt voraus."

Während sie sich zum Wagen zurückbewegten, um ins Präsidium zurückzukehren, warf Alexander einen letzten Blick auf die Tarotkarte.

„Das Gericht", murmelte er. „Ein Urteil, das gefällt wird. Vielleicht geht es nicht nur um die Vergangenheit. Vielleicht ist es auch eine Warnung."

„Nun, ich bin nicht gerade der Typ, der Warnungen ernst nimmt", sagte Christina, „aber ich denke, wir sollten diesmal besser vorbereitet sein."

Alexander nickte, doch seine Gedanken schienen weit weg zu sein – bei einer Wahrheit, die er noch nicht preisgeben konnte.

Zurück am Tatort war die Luft von einer unruhigen Energie erfüllt. Polizeibeamte arbeiteten konzentriert, und das dumpfe Grollen des Donners kündigte einen bevorstehenden Sturm an. Christina und Alexander kehrten zu den steinernen Stufen des Gerichtsgebäudes zurück, um den Schauplatz genauer zu untersuchen.

„Also, wo fangen wir an?" fragte Christina und zog ihre Handschuhe wieder an.

Alexander blickte sich um, seine Augen prüften jede noch so kleine Unregelmäßigkeit. „Ich würde sagen, bei dem Symbol. Es scheint mehr zu bedeuten, als wir zunächst dachten."

„Natürlich", murmelte Christina sarkastisch, während sie eine Taschenlampe hervorholte. „Weil ein simpler Mord nicht mehr ausreicht. Jetzt müssen wir auch noch Kunstkritiker spielen."

Alexander ignorierte ihren Kommentar und kniete sich hin, um das eingeritzte Symbol genauer zu betrachten. „Es ist seltsam... die Proportionen, die Linie... das wirkt fast wie eine kodierte Botschaft."

„Oh, großartig", sagte Christina und rollte mit den Augen. „Was kommt als Nächstes? Unsichtbare Tinte und eine Schatzkarte?"

In diesem Moment rief Franz von der anderen Seite des Tatorts: „Frau Weber, Herr Doktor, Sie sollten das hier sehen!"

Sie tauschten einen Blick aus, bevor sie zu Franz eilten, der vor einer geöffneten Tür stand, die ins Innere des Gerichtsgebäudes führte.

„Was haben Sie gefunden, Franz?" fragte Christina.

Franz deutete auf den Boden, wo eine Spur von Schlamm und Regenwasser in den Flur führte. „Das hier. Es sieht aus, als hätte jemand das Gebäude betreten, bevor der Mord geschah."

„Oder danach", sagte Alexander, seine Stirn in Falten gelegt. „Vielleicht hat der Täter etwas hinterlassen – oder mitgenommen."

„Das ist nicht gerade beruhigend", murmelte Christina, als sie die Spur weiter verfolgte.

Die Spur führte sie in einen alten Archivraum, der nach feuchtem Papier und Staub roch. Regale voller Akten und Ordner säumten die Wände, und in der Mitte des Raumes stand ein alter Tisch, bedeckt mit einer dünnen Schicht Schmutz.

„Sehen Sie das?" fragte Alexander und deutete auf eine Stelle auf dem Tisch. Dort lag ein Umschlag, der nicht vom Staub bedeckt war – eindeutig erst kürzlich dort platziert.

Christina griff vorsichtig nach dem Umschlag und öffnete ihn. Darin befanden sich mehrere vergilbte Dokumente und eine weitere Tarotkarte: „Die Herrscherin".

„Die Herrscherin", murmelte Christina und hielt die Karte hoch. „Ich dachte, wir wären bei ‚Das Gericht'. Warum der plötzliche Themenwechsel?"

„Vielleicht deutet es auf das nächste Ziel hin", sagte Alexander, während er die Dokumente überflog. „Sehen Sie das? Es sind Kopien von medizinischen Berichten und Gerichtsurteilen – alle im Zusammenhang mit dem ‚Sternenlicht'-Projekt."

Christina starrte auf die Seiten, und ein Detail sprang ihr ins Auge. „Das hier... das ist Sophies Unterschrift. Sie hat diese Berichte erstellt."

Alexander blickte sie ernst an. „Das bedeutet, sie wusste mehr, als wir bisher gedacht haben. Sie war nicht nur eine Journalistin, die etwas aufgedeckt hat. Sie war ein Teil davon."

Bevor Christina antworten konnte, ertönte ein Geräusch – ein dumpfes Knallen, gefolgt von einem leisen Kratzen.

„Haben Sie das gehört?" flüsterte Christina und zog ihre Waffe.

Alexander nickte und bewegte sich langsam zur Tür. „Es kommt von draußen."

Christina trat an seine Seite, und gemeinsam traten sie zurück in den Flur. Das Geräusch wurde lauter, ein dumpfes Stampfen, das sich näherte.

Plötzlich brach die Tür zum Archivraum mit einem lauten Krachen auf, und eine maskierte Gestalt stürmte herein, eine Brechstange in der Hand.

„Runter!" rief Christina, während sie zur Seite sprang.

Alexander duckte sich ebenfalls und zog Christina hinter ein Regal, während der Angreifer mit der Brechstange auf sie losging.

„Das ist nicht gerade das Willkommen, das ich erwartet habe!" rief Alexander und wich einem Schlag aus.

Christina schoss zurück, traf aber nur das Regal, das unter dem Gewicht der Akten zusammenbrach. Die Gestalt nutzte das Chaos, um nach den Dokumenten zu greifen, die sie gefunden hatten.

„Nicht so schnell!" rief Christina und warf sich in die Richtung des Angreifers. Sie packte seinen Arm, doch er war stark und schlug sie zurück.

„Sind Sie in Ordnung?" rief Alexander, der versuchte, den Angreifer zu blockieren.

„Ich habe schon Schlimmeres erlebt", murmelte Christina, während sie sich wieder aufrichtete.

In einem letzten Versuch zog Alexander eine der losen Metallstangen aus dem Regal und schwang sie auf den Angreifer. Der Schlag traf die Brechstange, und sie fiel klirrend zu Boden.

Doch bevor sie den Angreifer überwältigen konnten, warf dieser eine Rauchgranate auf den Boden und verschwand im dichten Nebel.

„Großartig", hustete Christina, als der Rauch sich verzog. „Er ist weg. Und ich wette, er hat die Dokumente mitgenommen."

Alexander nickte langsam, sein Blick angespannt. „Aber nicht alles. Wir haben immer noch die Tarotkarte. Und das ist vielleicht der Schlüssel, um herauszufinden, was als Nächstes kommt."

„Wunderbar", sagte Christina sarkastisch. „Noch ein Rätsel. Genau das, was ich mir für heute Abend gewünscht habe."

Alexander lächelte schwach. „Zumindest wird es nicht langweilig."

„Oh, ja", sagte Christina und seufzte. „Wer will schon langweilig, wenn man auch fast getötet werden kann?"

Das Auto holperte über die schmale Landstraße, während Christina am Steuer saß und Alexander neben ihr den zerknitterten Stadtplan studierte. Die Dunkelheit draußen war nur durch das fahle Licht der Scheinwerfer unterbrochen, und der Regen prasselte unermüdlich gegen die Scheiben.

„Ich dachte, wir hätten längst GPS", murmelte Christina, die konzentriert auf die Straße starrte.

„Ich auch", antwortete Alexander und blätterte den Plan um. „Aber scheinbar mag es das Schicksal, uns mit Papierkarten zu quälen."

„Oh, wie poetisch", sagte Christina trocken. „Vielleicht sollten Sie Ihre zweite Karriere als Dichter starten."

Alexander hob eine Augenbraue, ließ die Bemerkung aber unbeantwortet. Stattdessen deutete er auf die Karte. „Hier. Wenn Sie die nächste Abzweigung nehmen, kommen wir zu diesem alten Ferienhaus. Es gehört einem Freund von Patrick. Es ist abgelegen, ruhig – und vor allem anonym."

„Perfekt", sagte Christina und schnaubte. „Ich liebe es, wie wir uns immer mehr wie Flüchtige benehmen, obwohl wir die Guten sein sollen."

„Das ist relativ", sagte Alexander leise, fast wie für sich selbst.

Das Haus war tatsächlich so abgelegen, wie Alexander es beschrieben hatte. Versteckt hinter einer dichten Baumreihe, wirkte es wie aus einem alten Krimi: ein einstöckiges Gebäude mit schiefem Dach und einem Kamin, aus dem ein Hauch von Rauch aufstieg.

„Wie... idyllisch", sagte Christina und parkte das Auto neben dem Haus. „Wenn ich hier wohne, möchte ich mich bestimmt in Ruhe vergraben."

„Es ist nicht der Ritz, aber es erfüllt seinen Zweck", sagte Alexander und stieg aus.

Drinnen war es schlicht, aber gemütlich. Ein alter Holzofen knisterte in der Ecke, und ein schwerer Teppich bedeckte den abgenutzten Holzboden. Christina warf ihre Tasche auf das Sofa und ließ sich selbst mit einem Seufzer fallen.

„Endlich. Ein Moment, um die Füße hochzulegen und die eigene Existenz zu hinterfragen."

Alexander zog die Vorhänge zu und überprüfte die Schlösser an den Fenstern. „Wenn Sie sich hinterfragen wollen, tun Sie das bitte leise. Ich versuche, uns nicht von einem weiteren Angreifer überraschen zu lassen."

„Sie haben wirklich eine Begabung, die Stimmung zu heben", sagte Christina, während sie die Stiefel abstreifte. „Sagen Sie mal, ist das eine Spezialfähigkeit von Ihnen, oder machen Sie das aus reiner Boshaftigkeit?"

„Reine Boshaftigkeit", antwortete Alexander ohne Zögern, setzte sich in einen der Sessel und lehnte sich zurück.

Christina lachte leise. „Zumindest sind Sie ehrlich."

Eine Weile war es still, abgesehen vom Knistern des Ofens und dem Regen, der gegen die Fenster trommelte. Schließlich war es Christina, die die Stille brach.

„Warum tun Sie das alles, Alexander?" fragte sie plötzlich, ihre Stimme ruhiger als sonst. „Ich meine, Sie könnten doch einfach gehen. Sich irgendwohin zurückziehen und diese Katastrophe hinter sich lassen."

Alexander sah sie an, sein Blick intensiv, aber nicht unfreundlich. „Vielleicht. Aber es gibt Dinge, vor denen man nicht weglaufen kann. Und Menschen, die es wert sind, dafür zu kämpfen."

Christina hielt seinem Blick stand, und zum ersten Mal fühlte sie sich, als ob sie etwas von dem Mann vor sich verstand – etwas, das hinter seiner kühlen Fassade lag.

„Menschen, ja?" sagte sie schließlich und versuchte, die Spannung mit einem leichten Lächeln zu brechen. „Also, wer ist diese Person? Irgendeine alte Flamme?"

„Vielleicht", sagte Alexander, sein Tonfall vage, aber nicht abweisend.

Christina spürte, wie ihre Wangen heiß wurden, doch sie weigerte sich, den Blick abzuwenden. „Gut, dann hoffe ich, dass diese Person weiß, was für einen Ärger Sie auf sich nehmen."

„Manchmal muss man Ärger riskieren, um etwas zu bewahren", sagte Alexander leise und hielt inne, bevor er hinzufügte: „Oder jemanden."

Christina blinzelte und lachte dann leise, wenn auch etwas nervös. „Wow. Das ist fast romantisch, Herr Doktor. Geht es Ihnen gut, oder haben Sie einen Schlag auf den Kopf bekommen?"

Alexander lächelte schwach. „Vielleicht beides."

In diesem Moment krachte ein Ast draußen gegen das Fenster, und Christina zuckte zusammen.

„Verdammt", murmelte sie und stand auf, um nachzusehen. „Ich hasse diese verdammten Nächte. Immer diese Vorzeichen, als ob gleich der nächste Angriff kommt."

„Das nennt man Paranoia", sagte Alexander, während er ihr folgte.

„Und das nennt man Realität", erwiderte Christina und warf einen prüfenden Blick nach draußen. „Da ist nichts. Zumindest noch nicht."

Sie drehte sich um, und bevor sie etwas sagen konnte, war Alexander näher, als sie erwartet hatte.

„Christina…", begann er, doch seine Stimme klang unsicher, fast zögerlich.

„Was?" fragte sie, ihre Stimme leiser als beabsichtigt.

„Nichts", sagte er schließlich und trat einen Schritt zurück. „Vergessen Sie es."

Christina sah ihm nach, als er sich abwandte, und fühlte, wie sich ihre Brust zusammenzog – eine Mischung aus Frustration, Verwirrung und etwas, das sie nicht benennen wollte.

„Sie machen mich noch wahnsinnig, wissen Sie das?" sagte sie, ihre Stimme wieder normal, aber mit einem Hauch von Wärme.

Alexander drehte sich halb um, ein schwaches Lächeln auf den Lippen. „Dann sind wir quitt."

Christina schüttelte den Kopf und setzte sich wieder. „Gut. Dann erzählen Sie mir, was wir als Nächstes tun. Und bitte nichts, das Explosionen oder weitere Rätsel beinhaltet."

„Das könnte schwierig werden", sagte Alexander, sein Blick jedoch ernster geworden. „Aber wir haben keine andere Wahl, als weiterzumachen."

Die Nacht war still. Zu still. Der Regen hatte aufgehört, und das gelegentliche Knistern des Ofens im alten Ferienhaus war das einzige Geräusch. Christina saß auf dem Sofa, den Kopf auf ihre Hand gestützt, und betrachtete die glimmende Glut im Ofen.

Alexander stand am Fenster, die Hände tief in den Taschen seiner Jacke vergraben. Er hatte die Vorhänge leicht zur Seite geschoben und blickte hinaus in die Dunkelheit.

„Sie wissen, dass es nicht hilft, in die Dunkelheit zu starren, oder?" sagte Christina schließlich, ihre Stimme leise, aber mit ihrem typischen Hauch von Sarkasmus.

Alexander wandte sich zu ihr um, seine Augen schimmerten im schwachen Licht des Feuers. „Vielleicht nicht. Aber manchmal ist es einfacher, in die Dunkelheit zu sehen, als sich dem zu stellen, was dahinter liegt."

Christina hob eine Augenbraue. „Wow. Sie klingen fast wie ein Philosoph. Haben Sie auch ein Zitat über Hoffnung auf Lager, oder sparen Sie sich das für den nächsten Mordfall?"

Alexander lächelte schwach, aber es war ein trauriges Lächeln. „Hoffnung ist ein Luxus, den sich nicht jeder leisten kann."

Christina setzte sich aufrecht hin, ihr Sarkasmus wich einer ehrlichen Neugier. „Okay, jetzt müssen Sie mir das erklären. Was geht in Ihrem verdrehten Kopf vor? Und warum habe ich das Gefühl, dass es mit diesem Fall und Ihrer düsteren Vergangenheit zu tun hat?"

Alexander zögerte, bevor er sich langsam auf den Sessel setzte, der ihr gegenüberstand. „Weil Sie recht haben."

„Natürlich habe ich das", sagte Christina. „Ich bin brillant, erinnern Sie sich?"

Alexander schüttelte leicht den Kopf, ein Hauch von Belustigung in seinem Blick. Aber dann wurde seine Miene ernst. „Christina, es gibt Dinge, die Sie wissen sollten. Dinge, die ich bisher zurückgehalten habe."

„Oh, großartig", sagte sie und lehnte sich zurück. „Das klingt immer wie der Beginn einer Geschichte, die ich bereuen werde, gehört zu haben."

„Vielleicht", antwortete Alexander. „Aber es wird uns helfen zu verstehen, womit wir es hier wirklich zu tun haben."

Er holte tief Luft, als würde er sich auf einen Sprung ins Ungewisse vorbereiten. „Vor fünfzehn Jahren war ich Teil des Teams, das die ersten Ermittlungen zu ‚Sternenlicht' geführt hat. Ich war jung, idealistisch und überzeugt, dass wir etwas Großes aufdecken würden."

Christina runzelte die Stirn. „Warten Sie. Sie waren... ein Ermittler?"

„Eine Art", sagte Alexander. „Ich arbeitete eng mit Sophie Baumann zusammen. Sie war nicht nur eine Journalistin. Sie war eine Informantin, eine Verbindung zwischen der Außenwelt und dem, was hinter den verschlossenen Türen des Projekts geschah."

Christina schwieg einen Moment, dann sprach sie mit einer Stimme, die leiser war als sonst: „Sie kannten Sophie also wirklich gut."

Alexander nickte. „Sehr gut. Und genau das wurde ihr zum Verhängnis."

„Was meinen Sie?" fragte Christina, obwohl sie die Antwort bereits zu kennen glaubte.

„Sophie hat Beweise gesammelt", sagte Alexander. „Dokumente, Aufzeichnungen, alles, was Brandt und seine Leute belasten würde. Aber sie wurde verraten. Jemand aus unserem Team hat ihre Deckung auffliegen lassen."

Christina spürte, wie ihr Herz schneller schlug. „Und Sie glauben, dass Sie daran schuld waren?"

„Ich weiß, dass ich es bin", sagte Alexander, seine Stimme hart, fast bitter. „Ich habe Fehler gemacht. Ich habe nicht erkannt, wer in unserem Team für Brandt arbeitete. Und durch meine Unachtsamkeit wurde Sophie zum Ziel."

„Das ist nicht Ihre Schuld", sagte Christina, fast automatisch. „Sie konnten das nicht wissen."

Alexander schüttelte den Kopf. „Vielleicht nicht. Aber das ändert nichts an den Konsequenzen. Sie wurde entführt, und wir haben sie nie wiedergefunden. Brandt hat jeden Beweis vernichtet, jede Spur verwischt. Es war, als hätte sie nie existiert."

„Und jetzt holen Sie sich eine zweite Chance, indem Sie versuchen, dieses Chaos zu beenden", sagte Christina, ihre Stimme sanft, aber fest.

„Genau", sagte Alexander. „Aber diesmal werde ich nicht scheitern."

Christina lehnte sich vor, ihre Augen fixierten seine. „Sie wissen, dass Sie das nicht alleine tun müssen, oder?"

Alexander sah sie an, seine Maske aus kühler Professionalität schien für einen Moment zu bröckeln. „Das weiß ich. Und genau das macht mir Angst."

„Angst?" Christina hob eine Augenbraue. „Ich hätte nie gedacht, dass Sie dieses Wort kennen."

„Ich kenne es sehr gut", sagte Alexander. „Aber die Vorstellung, dass jemand anderes den Preis für meine Fehler zahlen könnte... das ist eine Angst, die ich nicht ertragen kann."

Für einen Moment herrschte Stille, die nur durch das Knistern des Feuers unterbrochen wurde. Schließlich war es Christina, die sprach.

„Alexander", sagte sie, ihre Stimme weich, aber bestimmt, „wir alle tragen unsere Dämonen mit uns herum. Aber Sie müssen aufhören, sich für Dinge zu bestrafen, die Sie nicht ändern konnten."

Alexander hielt ihrem Blick stand, und für einen Moment schien es, als wollte er widersprechen. Doch dann nickte er langsam. „Vielleicht haben Sie recht."

„Natürlich habe ich recht", sagte Christina und lächelte leicht. „Ich bin brillant, erinnern Sie sich?"

Alexander lachte leise, und das war das erste Mal seit Stunden, dass die Spannung zwischen ihnen nachließ.

„Und jetzt", sagte Christina, „lassen Sie uns herausfinden, wie wir Brandt endgültig das Handwerk legen. Zusammen."

Alexander nickte erneut, sein Blick entschlossener als zuvor. „Zusammen."

Kapitel 16

Das Sonnenlicht fiel durch die verhangenen Fenster des alten Ferienhauses und ließ den Raum in einem warmen, fast trügerischen Licht erstrahlen. Christina saß am Küchentisch, eine Tasse schwarzen Kaffees in der Hand, während Alexander still auf die Karte „Die Herrscherin" starrte, die vor ihm lag.

„Guten Morgen", sagte Christina, ihre Stimme mit einer Prise Sarkasmus gewürzt. „Haben Sie über Nacht herausgefunden, wie wir Brandt zu Fall bringen und gleichzeitig die Welt retten?"

Alexander sah auf, seine Augen noch von einer unergründlichen Dunkelheit erfüllt. „Nein. Aber ich habe beschlossen, dass wir anfangen könnten, indem wir nicht sterben."

Christina lachte trocken. „Ein solider Plan. Vielleicht schreiben wir ein Buch darüber. ‚Überleben für Anfänger'."

Alexander verzog die Lippen zu einem schwachen Lächeln. „Kapitel eins: Vermeiden Sie Scharfschützen."

Bevor Christina etwas entgegnen konnte, klingelte ihr Handy auf dem Tisch. Sie nahm den Anruf entgegen und rollte mit den Augen, als sie die Stimme von Kommissar Schmidt hörte.

„Weber, wo zum Teufel stecken Sie?" Schmidt klang, als hätte er die halbe Nacht auf einen Donut verzichtet – und dafür bitter bereut.

„Guten Morgen, Chef", sagte Christina mit übertriebener Fröhlichkeit. „Ich bin gerade dabei, das Rätsel des Universums zu lösen."

„Dann lösen Sie dieses Rätsel später", grummelte Schmidt. „Wir haben ein Problem. Patrick hat etwas im Archiv gefunden. Es ist groß. Und ich meine richtig groß."

„Wie groß reden wir?" fragte Christina, während Alexander aufmerksam lauschte.

„Groß genug, dass Sie besser sofort hierherkommen", sagte Schmidt. „Und bringen Sie Ihren mysteriösen Kollegen mit."

Christina legte auf und sah Alexander an. „Haben Sie Lust auf eine Spritztour ins Präsidium? Schmidt klingt, als hätte er einen Nervenzusammenbruch."

Alexander lehnte sich zurück und verschränkte die Arme. „Ich nehme an, wir haben keine andere Wahl."

„Genau", sagte Christina und nahm einen letzten Schluck Kaffee. „Also los. Bevor Schmidt uns beide in die Ruhestandskrise seiner Midlife-Existenz hineinzieht."

Das Präsidium war hektisch, als Christina und Alexander ankamen. Patrick stand vor einem Bildschirm, auf dem alte Dokumente und Diagramme angezeigt wurden, und wedelte aufgeregt mit einem USB-Stick.

„Ah, da sind Sie ja!" rief Patrick, seine Brille rutschte fast von seiner Nase. „Ich habe etwas gefunden, das Sie sehen müssen."

„Bitte sagen Sie, dass es keine alte Steuererklärung ist", sagte Christina.

Patrick ignorierte ihren Kommentar und klickte auf dem Bildschirm, bis eine Reihe von Dateien geöffnet wurde. „Das hier sind alte Personalakten aus der Zeit, als das ‚Sternenlicht'-Projekt noch aktiv war. Und sehen Sie das?"

Christina und Alexander traten näher. Ein Name sprang ihnen ins Auge: *Sophie Baumann*.

„Sie war offiziell als Beraterin registriert", sagte Patrick. „Aber das hier ist das Interessante: Sie hatte Zugang zu einer separaten Datenbank – einer, die niemand sonst einsehen konnte."

„Also hatte sie nicht nur Informationen gesammelt, sie war ein Teil davon", sagte Alexander leise, seine Stirn in Falten.

„Und was ist mit dieser Datenbank passiert?" fragte Christina.

„Das ist der Haken", sagte Patrick. „Sie wurde gelöscht. Komplett. Aber ich habe Fragmente gefunden, die auf etwas Großes hinweisen – etwas, das Brandt verzweifelt zu verstecken versucht."

Bevor Christina nachhaken konnte, betrat Schmidt den Raum, seine Miene noch grimmiger als sonst. „Weber, Richter, wir haben ein Problem. Ihr Informant will reden – aber er verlangt, dass Sie beide persönlich kommen."

„Natürlich will er das", sagte Christina trocken. „Es wäre ja auch zu einfach, wenn jemand mal einen klaren Bericht abgibt."

„Wo sollen wir hin?" fragte Alexander.

Schmidt schob ihnen eine Notiz zu. „Er wartet in einer alten Bar am Stadtrand. Und ich sage Ihnen eins: Wenn das eine Falle ist, lasse ich Sie persönlich die Büroklammern nach Größe sortieren."

Christina nahm die Notiz und lächelte sarkastisch. „Danke, Chef. Ihre Unterstützung ist wie immer inspirierend."

Alexander warf ihr einen Seitenblick zu, als sie das Präsidium verließen. „Haben Sie immer so viel Spaß dabei, Ihren Chef in den Wahnsinn zu treiben?"

„Das ist mein Hobby", sagte Christina und stieg ins Auto. „Wollen Sie mitmachen?"

„Ich denke, ich passe", sagte Alexander mit einem schwachen Lächeln, bevor er auf den Beifahrersitz glitt.

Die Bar am Stadtrand sah aus wie ein Relikt aus einer Zeit, als Holzvertäfelungen und verstaubte Neonlichter noch als schick galten. Die Leuchtreklame, die den Namen „Zum verlorenen Engel" verkündete, flackerte bedrohlich, und die Scheiben wirkten, als hätten sie seit Jahrzehnten keinen Lappen gesehen.

„Charmant", sagte Christina, als sie das Auto parkte. „Wenn ich mir eine Kulisse für einen Kriminalfilm aussuchen müsste, wäre das hier meine erste Wahl."

Alexander warf einen prüfenden Blick auf die Umgebung. „Und der perfekte Ort für einen Hinterhalt. Was für ein Zufall."

Christina zog ihre Waffe aus dem Halfter und überprüfte sie. „Bereit, Herr Doktor? Oder brauchen Sie noch ein bisschen Mut aus der Flasche?"

„Ich bin mir sicher, dass ich ohne Schnaps überleben kann", antwortete Alexander trocken und folgte ihr zur Eingangstür.

Die Bar war genauso düster, wie sie von außen wirkte. Ein muffiger Geruch nach abgestandenem Bier und billigem Tabak hing in der Luft, und die wenigen Gäste, die da waren, warfen ihnen nur einen flüchtigen Blick zu, bevor sie sich wieder ihren Gläsern widmeten.

In einer Ecke saß ein Mann mit einer abgewetzten Lederjacke und einer Baseballkappe tief ins Gesicht gezogen. Er wirkte nervös, seine Hände zitterten leicht, als er an einem Glas Wasser nippte.

„Das muss unser Mann sein", murmelte Christina, während sie auf ihn zuging.

„Oder jemand, der einfach schlecht geschlafen hat", sagte Alexander.

„Optimismus steht Ihnen nicht", erwiderte Christina sarkastisch, bevor sie den Mann direkt ansprach. „Herr Wagner? Ich bin Weber, und das ist Richter. Sie wollten mit uns reden?"

Der Mann sah auf, seine Augen huschten durch den Raum, als würde er nach einem Fluchtweg suchen. „Haben Sie mich verfolgt?"

„Wenn wir das hätten, würden wir uns sicher nicht vorstellen", sagte Christina trocken. „Reden Sie, bevor ich den Kaffee hier probiere. Das wäre ein größeres Risiko als alles andere."

Wagner nickte zögernd und senkte seine Stimme. „Brandt. Er plant etwas Großes. Etwas, das mit ‚Sternenlicht' zusammenhängt. Es gibt eine Liste... Namen von Leuten, die sterben sollen."

„Und Sie sind auf dieser Liste?" fragte Alexander, während er sich auf einen der Stühle setzte.

„Vielleicht. Aber es geht nicht nur um mich. Es gibt etwas, das Sophie wusste – etwas, das Brandt niemals herauskommen lassen darf. Diese Liste ist nur ein Teil davon."

Christina zog die Stirn kraus. „Warum jetzt? Warum melden Sie sich erst jetzt bei uns?"

„Weil ich...", begann Wagner, doch in diesem Moment zersplitterte das Fenster hinter ihm, als eine Kugel hindurchpfiff.

„Runter!" rief Christina und zog Wagner zu Boden, während Alexander den Tisch umkippte, um Deckung zu schaffen.

„Das war keine zufällige Kugel", sagte Alexander, während er hinter dem Tisch in Deckung blieb.

„Sie haben wirklich ein Talent für Untertreibungen", erwiderte Christina und spähte über den Rand. „Da draußen sind mindestens zwei Schützen. Die wissen, dass wir hier sind."

Wagner kroch näher an Christina heran, seine Stimme ein Flüstern. „Sie dürfen mich nicht hier lassen! Sie müssen mich rausholen!"

„Wir versuchen es", sagte Christina. „Aber Sie könnten uns ein bisschen helfen, indem Sie nicht so laut jammern."

Alexander zog sein Handy hervor und tippte hastig etwas. „Ich habe Verstärkung angefordert, aber es wird dauern, bis sie hier sind. Wir müssen uns selbst helfen."

Christina nickte und warf Alexander einen Blick zu. „Okay, Herr Doktor. Haben Sie jemals davon geträumt, Held in einem Actionfilm zu sein?"

„Das war nie mein Karriereziel", sagte Alexander, sein Tonfall trocken.

„Nun, heute ist Ihr Glückstag", sagte Christina und zog Wagner hinter sich her in Richtung der Hintertür.

Die Schüsse verstummten kurz, was Christina ein wenig nervöser machte. „Warum hören die auf? Das ist nie ein gutes Zeichen."

„Vielleicht laden sie nach", sagte Alexander, während er den Flur überprüfte.

„Oder sie planen etwas Schlimmeres", murmelte Christina. „Lassen Sie uns das schnell beenden."

Sie erreichten die Hintertür, doch als Christina sie öffnete, sah sie zwei Gestalten in dunkler Kleidung, die mit Gewehren bewaffnet auf sie zukamen.

„Rückzug!" rief sie und schob Wagner wieder zurück ins Gebäude, während sie einen Schuss abfeuerte.

Alexander zog Wagner hinter eine Ecke, während Christina weiterdeckte. „Haben Sie noch einen dieser brillanten Pläne?"

„Wir müssen sie ablenken", sagte Alexander, sein Blick auf eine Reihe alter Bierfässer, die an der Wand standen.

Christina folgte seinem Blick und grinste. „Das ist keine schlechte Idee."

Mit einer schnellen Bewegung kippte sie die Fässer um, die mit einem lauten Knall den Gang hinunterrollten und die Angreifer ablenkten.

„Los jetzt!" rief Christina, und sie rannten durch den Flur in Richtung eines Seiteneingangs.

Draußen hörten sie bereits die Sirenen der Polizei, die sich näherten. Doch Christina wusste, dass dies nur ein vorübergehender Sieg war.

„Das war knapp", sagte Alexander, während sie zu ihrem Auto zurückliefen.

„Zu knapp", sagte Christina und sah Wagner scharf an. „Wir haben Ihr Leben gerettet. Jetzt liefern Sie uns etwas, das uns hilft, Brandt zu stoppen."

Wagner nickte hektisch. „Ich habe eine Adresse. Dort... dort sind die Unterlagen, die Sophie hinterlassen hat. Alles, was Sie brauchen."

Christina tauschte einen Blick mit Alexander aus, dessen Augen vor Entschlossenheit blitzten. „Dann bringen wir das zu Ende."

Die Glocke über Tante Hildas alter Eichenhaustür klingelte, als Christina sie aufstieß. Der vertraute Duft von Lavendel und frisch gebackenem Apfelstrudel umfing sie, doch diesmal brachte er nicht die gewohnte Ruhe. Stattdessen war die Anspannung im Raum greifbar, als sie Wagner hineinführte, der zitternd und blass war wie eine Maus vor einer hungrigen Katze.

„Christina, Liebling! Was für eine Überraschung!" Tante Hilda trat mit einem Tablett voll dampfender Teegefäße ins Wohnzimmer und blieb stehen, als sie den Zustand ihrer Gäste bemerkte. „Was in aller Welt ist passiert? Und wer ist dieser junge Mann, der aussieht, als hätte er gerade einen Geist gesehen?"

„Kein Geist", sagte Christina trocken, während sie ihre Jacke abstreifte und Wagners zitternde Figur auf das Sofa dirigierte. „Nur ein paar Schüsse und eine Flucht um unser Leben. Der übliche Dienstag."

„Und ich dachte, meine Morgenmeditation war aufregend", murmelte Tante Hilda und stellte das Tablett ab.

Alexander folgte dicht hinter Christina, seine Bewegungen präzise, aber erschöpft. „Wir brauchen einen Ort, um uns zu sammeln – und vielleicht ein bisschen Tee, wenn das nicht zu viel verlangt ist."

Hilda musterte ihn, ihre Augen scharf wie ein Falke, bevor sie nickte. „Setzt euch, Kinder. Und dieser Tee? Der hat schon schlimmere Kriege erlebt als ihr."

Christina ließ sich auf einen Stuhl fallen, während Alexander Wagner mit einem Stirnrunzeln beobachtete. „Also, Herr Wagner, wie fühlen Sie sich? Bereit, mehr als nur zusammenhangslose Schreie von sich zu geben?"

„Ich... ich brauche nur einen Moment", stammelte Wagner und griff zitternd nach einer Tasse.

„Nimm dir alle Zeit der Welt", sagte Christina sarkastisch. „Wir haben ja schließlich keinen Wahnsinnigen, der uns jagt."

Hilda stellte eine dampfende Tasse vor Christina ab und flüsterte: „Warum bringst du mir immer solche Nervensägen mit? Ich dachte, dein Job wäre spannend."

„Ist er auch", flüsterte Christina zurück. „Spannend und tödlich. Ein echter Traum."

Während Wagner tief durchatmete, kam Hilda mit einem kleinen Kistchen voller Tarotkarten näher. „Bevor ihr mir den ganzen Schmutz der Welt in mein Wohnzimmer bringt, sollten wir vielleicht die Karten befragen. Sie haben immer einen Ratschlag parat."

Christina seufzte. „Hilda, ich bin dir dankbar, aber wir haben wirklich keine Zeit für Mystik. Wir brauchen Fakten."

„Ach, Fakten sind langweilig", sagte Hilda und mischte die Karten mit einer Eleganz, die nur jemand mit jahrzehntelanger Übung besitzt. „Aber wenn du lieber ahnungslos in die Dunkelheit rennst, bitte. Ich bin sicher, das läuft großartig."

„Lass sie machen", murmelte Alexander, der inzwischen neben Christina Platz genommen hatte. „Schlimmstenfalls bekommen wir einen guten Lacher."

Hilda zog die ersten Karten mit einer dramatischen Geste. „Die erste Karte: Der Turm. Chaos, Zerstörung und plötzliche Veränderungen."

„Das klingt wie mein Leben in einem Satz", murmelte Christina und lehnte sich zurück.

„Die zweite Karte: Die Liebenden", sagte Hilda und hob eine Augenbraue. „Eine Entscheidung muss getroffen werden. Aber nicht ohne Opfer."

Christinas Augenbraue zuckte kaum merklich. „Und die dritte?"

Hilda drehte die letzte Karte um: „Die Sonne."

Alexander lehnte sich vor. „Und was bedeutet das?"

Hilda sah ihn direkt an, ihre Augen durchdringend. „Klarheit. Offenbarung. Aber auch Gefahr. Wenn ihr die Wahrheit sehen wollt, müsst ihr bereit sein, alles zu riskieren."

Eine schwere Stille senkte sich über den Raum, unterbrochen nur durch das leise Klirren von Wagners zitternder Tasse. Christina brach die Spannung mit einem tiefen Atemzug. „Nun, das war... aufbauend. Ich fühle mich gleich viel besser."

„Du machst Witze, aber die Karten lügen nicht", sagte Hilda. „Was auch immer ihr vorhabt, ihr müsst vorbereitet sein. Und ich meine nicht nur mit Waffen."

„Was will sie damit sagen?" murmelte Alexander an Christina gewandt.

„Keine Ahnung", sagte sie. „Aber wenn es bedeutet, dass wir weniger sterben, höre ich besser zu."

Während Wagner weiter auf dem Sofa zusammensackte, nahm Alexander einen sterilen Verbandskasten aus seiner Tasche und nickte Christina zu. „Sie haben da eine Schnittwunde an der Hand. Lassen Sie mich das sehen."

„Ich bin nicht aus Zucker", sagte Christina, hielt ihm aber trotzdem ihre Hand hin.

Alexander begann, die Wunde vorsichtig zu reinigen, seine Bewegungen ruhig und präzise. „Vielleicht nicht. Aber das bedeutet nicht, dass Sie unverwundbar sind."

„Wow, ich wusste gar nicht, dass Sie so fürsorglich sein können", sagte Christina mit einem schiefen Lächeln.

Alexander lächelte schwach, ohne den Blick von ihrer Hand zu nehmen. „Nur manchmal. Genießen Sie es, solange es anhält."

Hilda beobachtete die Szene mit einem wissenden Lächeln, bevor sie aufstand. „Ich lasse euch mal allein. Ruiniert mein Wohnzimmer nicht."

Als die Tür hinter ihr ins Schloss fiel, herrschte einen Moment lang Stille. Christina sah Alexander an, der seine Arbeit an ihrer Hand beendete und dann ihre Finger leicht drückte.

„Danke", sagte sie leise.

„Keine Ursache", sagte Alexander, seine Stimme ebenso leise.

Ihre Blicke trafen sich, und für einen Moment schien der Raum kleiner, die Welt draußen unwichtiger. Doch bevor einer von ihnen etwas sagen konnte, räusperte sich Wagner und zerstörte die Stimmung.

„Ich... ich glaube, ich habe genug Tee getrunken", sagte er nervös.

Christina rollte mit den Augen. „Natürlich hast du das."

„Was auch immer als Nächstes kommt", sagte Alexander und ließ ihre Hand los, „wir sollten bereit sein. Die Karten hatten recht – das hier wird gefährlich."

Christina nickte und stand auf. „Gefährlich ist unser zweiter Vorname. Aber jetzt holen wir uns Brandt. Und diesmal ist kein Zurück mehr."

Die Nacht hatte sich über Tante Hildas Haus gelegt, doch im Wohnzimmer herrschte alles andere als Ruhe. Christina stand am Fenster und starrte in die Dunkelheit, während Alexander an einem kleinen Tisch saß, eine Karte der Stadt vor sich ausgebreitet. Wagner schnarchte leise auf dem Sofa, erschöpft von den Ereignissen des Tages.

„Also, was schlagen Sie vor?" fragte Christina schließlich und drehte sich zu Alexander um. „Gehen wir einfach rein und sagen: ‚Hallo, Herr Brandt, könnten Sie bitte aufhören, Leute umzubringen?'"

Alexander hob den Kopf und sah sie mit einem schiefen Lächeln an. „Ich bezweifle, dass das funktioniert. Aber wenn Sie es charmant genug sagen, könnten wir es versuchen."

Christina schnaubte. „Charmant war noch nie meine Stärke. Aber Sarkasmus? Damit könnte ich eine Armee aufhalten."

Alexander tippte mit dem Finger auf die Karte. „Wir wissen, dass Brandts Leute diese Adresse überwachen. Wenn dort wirklich die Unterlagen versteckt sind, brauchen wir eine Ablenkung."

„Natürlich. Eine klassische Ablenkung", sagte Christina und verschränkte die Arme. „Und lassen Sie mich raten – ich spiele den Köder, während Sie elegant im Hintergrund bleiben?"

„Ganz so elegant bin ich nicht", sagte Alexander trocken. „Aber ja, ich würde vorschlagen, dass Sie seine Aufmerksamkeit auf sich ziehen. Währenddessen hole ich die Unterlagen."

Christina hob eine Augenbraue. „Das klingt ja fast romantisch. Aber ich bevorzuge Verabredungen, bei denen ich nicht erschossen werde."

„Dann sollten Sie besser nicht ins Polizeiwesen gehen", erwiderte Alexander mit einem schwachen Lächeln.

„Sehr witzig." Christina trat näher an den Tisch heran und beugte sich über die Karte. „Okay, erklären Sie mir Ihren brillanten Plan, Herr Doktor. Und versuchen Sie, mich nicht gleich zu langweilen."

Alexander deutete auf einen engen Hintereingang, der zur Adresse führte. „Hier ist ein Schwachpunkt in ihrer Überwachung. Wenn wir uns trennen, könnten wir sie verwirren. Sie sorgen dafür, dass sie an der Hauptstraße bleiben, und ich nutze den Hintereingang."

Christina seufzte. „Natürlich. Ich bin die Ablenkung. Es ist immer der einfache Plan, der mich in Schwierigkeiten bringt."

„Sie könnten jederzeit ablehnen", sagte Alexander, sein Tonfall ruhig, aber herausfordernd.

„Oh, nein", sagte Christina und richtete sich auf. „Wenn jemand den Helden spielen will, dann bin ich das. Aber wenn Sie Mist bauen, bin ich es, die Ihnen das sagen wird."

„Das würde ich nicht anders erwarten", sagte Alexander und faltete die Karte zusammen.

Ein Moment der Stille folgte, und Christina sah ihn an, ihre Stirn leicht gerunzelt. „Warum tun Sie das alles, Alexander? Sie könnten sich einfach zurückziehen, verschwinden und diese ganze Katastrophe hinter sich lassen."

Alexander hielt inne, seine Hände auf der Karte. „Weil ich noch etwas wiedergutzumachen habe."

Christina trat näher, ihre Stimme wurde weicher. „Das reicht mir nicht. Es gibt mehr, nicht wahr? Es geht nicht nur um Sophie."

Alexander sah sie an, und in seinem Blick lag etwas, das Christina nicht sofort deuten konnte – Schmerz, Entschlossenheit und etwas anderes, das sie nicht benennen wollte.

„Vielleicht", sagte er leise. „Aber es spielt keine Rolle. Was zählt, ist, dass wir Brandt stoppen. Alles andere kann warten."

Christina ließ ihre Arme sinken und seufzte. „Immer der Märtyrer, was? Wissen Sie was? Sie machen mich wahnsinnig."

„Das ist mir bewusst", sagte Alexander mit einem schwachen Lächeln.

„Und doch sind Sie hier", sagte Christina, ihre Stimme kaum mehr als ein Flüstern.

„Weil ich es nicht anders will", antwortete Alexander ebenso leise.

Ihre Blicke trafen sich, und die Spannung im Raum war fast greifbar. Christina wusste, dass sie etwas sagen sollte, doch ihr Verstand schien auszusetzen. Stattdessen trat sie noch näher, bis sie nur wenige Zentimeter voneinander entfernt standen.

„Wenn wir das hier vermasseln", begann sie, „dann..."

Alexander unterbrach sie, seine Stimme fest, aber warm. „Wir werden es nicht vermasseln."

Bevor Christina antworten konnte, griff er nach ihrer Hand und drückte sie leicht. Für einen Moment schien alles um sie herum stillzustehen – die Gefahr, die bevorstehende Mission, sogar Wagners leises Schnarchen.

Dann lehnte sich Alexander langsam vor, und Christina hielt den Atem an. Der Kuss war sanft, fast zögerlich, doch voller unausgesprochener Worte und Emotionen.

Als sie sich trennten, lächelte Christina schwach. „Das war... unerwartet."

„Manchmal sind die unerwarteten Dinge die besten", sagte Alexander, seine Stimme kaum mehr als ein Flüstern.

Christina lachte leise. „Hören Sie auf, so klug zu klingen. Es macht mich nervös."

Alexander lächelte, und für einen Moment war alles gut. Doch dann ertönte ein Geräusch von draußen – ein leises, aber beunruhigendes Knacken.

„Das ist unser Signal", sagte Christina und löste sich von ihm. „Zeit, den Plan umzusetzen."

Alexander nickte, sein Gesicht wieder ernst. „Seien Sie vorsichtig, Christina."

„Das sollten Sie auch", antwortete sie und zog ihre Waffe. „Ich hasse es, den Märtyrer zu spielen. Also sterben Sie mir nicht weg."

„Das verspreche ich", sagte Alexander, bevor sie beide das Haus verließen, bereit, sich der nächsten Herausforderung zu stellen.

Kapitel 17

Die Luft im Besprechungsraum des Präsidiums war schwer von Anspannung. Christina saß am Kopf des langen Tisches und trommelte mit den Fingern auf die Tischplatte. Vor ihr lagen die Pläne der Zieladresse ausgebreitet, daneben stand eine halb geleerte Kaffeetasse – ihr fünfter Kaffee an diesem Morgen.

„Also, noch einmal für die, die geistig nicht ganz wach sind", begann Christina und warf einen Blick auf Franz, der mit geröteten Ohren an seinem Stuhl herumrutschte. „Wir haben einen einzigen Versuch, diese Sache durchzuziehen, und ich möchte keine Fehler. Haben wir das alle verstanden?"

Franz hob zögernd die Hand. „Ähm, was passiert, wenn wir doch Fehler machen?"

Christina seufzte und rieb sich die Schläfen. „Dann werden wir erschossen, Franz. Oder in Brand gesteckt. Oder was auch immer Brandt und seinen Psychopathen sonst noch einfällt. Aber hey, kein Druck."

„Sehr motivierend", murmelte Franz und ließ die Hand sinken.

Alexander, der sich im Hintergrund gehalten hatte, trat näher und legte eine Karte auf den Tisch. „Es gibt drei Haupteingänge zur Zieladresse, aber alle werden stark bewacht. Wir müssen sie ablenken, um Zugang zum Keller zu bekommen. Dort vermuten wir die gesuchten Unterlagen."

„Klingt einfach genug", sagte Christina und lehnte sich zurück. „Wer spielt die Ablenkung?"

„Ich dachte, Sie hätten diesen Part schon freiwillig übernommen", sagte Alexander trocken.

„Natürlich habe ich das", sagte Christina und warf ihm einen scharfen Blick zu. „Weil ich so gerne auf Leute zurenne, die mich erschießen wollen."

„Es ist definitiv Ihr Talent", sagte Alexander mit einem schwachen Lächeln, was Christina dazu brachte, die Augen zu verdrehen.

„Also gut", sagte sie und wandte sich an die Gruppe. „Franz, Sie und Patrick bleiben in der Überwachungszentrale und halten uns auf dem Laufenden. Wenn jemand rein oder rausgeht, will ich es wissen."

Franz nickte, wirkte aber nicht besonders überzeugt. „Und... was machen Sie genau, wenn es schiefgeht?"

„Beten", sagte Christina trocken. „Und vielleicht noch einen letzten Kaffee trinken."

Hilda, die überraschenderweise auf einem Stuhl in der Ecke saß und Tarotkarten mischte, räusperte sich. „Oder du könntest einfach aufhören, immer den Helden zu spielen. Es gibt andere Wege, Christina."

Christina warf ihr einen Blick zu. „Danke, Hilda. Aber ich glaube nicht, dass Brandt sich durch ein paar Karten einschüchtern lässt."

„Du unterschätzt ihre Macht", sagte Hilda und legte eine Karte auf den Tisch. Es war „Der Teufel".

„Großartig", sagte Christina sarkastisch. „Genau die Art von Motivation, die ich gebraucht habe."

Alexander sah die Karte an, seine Stirn in Falten gelegt. „Was bedeutet das?"

„Das bedeutet, dass jemand in eurer Nähe nicht das ist, was er zu sein scheint", sagte Hilda ernst.

Christina lachte trocken. „Das könnte jeder von uns sein. Aber danke für den Hinweis."

Hilda zuckte mit den Schultern und mischte die Karten wieder. „Ich sage nur, was ich sehe. Der Rest liegt bei euch."

Die Gruppe zerstreute sich, um sich vorzubereiten, doch Christina hielt Alexander zurück. „Also, Herr Doktor, haben Sie noch irgendwelche dunklen Geheimnisse, die ich kennen sollte, bevor wir uns in den Wahnsinn stürzen?"

Alexander zögerte einen Moment, bevor er sie ansah. „Vielleicht später. Aber jetzt sollten wir uns darauf konzentrieren, am Leben zu bleiben."

Christina nickte, obwohl sie spürte, dass er etwas zurückhielt. „In Ordnung. Aber wenn wir das überleben, schulden Sie mir Antworten."

Sie traten aus dem Raum, wo Franz bereits hektisch mit Patrick über die Ausrüstung sprach. Christina beobachtete ihn für einen Moment und konnte nicht anders, als leise zu lachen.

„Was ist?" fragte Alexander.

„Nichts", sagte Christina. „Ich finde es nur immer wieder erstaunlich, wie wir mit einem Team arbeiten, das in jedem anderen Szenario sofort durchfallen würde."

„Dann sollten Sie besser sicherstellen, dass sie nicht durchfallen", sagte Alexander mit einem schwachen Lächeln.

Christina drehte sich zu ihm um, ihre Miene ernst. „Das habe ich vor. Und Sie, Alexander? Sind Sie bereit?"

Er hielt ihrem Blick stand und nickte. „Bereit, wenn Sie es sind."

„Gut", sagte Christina und atmete tief durch. „Dann lassen wir den Teufel tanzen."

Die kalte Nachtluft hatte etwas Erstickendes, als Christina und Alexander in der Nähe der Zieladresse aus ihrem Wagen stiegen. Das Gebäude lag dunkel und unheimlich da, ein perfekter Ort für finstere Machenschaften. Die Straßenlampen warfen lange Schatten, und das leise Summen der Stadt klang wie das Flüstern eines Unheils.

„Wissen Sie", begann Christina und überprüfte die Sicherheitsverriegelung ihrer Waffe, „es gibt Nächte, an denen ich es bereue, diesen Job zu machen. Das hier könnte einer davon sein."

Alexander, der seinen Blick auf die Überwachungskameras richtete, zog eine Augenbraue hoch. „Vielleicht sollten Sie über einen Karrieresprung nachdenken. Blumenhändlerin? Bibliothekarin?"

Christina schnaufte. „Blumen verwelken, und Bücher sprechen nicht zurück. Ich würde nach einer Woche vor Langeweile sterben."

„Ein beruhigender Gedanke", sagte Alexander trocken.

Sie erreichten die Seitenstraße, die zum Hintereingang des Gebäudes führte. Franz meldete sich über Funk, seine Stimme eine Mischung aus Eifer und Unsicherheit. „Wir haben eine Bewegung an der Ostseite des Gebäudes. Zwei Wachen, schwer bewaffnet. Seid vorsichtig."

„Ach, Franz, was würden wir ohne deine erhellenden Kommentare tun?" Christina sprach mit gespielter Begeisterung, während sie sich an die Wand drückte.

„Wahrscheinlich sterben", murmelte Franz, worauf Patrick leise lachte.

Christina nickte Alexander zu, und die beiden schlichen sich lautlos näher. Doch kurz bevor sie ihre Positionen erreichten, flackerte eine der Straßenlampen und erleuchtete sie für einen Moment.

„Perfekt", zischte Christina. „Das ist genau die Art von Dramatik, die wir nicht brauchen."

Einer der Wachmänner hob den Kopf und rief etwas in sein Funkgerät. Christina reagierte blitzschnell und zog ihre Waffe, während Alexander ebenfalls Deckung suchte.

„Plan B?" fragte Alexander, während sie hinter einem Stapel leerer Kisten in Deckung gingen.

„Ich wusste, dass ich einen Plan B vergessen habe", murmelte Christina. „Aber wir können improvisieren. Das sind wir ja gewohnt."

„Erstaunlich beruhigend", sagte Alexander, bevor er einen Blick über die Kisten warf. „Zwei auf uns zu, einer bleibt zurück. Sie wollen uns umzingeln."

„Natürlich wollen sie das", sagte Christina und griff nach einer Blendgranate in ihrer Tasche. „Wie wäre es mit ein bisschen Lichtshow?"

Sie warf die Granate, und der grelle Blitz, gefolgt von einem dumpfen Knall, warf die Wachen kurz aus der Bahn. Christina und Alexander nutzten die Gelegenheit, um sich ins Gebäude zu schleichen.

Im Inneren war es dunkel und stickig. Der Geruch von Feuchtigkeit und altem Metall hing in der Luft, und die Schatten der industriellen Einrichtung wirkten wie eine Szenerie aus einem Horrorfilm.

„Ich hoffe, Sie haben keine Angst vor der Dunkelheit", flüsterte Christina.

„Nur vor Ihrer Art zu improvisieren", erwiderte Alexander.

Franz meldete sich erneut über Funk. „Ihr seid drin, aber wir haben ein Problem. Es gibt mehr Wachen als erwartet. Mindestens sechs weitere, die sich in eurem Bereich bewegen."

„Warum erfahre ich das erst jetzt?" fragte Christina und verdrehte die Augen.

„Weil ich das erst jetzt sehe", entgegnete Franz mit einer Spur Panik. „Ich bin kein Hellseher!"

„Wir sollten Hilda mitnehmen", murmelte Christina und ging weiter.

Sie erreichten eine große Halle mit mehreren Türen. Alexander hielt an und deutete auf eine der Türen. „Das ist der Zugang zum Keller. Dort sollten die Dokumente sein."

„Natürlich", sagte Christina leise. „Weil der Keller immer der sicherste Ort ist, wenn man in einem Horrorfilm stirbt."

„Haben Sie jemals daran gedacht, optimistischer zu sein?" fragte Alexander, während er die Tür öffnete.

„Optimismus ist für Menschen, die nichts zu verlieren haben", antwortete Christina mit einem schiefen Grinsen.

Die Treppe in den Keller war steil und von einem schwachen, flackernden Licht beleuchtet. Jeder Schritt hallte wider, und die Spannung war fast greifbar. Christina spürte, wie ihr Herz schneller schlug, doch sie konzentrierte sich auf die Umgebung.

„Franz, irgendwas, das wir wissen sollten?" flüsterte sie ins Funkgerät.

„Nur, dass ihr nicht die einzigen seid, die sich bewegen", kam die Antwort.

Kaum hatten sie den Keller betreten, hörten sie Schritte hinter sich. Christina wirbelte herum, die Waffe im Anschlag, doch es war zu spät. Die Tür schlug mit einem lauten Knall zu, und sie hörten, wie sie von außen verriegelt wurde.

„Großartig", sagte Christina. „Jetzt sind wir offiziell in der Falle."

Alexander sah sich um, seine Stirn in Falten. „Das war zu einfach. Sie haben uns hierher gelockt."

Christina nickte langsam, ihr Griff um die Waffe fester. „Das bedeutet, sie wollen etwas von uns. Oder von Ihnen."

Alexander schwieg, doch Christina bemerkte, wie sich seine Haltung leicht veränderte – ein Zeichen dafür, dass er etwas wusste, was er nicht sagte.

„Sie wissen mehr, als Sie sagen, oder?" fragte sie, ihre Stimme ruhig, aber angespannt.

„Jetzt ist nicht der richtige Moment für Geständnisse", sagte Alexander, während er sich an einem Schrank zu schaffen machte, um nach einem Ausweg zu suchen.

„Doch, genau jetzt ist der Moment!" Christina trat näher und funkelte ihn an. „Wenn wir hier rauskommen sollen, brauche ich die ganze Wahrheit."

Bevor Alexander antworten konnte, erklang eine Stimme aus den Lautsprechern. Eine tiefe, ruhige Stimme, die vor Bedrohung nur so triefte: „Willkommen, Herr Richter. Willkommen zurück."

Christina spürte, wie sich ihre Nackenhaare aufstellten. „Wer zum Teufel ist das?"

Alexander schloss die Augen, als würde er sich sammeln. „Brandt."

Die Stimme lachte. „Es ist so schön, alte Freunde wiederzusehen. Und ich sehe, Sie haben eine neue Begleitung mitgebracht. Wie charmant."

Christina ballte die Fäuste. „Wenn Sie mich charmant nennen, haben Sie eindeutig ein Problem mit Ihrer Menschenkenntnis."

Brandt lachte erneut, doch die Bedrohung in seiner Stimme blieb. „Wir werden uns bald sehen. Sehr bald."

Mit einem lauten Knacken erlosch das Licht, und die beiden wurden in völlige Dunkelheit gehüllt.

Die Dunkelheit war vollkommen, und für einen Moment hörte Christina nur ihr eigenes Atmen, gemischt mit dem leisen, kontrollierten Atem Alexanders. Ihre Finger tasteten über die Wand neben ihr, doch sie fand nichts außer kaltem, rauem Beton.

„Also", begann sie, ihre Stimme voller Sarkasmus, „ich nehme an, das war nicht Teil Ihres brillanten Plans?"

„Nicht direkt", antwortete Alexander ruhig. „Aber Sie müssen zugeben, es hat eine gewisse dramatische Wirkung."

„Ja, fantastisch", sagte Christina trocken. „Ich liebe es, in dunklen Kellern eingesperrt zu werden. Es ist fast so romantisch wie ein Candle-Light-Dinner."

Alexander lachte leise, doch sein Ton war ernst, als er hinzufügte: „Wir sollten uns konzentrieren. Brandt spielt mit uns."

„Ach, das habe ich nicht bemerkt", murmelte Christina und zog ihre Taschenlampe aus der Jacke. Der Lichtstrahl durchbrach die Dunkelheit, und sie sah sich um. Der Keller war größer, als sie gedacht hatte, mit Regalen voller alter Akten und verstaubter Kisten.

„Schön", sagte sie. „Jetzt können wir wenigstens sehen, wie hoffnungslos wir verloren sind."

Alexander trat zu einem der Regale und zog eine alte Akte heraus. „Das hier könnte interessant sein. Sehen Sie."

Christina trat näher und hielt das Licht auf die Papiere. Es waren medizinische Berichte, Diagramme und Notizen – alle mit dem Titel „Projekt Sternenlicht" versehen.

„Großartig", sagte sie. „Aber was hilft uns das, wenn wir hier unten verrotten?"

Bevor Alexander antworten konnte, öffnete sich die Tür mit einem ohrenbetäubenden Knarren, und grelles Licht flutete den Raum. Zwei Männer in schwarzen Anzügen traten ein, beide bewaffnet und mit stoischen Gesichtern.

„Herr Richter", sagte einer der Männer. „Unser Meister erwartet Sie."

„Natürlich tut er das", murmelte Alexander und hob langsam die Hände.

Christina trat vor ihn, ihre Augen funkelten vor Zorn. „Wenn Sie denken, dass wir einfach mit Ihnen mitgehen, haben Sie sich geschnitten. Was haben Sie vor, uns die Treppe hinaufzerren?"

Der Mann ignorierte sie und deutete mit seiner Waffe auf die Tür. „Folgen Sie uns. Oder wir bringen Sie zum Gehen."

Christina rollte mit den Augen. „Gut, aber wenn ich stolpere, ist das Ihre Schuld."

Die beiden wurden in einen großen Raum im Erdgeschoss geführt, der offensichtlich als provisorisches Büro diente. In der Mitte des Raumes stand ein langer Tisch, und an dessen Ende saß Brandt. Seine grauen Haare waren ordentlich zurückgekämmt, und seine Augen strahlten die selbstgefällige Ruhe eines Mannes aus, der alles unter Kontrolle hatte.

„Herr Richter", sagte Brandt mit einem leichten Lächeln. „Wie schön, dass Sie es geschafft haben. Und Sie haben eine Begleitung mitgebracht. Wie nett."

„Ja, wir dachten, wir bringen ein bisschen Gesellschaft mit", sagte Christina und verschränkte die Arme. „Man kann ja nicht ewig allein in dunklen Kellern herumlungern."

Brandt lachte leise. „Ihre Schlagfertigkeit ist beeindruckend, Frau Weber. Aber ich fürchte, das hier ist kein Ort für Witze."

„Das sagen alle, bevor sie merken, dass sie falsch liegen", erwiderte Christina kühl.

Alexander trat vor, sein Gesicht ausdruckslos. „Was wollen Sie, Brandt? Warum diese ganze Inszenierung?"

Brandt lehnte sich zurück und musterte Alexander. „Weil Sie mir etwas schulden. Oder haben Sie das vergessen?"

Christina sah Alexander an, ihre Augen schmal. „Was meint er, Alexander?"

Alexander zögerte, bevor er antwortete, seine Stimme leise, aber fest. „Brandt und ich haben eine gemeinsame Vergangenheit. Ich war Teil von ‚Projekt Sternenlicht'. Aber ich habe es beendet, als ich die Wahrheit darüber herausfand."

„Die Wahrheit?" fragte Christina und trat näher an ihn heran. „Was für eine Wahrheit?"

Brandt unterbrach mit einem belustigten Lächeln. „Oh, Herr Richter hat nicht alles erzählt, nicht wahr? Dieses Projekt war mehr als nur ein Experiment. Es war eine Vision – eine Vision von Kontrolle und Macht. Und er war ein Schlüsselteil davon."

Christinas Blick wanderte zwischen Alexander und Brandt hin und her. „Ist das wahr, Alexander?"

Alexander nickte langsam. „Ja. Aber ich habe es beendet, als ich erkannte, was Brandt vorhatte."

Brandt klatschte in die Hände. „Und jetzt sind wir hier, Herr Richter. Sie und Ihre neue Freundin, die nichts von Ihren Geheimnissen wusste. Aber keine Sorge, ich werde sie aufklären."

„Das reicht", sagte Christina scharf. „Wenn Sie uns töten wollten, hätten Sie das längst getan. Also, was ist Ihr Spiel?"

Brandt lächelte breit. „Ein Tausch. Ihr Leben gegen die Dokumente, die Sie aus dem Keller geholt haben."

Christina lachte bitter. „Ein großartiges Angebot. Aber wie wäre es mit einem Gegenvorschlag: Wir geben Ihnen nichts, und Sie hören auf, ein verdammter Psychopath zu sein."

Brandts Lächeln verblasste. „Sie haben keine Ahnung, in welche Welt Sie sich begeben haben, Frau Weber. Aber keine Sorge. Sie werden es bald herausfinden."

In diesem Moment hörten sie ein leises Summen. Christina erkannte die Stimme aus ihrem Funkgerät – es war Franz. „Christina, wir sind da. Gebt uns ein Signal."

Christina warf Alexander einen schnellen Blick zu und nickte kaum merklich. „Ich glaube, das Spiel ist noch nicht vorbei, Brandt."

Das Summen in Christinas Ohr wurde lauter, während sie sich mühsam die Ruhe bewahrte. Alexander stand steif wie eine Statue, doch sie konnte die Anspannung in seinen Schultern erkennen. Brandt hatte sich zurückgelehnt, die Finger aneinandergelegt, sein Blick war nichts weniger als selbstgefällig.

„Frau Weber", begann Brandt in seinem üblichen, beinahe väterlichen Ton, „Sie scheinen die Dynamik dieser Situation zu unterschätzen. Sie stehen nicht in einer Verhandlungsposition."

„Oh, glauben Sie mir, ich bin mir meiner Position absolut bewusst", sagte Christina kühl, während sie innerlich hektisch darüber nachdachte, wie sie aus dieser Situation herauskommen könnten. „Ich bin die Frau mit dem schlechten Kaffeeentzug und einer Pistole in der Tasche. Und glauben Sie mir, das macht mich unberechenbar."

Brandt hob eine Augenbraue, als wäre er amüsiert. „Unberechenbar, ja. Aber auch uninformiert. Alexander, haben Sie ihr erzählt, warum Sie wirklich hier sind?"

Christinas Kopf drehte sich zu Alexander, ihre Augen schmal. „Das wäre ein guter Zeitpunkt für die Wahrheit, Alexander. Keine Geheimnisse mehr."

Alexander schloss für einen Moment die Augen, als ob er Kraft sammelte. Dann sprach er mit leiser Stimme: „Brandt hat recht. Ich bin nicht hier, um ihn aufzuhalten. Ich bin hier, um etwas zu beenden, das ich hätte vor Jahren zerstören sollen."

Christina spürte, wie ihr Herz einen Schlag aussetzte. „Und Sie dachten, das zu erwähnen wäre... optional?"

„Ich wollte Sie nicht mit hineinziehen", sagte Alexander und hielt ihrem Blick stand. „Aber jetzt sind wir beide hier, und ich werde sicherstellen, dass Sie lebend hier rauskommen."

„Wie rührend", sagte Brandt, seine Stimme triefte vor Sarkasmus. „Ein Held bis zum bitteren Ende. Aber ich fürchte, Ihr Plan hat einen entscheidenden Fehler: Ich bin vorbereitet. Sie nicht."

Christina lachte trocken. „Das sagen die Schurken immer, kurz bevor sie feststellen, dass sie einen entscheidenden Fehler gemacht haben."

Brandt klatschte in die Hände, und plötzlich stürmten zwei bewaffnete Männer den Raum. Christina bewegte sich instinktiv, zog ihre Waffe und zielte, doch Alexander hob eine Hand, um sie zu stoppen.

„Nicht jetzt", murmelte er.

„Nicht jetzt?" fauchte Christina zurück. „Wann denn? Nach dem Kaffee und Kuchen?"

„Vertrauen Sie mir", sagte Alexander, und etwas in seinem Ton ließ Christina innehalten. Es war nicht nur Entschlossenheit – es war etwas Tieferes, Dunkleres.

Die Wachen griffen nach ihren Armen, doch Christina ließ sich nicht ohne Widerstand ziehen. „Das ist keine gute Idee, Jungs. Ich habe einen verdammt schlechten Tag."

„Das überrascht mich kein bisschen", sagte Brandt trocken. „Aber keine Sorge. Wir klären das hier schnell."

Die beiden wurden zu einem anderen Raum geführt, einem sterilen, beinahe klinischen Raum, dessen kühle Wände den Eindruck erweckten, sie seien in einem Operationssaal. Auf einem Tisch lag ein Metallkoffer, dessen Inhalt verborgen war.

„Das ist es", sagte Brandt, als er zum Koffer trat. „Das letzte Puzzlestück. Und Alexander hat es mir freundlicherweise direkt gebracht."

„Was ist da drin?" fragte Christina und versuchte, ihre Angst hinter einem sarkastischen Ton zu verbergen.

Brandt lächelte und öffnete den Koffer, doch bevor Christina einen Blick hineinwerfen konnte, hörte sie ein leises Geräusch aus ihrem Funkgerät. Es war Franz, dessen Stimme vor Aufregung überschlug. „Christina, wir haben den Plan B gestartet. Seid bereit!"

Christina bewegte sich blitzschnell, trat ihrem Bewacher in die Kniekehle und entriss ihm die Waffe. Ein Schuss hallte durch den Raum, und Brandt sprang zurück, seine Augen weit vor Überraschung.

Alexander nutzte die Ablenkung und griff nach dem Koffer. Doch bevor er ihn sichern konnte, zog Brandt eine Pistole aus seiner Jacke und richtete sie direkt auf Christina.

„Das würde ich nicht tun", sagte er mit eisiger Stimme.

„Oh, das würde ich sehr wohl tun", erwiderte Christina und richtete ihre eigene Waffe auf Brandt. „Ich liebe es, Menschen wie Sie zu enttäuschen."

Die Tür flog auf, und Franz stürmte herein, gefolgt von einem weiteren Teammitglied. Der Raum war plötzlich ein Wirrwarr aus Stimmen, Waffen und Bewegung.

Alexander hielt den Koffer fest an sich gedrückt und rief: „Christina, raus hier! Jetzt!"

Doch Christina zögerte. Sie sah Brandt an, dessen Gesichtsausdruck nun eine Mischung aus Wut und Verzweiflung war.

„Das ist nicht vorbei", zischte er.

„Oh, ich glaube, das ist es", sagte Christina und drückte ab. Der Schuss traf die Wand hinter Brandt, genug, um ihn aus dem Gleichgewicht zu bringen, ohne ihn zu töten.

Alexander packte Christina am Arm und zog sie aus dem Raum. „Wir müssen weg!"

„Das sag ich doch die ganze Zeit!" rief sie, während sie zusammen durch die engen Korridore rannten.

Als sie endlich ins Freie stürmten, wurden sie von den blinkenden Lichtern der Einsatzfahrzeuge empfangen. Franz winkte ihnen hektisch zu, während das Team sicherte, dass niemand entkam.

Christina drehte sich zu Alexander, ihr Atem schwer. „Das war verdammt knapp."

„Aber wir haben es geschafft", sagte Alexander leise, und für einen Moment trafen sich ihre Blicke.

„Ich will Antworten, Alexander", sagte Christina schließlich, ihre Stimme fest. „Keine Ausreden mehr."

„Sie bekommen sie", sagte er, seine Stimme ebenso fest. „Aber erst, wenn wir sicher sind."

Christina nickte, doch etwas in ihr wusste, dass die Antworten, die sie suchte, alles verändern würden.

Kapitel 18

Das Polizeipräsidium war in der Nacht still, abgesehen von dem leisen Summen der Neonlichter und dem gelegentlichen Klackern von Tastaturen. Christina saß am Konferenztisch und starrte auf das Chaos vor ihr: Karten, Notizen und Überwachungsfotos lagen kreuz und quer verstreut. Neben ihr schob Alexander eine Tasse Kaffee in ihre Richtung.

„Keine Sorge, es ist der gute Kaffee aus der Maschine im dritten Stock", sagte er trocken. „Ich dachte, Sie könnten ihn brauchen."

Christina nahm die Tasse, ohne den Blick von den Papieren zu lösen. „Es sei denn, Sie haben ein magisches Elixier, das uns Brandt vom Hals schafft, wird das hier kaum helfen."

Alexander setzte sich gegenüber und lehnte sich zurück. „Gut, dann fangen wir von vorne an. Was haben wir falsch gemacht?"

„Alles", murmelte Franz aus der Ecke, wo er mit einem Eisbeutel auf seinem Knie saß. „Ich meine, das war ziemlich offensichtlich."

Christina hob eine Augenbraue. „Danke für die konstruktive Kritik, Franz. Sehr hilfreich."

„Bitte, jederzeit", erwiderte Franz mit einem schwachen Lächeln, bevor er sich wieder seinem Handy zuwandte.

Alexander beugte sich vor und deutete auf die Karte. „Brandt hat uns nicht nur erwartet, er hat uns in eine Falle gelockt. Er wusste, dass wir kommen. Die Frage ist: Woher wusste er es?"

Christina runzelte die Stirn. „Jemand muss geplaudert haben. Oder wir haben uns irgendwo verraten."

Franz hob die Hand, ohne aufzublicken. „Ich bin unschuldig. Ich bin viel zu nervös, um jemandem auch nur meinen Namen zu verraten."

„Das wissen wir", sagte Christina trocken. „Aber es gibt etwas, das wir übersehen haben. Irgendetwas in seinen Beweggründen, in seinen Plänen..."

Patrick, der mit einem Laptop hereinkam, warf einen Blick auf die Gruppe. „Ich habe alle Überwachungsdaten durchgesehen. Es gibt keine Anzeichen dafür, dass unsere Kommunikation abgefangen wurde. Aber..."

„Aber?" wiederholte Christina und lehnte sich vor.

„Es gibt etwas Interessantes. Eine Nachricht, die an eine unbekannte Nummer gesendet wurde, wenige Stunden bevor wir die Operation gestartet haben."

„Eine Nachricht?" fragte Alexander und stand auf, um auf den Bildschirm zu sehen.

Patrick nickte. „Kurz und kryptisch: ‚Alles ist bereit.' Keine weiteren Details. Aber es kam von einem Telefon, das in der Nähe unseres Standorts registriert war."

Christinas Augen verengten sich. „Das bedeutet, wir haben ein Leck. Oder Brandt hat jemanden auf seiner Gehaltsliste, der uns sehr nahe steht."

Die Gruppe fiel in Schweigen, und Christina fühlte, wie die Schwere der Situation sie niederdrückte. Doch dann schlug sie mit der Hand auf den Tisch und stand auf. „Gut, dann ändern wir die Spielregeln. Wir wissen, dass er uns erwartet. Warum überraschen wir ihn nicht, indem wir ihm genau das geben, was er will?"

Franz sah sie an, als hätte sie den Verstand verloren. „Das ist Ihr Plan? Ihm in die Hände zu spielen?"

Christina lächelte schwach. „Nein, Franz. Das ist mein Plan, ihm zu zeigen, dass ich besser darin bin, Pläne zu machen."

Alexander schüttelte den Kopf, aber ein schwaches Lächeln spielte um seine Lippen. „Ich nehme an, wir sollten uns besser hinsetzen und zuhören."

Christina nickte und begann, die neue Strategie zu erklären, während die Spannung im Raum langsam einem Funken Hoffnung wich.

Die Tür zum Besprechungsraum öffnete sich, und Klaus Bauer trat ein, eine Zigarette im Mundwinkel und ein Notizbuch in der Hand. „Habe ich gehört, dass ihr ein bisschen Ärger mit Brandt habt?"

„Oh nein", sagte Christina mit gespieltem Entsetzen. „Nicht Sie. Jeder außer Ihnen."

Klaus grinste und setzte sich auf einen der freien Stühle. „Ich habe ein paar Informationen, die euch interessieren könnten. Aber erstens: Wer hat Kaffee?"

Alexander reichte ihm schweigend eine Tasse, während Christina die Arme verschränkte. „Was für Informationen könnten Sie haben, die wir nicht schon längst wissen?"

Klaus zog ein Foto aus seinem Notizbuch und legte es auf den Tisch. Es zeigte Brandt mit einem Mann, den Christina nur zu gut kannte – einen ehemaligen Kollegen, der vor Jahren aus der Abteilung verschwunden war.

„Das ist interessant", murmelte Alexander und nahm das Foto genauer in Augenschein.

„Interessant ist eine Untertreibung", sagte Christina. „Das erklärt, warum Brandt immer einen Schritt voraus ist. Er hat jemanden, der genau weiß, wie wir arbeiten."

„Also, was ist der Plan?" fragte Klaus, während er einen Schluck Kaffee nahm. „Ich nehme an, ihr habt einen, oder wollt ihr einfach improvisieren?"

„Ich improvisiere nicht", sagte Christina scharf. „Ich mache Pläne, die wie Improvisation aussehen."

„Das nenne ich Talent", sagte Klaus trocken.

Christina ignorierte ihn und wandte sich an die Gruppe. „Wir haben noch eine Chance, das hier zu gewinnen. Aber wir müssen cleverer sein als Brandt. Und dazu brauche ich jeden von euch."

Die Gruppe nickte, und Christina spürte, wie sich die Energie im Raum veränderte. Diesmal würde Brandt nicht mit einem Sieg davonkommen.

Der Treffpunkt war ebenso klischeehaft wie riskant: ein leerstehendes Lagerhaus am Stadtrand, mit zerbrochenen Fenstern, durch die der Mondschein in scharfen Strahlen fiel. Christina stand an der offenen Tür, die Hände in die Hüften gestemmt, und musterte die Szenerie skeptisch.

„Natürlich ein verlassenes Lagerhaus", murmelte sie. „Weil normale Menschen sich in Cafés treffen oder meinetwegen in einer Parkanlage. Aber nein, wir nehmen den Horrorfilm-Schauplatz."

„Die Atmosphäre passt zur Lage", sagte Alexander trocken, während er hinter ihr stand und den Raum musterte.

„Die Lage passt zur Hölle, falls Sie das meinen", erwiderte Christina und zog ihren Mantel fester um sich. „Was ist, wenn Klaus nicht auftaucht?"

Alexander hob eine Augenbraue. „Dann haben wir den Abend für eine schöne Portion Spannung verschwendet. Wäre ja nicht das erste Mal."

Bevor Christina antworten konnte, hörte sie das Knirschen von Schritten. Klaus Bauer tauchte im schummrigen Licht auf, eine Zigarette im Mundwinkel und mit seinem üblichen, halb amüsierten Ausdruck im Gesicht.

„Habt ihr euch schon überlegt, was ihr mir zu Weihnachten schenkt?" fragte er und lehnte sich lässig an die Wand.

„Vielleicht ein besseres Gespür für Dramatik", sagte Christina und verschränkte die Arme. „Was haben Sie für uns?"

Klaus zog eine Mappe unter seiner Jacke hervor und warf sie Alexander zu. „Das hier ist alles, was ich finden konnte. Und bevor ihr fragt – ja, es war gefährlich, und nein, ich werde euch nicht sagen, wie ich es bekommen habe."

Alexander öffnete die Mappe, während Christina misstrauisch näher trat. „Wenn Sie mir jetzt sagen, dass das ein Rezeptbuch ist, schwöre ich, ich lasse Sie hier."

„Enttäuschend wäre es, ja", sagte Klaus. „Aber nein, es sind Dokumente. Brandts Finanzen, Kontakte und, wenn ihr gut genug sucht, Hinweise auf denjenigen, der ihn von innen heraus unterstützt."

Alexander blätterte konzentriert durch die Papiere, sein Gesicht wurde zunehmend ernster. „Das hier sind brisante Informationen. Sie könnten jemanden in echte Schwierigkeiten bringen."

„Oder aus den Schwierigkeiten raus", sagte Klaus und blies eine Rauchwolke in die kalte Luft. „Fragt sich nur, wie ihr es nutzt."

Christina sah Alexander an. „Und, was haben wir? Einen magischen Schlüssel zu all unseren Problemen?"

Alexander sah auf, seine Augen schmal. „Wir haben einen Namen. Und wenn das stimmt, was hier steht, dann ist Brandts Helfer jemand, der sehr tief in unserer Organisation steckt."

Christina fluchte leise. „Natürlich. Weil nichts in meinem Leben einfach sein kann."

„Komplexität hält das Gehirn fit", warf Klaus ein und bekam dafür einen Blick, der ihn hätte töten können.

„Wer ist es?" fragte Christina schließlich, ihre Stimme scharf.

Alexander zögerte, bevor er das Blatt hochhielt. „Hauptkommissar Wagner. Derjenige, der uns die ersten Hinweise auf Brandt gegeben hat."

Christinas Kiefer spannte sich. „Das ist ein schlechter Witz."

„Ich wünschte, es wäre so", sagte Alexander leise. „Aber es erklärt vieles. Warum Brandt immer wusste, wo wir waren. Warum er uns einen Schritt voraus war."

„Und warum Wagner immer so darauf bedacht war, uns in bestimmte Richtungen zu lenken", fügte Christina hinzu, ihr Ton bitter.

Klaus zuckte die Schultern. „Na, jetzt wisst ihr's. Die Frage ist: Was macht ihr damit?"

„Was wir machen?" sagte Christina mit einem scharfen Lächeln. „Wir machen ihm das Leben zur Hölle. Und Brandt gleich mit."

Alexander hob eine Hand. „Nicht so schnell. Wir brauchen einen Plan, der beide aus dem Verkehr zieht. Wenn wir Wagner zu schnell konfrontieren, warnt er Brandt."

„Das ist der Moment, in dem ich Sie daran erinnere, dass Zeit nicht auf unserer Seite ist", sagte Christina. „Brandt plant sicher schon den nächsten Schritt."

Alexander nickte. „Deshalb müssen wir unseren schneller machen."

„Ich liebe eure Energie", sagte Klaus und klopfte Christina auf die Schulter. „Aber denkt daran, dass ein schlechter Plan nur ein guter Plan ist, der nicht funktioniert hat."

„Danke für die Weisheit, Herr Platon", murmelte Christina.

Alexander schloss die Mappe und sah Klaus an. „Sind Sie bereit, uns noch einmal zu helfen? Das wird gefährlich."

Klaus zog an seiner Zigarette und lächelte schief. „Gefahr ist mein zweiter Vorname. Außerdem wäre mein Leben langweilig ohne euch beiden. Also ja, ich bin dabei."

Christina sah ihn an, ihr Blick war gemischt aus Dankbarkeit und Misstrauen. „Gut. Aber wenn Sie uns doppelt spielen, werde ich persönlich dafür sorgen, dass Ihre Karriere als Journalist ein schnelles Ende findet."

„Ich zittere vor Angst", sagte Klaus, bevor er ging.

Christina und Alexander blieben allein im Lagerhaus. Eine schwere Stille legte sich über sie, während sie sich gegenseitig ansahen.

„Das wird kompliziert", sagte Alexander schließlich.

„Willkommen in meinem Leben", antwortete Christina. „Wann war es jemals einfach?"

Alexander lachte leise. „Sie haben recht. Es war nie einfach. Aber diesmal könnten wir eine Chance haben."

Christina sah ihn an, ihre Stirn in Falten. „Sie sagen ‚könnten', als wären Sie nicht sicher."

Alexander trat näher, sein Blick war warm, aber ernst. „Ich bin mir nie sicher. Aber ich weiß, dass ich Ihnen vertraue."

Christina hielt inne, ihre Augen fixierten seine. „Das ist ein gefährliches Spiel, Alexander."

„Das Leben ist ein gefährliches Spiel, Christina."

Für einen Moment war die Spannung zwischen ihnen fast greifbar. Doch dann drehte sich Christina um und ging zur Tür. „Kommen Sie. Wir haben einen Teufel zu fangen."

Alexander folgte ihr, ein leises Lächeln auf seinen Lippen. „Das klingt nach einem Plan."

Das Team versammelte sich im Konferenzraum, der inzwischen eher einem Schlachtfeld glich. Karten, Notizen, und improvisierte Pläne waren überall verteilt, und die Gesichter der Beteiligten spiegelten gleichermaßen Konzentration und Erschöpfung wider. Christina stand vor der Tafel und hielt einen roten Marker in der Hand, während Alexander neben ihr leise Anmerkungen in ein Notizbuch schrieb.

„Also", begann Christina, ihre Stimme triefend vor Sarkasmus, „wir haben einen korrumpierten Kommissar, einen wahnsinnigen Kriminellen und einen Plan, der so gut ist, dass er garantiert schiefgehen wird. Irgendwelche Fragen?"

Franz hob zaghaft die Hand. „Ja, warum muss ich derjenige sein, der den Köder spielt?"

Christina seufzte. „Weil Sie das Babyface haben, Franz. Niemand würde glauben, dass Sie gefährlich sind."

„Ich könnte gefährlich aussehen", protestierte Franz schwach.

Patrick, der neben ihm saß, grinste. „Nur, wenn du dir einen Schnurrbart malst."

„Genug davon", unterbrach Alexander, ohne aufzusehen. „Franz, Sie sind der Köder, weil Sie am wenigsten verdächtig wirken. Und außerdem, Christina wird in der Nähe sein, um Sie zu retten, falls etwas schiefläuft."

Christina hob eine Augenbraue. „Das klingt fast, als hätten Sie Vertrauen in mich."

Alexander sah sie an, ein schwaches Lächeln auf den Lippen. „Ich habe gelernt, dass Sie die beste sind, wenn es darum geht, improvisierte Katastrophen in Siege zu verwandeln."

„Wie poetisch", sagte Christina trocken und wandte sich wieder der Tafel zu. „Gut, hier ist der Plan: Wir locken Wagner zu einem Treffen mit Brandt, indem wir ihm vorgaukeln, dass wir bereit sind, einen Deal zu machen. Dabei geben wir ihm Informationen, die wir absichtlich gestreut haben, sodass er sie für echt hält."

Franz sah sie skeptisch an. „Und wenn er merkt, dass es eine Falle ist?"

Christina lächelte schief. „Dann hoffe ich, dass Sie schnell rennen können."

Patrick hob die Hand. „Was ist mit der technischen Seite? Werden wir genug Beweise haben, um Wagner und Brandt gleichzeitig zu überführen?"

„Darum kümmern Sie sich", sagte Alexander. „Verwanzen Sie die Gegend, überwachen Sie alles und stellen Sie sicher, dass wir genug Material sammeln, um sie zu Fall zu bringen."

Patrick nickte und begann sofort, in seinen Laptop zu tippen. Klaus, der lässig an der Wand lehnte, zog an seiner Zigarette und sah Christina mit einem schiefen Grinsen an. „Und was mache ich? Die Presse informieren?"

„Nein", sagte Christina. „Sie bleiben im Hintergrund und warten darauf, dass wir das erledigen. Dann können Sie Ihre große Enthüllungsstory schreiben."

„Ah, der Ruhm am Ende des Tunnels", murmelte Klaus und schnippte die Zigarette in einen Papierkorb.

Während das Team sich in die Arbeit vertiefte, blieb Christina einen Moment lang stehen und betrachtete Alexander. Er war in Gedanken versunken, seine Stirn leicht gerunzelt, während er eine Karte studierte. Es war selten, ihn so ruhig zu sehen, und für einen kurzen Augenblick fragte sie sich, wie viel von seiner Fassade echt war.

„Sie starren", sagte Alexander plötzlich, ohne aufzusehen.

„Vielleicht suche ich nach Rissen", antwortete Christina, ohne zu zögern.

Er sah sie an, seine Augen funkelten vor Belustigung. „Und, haben Sie welche gefunden?"

„Nur ein paar", sagte sie mit einem kleinen Lächeln. „Aber ich arbeite daran, sie zu erweitern."

Alexander lachte leise und trat näher. „Wissen Sie, Christina, manchmal frage ich mich, ob Ihre Hartnäckigkeit ein Segen oder ein Fluch ist."

„Das hängt davon ab, auf welcher Seite Sie stehen", erwiderte sie und bemerkte, wie sich die Luft zwischen ihnen veränderte – elektrischer wurde.

Bevor sie weitersprechen konnte, unterbrach Franz: „Ähm, ich will nicht stören, aber könnte jemand erklären, was ich genau sagen soll, wenn Wagner auftaucht?"

Christina riss sich von Alexanders Blick los und drehte sich zu Franz um. „Ganz einfach. Sie sagen, dass wir bereit sind, mit Brandt zu verhandeln, um einen Waffenstillstand zu erreichen. Das wird Wagner nervös machen, und dann sehen wir, wie er reagiert."

Franz nickte langsam. „Okay, ich werde mein Bestes tun."

„Tun Sie das", sagte Christina. „Und tragen Sie saubere Socken. Nur für den Fall."

Das Team arbeitete bis spät in die Nacht, jeder in seine Aufgabe vertieft. Alexander blieb in der Nähe von Christina, und obwohl sie sich auf den Plan konzentrierte, spürte sie seine Präsenz ständig – ein seltsamer Trost, der sie gleichzeitig beruhigte und beunruhigte.

Schließlich, als die Uhr Mitternacht schlug, lehnte sie sich zurück und rieb sich die Schläfen. „Ich brauche einen Drink. Oder fünf."

Alexander schmunzelte. „Vielleicht sollten wir das auf später verschieben. Sie müssen morgen scharf sein."

„Sie meinen, ich muss morgen bereit sein, meinen Hals zu riskieren, während Sie Ihren geheimnisvollen Helden spielen?"

„Etwas in der Art", sagte er und legte eine Hand auf ihre Schulter.

Für einen Moment war da nur Stille zwischen ihnen, und Christina fühlte, wie die Müdigkeit des Tages von etwas anderem verdrängt wurde – etwas, das sie noch nicht benennen konnte.

„Passen Sie morgen auf sich auf", sagte Alexander schließlich leise.

„Das Gleiche gilt für Sie", antwortete Christina, bevor sie sich abrupt von ihm abwandte und begann, ihre Sachen zu packen.

Die Vorbereitung war abgeschlossen. Doch in ihrem Inneren wusste Christina, dass die wahre Gefahr erst am nächsten Tag begann.

Der Ort des Treffens war perfekt gewählt – eine alte, stillgelegte Fabrik am Stadtrand, umgeben von zerfallenen Zäunen und überwucherten Ruinen. Christina stand mitten im Hof, die Hände in den Taschen ihres Mantels vergraben, während sie ungeduldig auf das Signal wartete.

„Natürlich treffe ich mich mit einem Verräter in einer verlassenen Fabrik", murmelte sie vor sich hin. „Warum nicht gleich auf einem Friedhof? Vielleicht mit einem Blitz im Hintergrund, für die perfekte theatralische Note."

„Sie wirken angespannt", bemerkte Alexander, der leise hinter ihr auftauchte.

„Ich? Angespannt?" Christina drehte sich zu ihm um, ihre Augen funkelten vor Sarkasmus. „Nein, ich liebe es, Köder zu spielen. Es ist mein heimliches Hobby."

Alexander schmunzelte, sein Gesicht blieb jedoch ernst. „Sie wissen, dass wir in Ihrer Nähe sind. Wenn irgendetwas schiefläuft..."

„Dann improvisiere ich", unterbrach sie ihn, ein schwaches Lächeln auf ihren Lippen. „Das ist schließlich meine Spezialität, nicht wahr?"

Alexander trat einen Schritt näher, und für einen Moment schien er etwas sagen zu wollen. Doch dann hielt er inne, seine Augen fixierten ihren Blick. „Passen Sie einfach auf sich auf, Christina."

„Das Gleiche gilt für Sie", antwortete sie leise, bevor sie sich abwandte.

Aus den Schatten heraus beobachtete Klaus das kurze Gespräch und murmelte in sein Funkgerät: „Falls jemand es verpasst hat: Die Chemie zwischen den beiden ist so dick, man könnte sie mit einem Messer schneiden."

„Halt die Klappe, Klaus", kam Christinas scharfe Antwort durch den Kanal, doch sie konnte das Lächeln in ihrer Stimme nicht verbergen.

Kurz darauf kam ein dunkler Wagen über den holprigen Weg gerollt und hielt vor Christina. Zwei Männer stiegen aus, ihre Gesichter verbargen sich hinter dunklen Sonnenbrillen – was bei der nächtlichen Beleuchtung nicht gerade praktisch war.

„Frau Weber", sagte einer von ihnen mit einem deutlichen Unterton von Spott. „Ich nehme an, Sie haben uns gerufen, weil Sie etwas Interessantes zu sagen haben?"

Christina zuckte mit den Schultern. „Oder weil ich mich nach intelligenter Gesellschaft sehne. Sie dürfen raten."

Die Männer tauschten Blicke, bevor der zweite zu seinem Handy griff und eine Nummer wählte. Wenige Sekunden später erschien Hauptkommissar Wagner in der Tür der Fabrik, sein Gesicht eine Maske der Selbstbeherrschung.

„Christina", sagte er mit einem gezwungenen Lächeln. „Das ist eine Überraschung. Ich hätte nicht gedacht, dass Sie so leichtfertig Ihre Karriere aufs Spiel setzen."

„Oh, Sie wissen ja, ich liebe ein gutes Risiko", sagte Christina und machte eine einladende Geste. „Und was ist mit Ihnen, Wagner? Hat Ihnen das Doppelleben bisher Spaß gemacht?"

Wagners Gesicht verzog sich leicht, aber er fing sich schnell. „Ich weiß nicht, wovon Sie reden."

„Natürlich nicht", sagte Christina trocken. „Aber keine Sorge, ich habe genug Beweise, um es Ihnen zu erklären."

Aus den Schatten beobachtete Alexander die Szene durch ein Fernglas. Sein Funkgerät knackte, und Franz flüsterte: „Was glauben Sie, wie lange sie das durchhält, bevor sie ihm ins Gesicht schlägt?"

„Hoffentlich lange genug", antwortete Alexander leise, ohne den Blick von Christina abzuwenden.

Währenddessen trat Wagner einen Schritt näher an Christina heran, seine Stimme wurde leiser. „Sie spielen ein gefährliches Spiel, Christina. Wissen Sie, was Brandt mit Menschen wie Ihnen macht?"

„Oh, ich habe eine Vorstellung", erwiderte sie kühl. „Aber wissen Sie, was ich mit Menschen wie Ihnen mache? Ich bringe sie zu Fall."

Die Spannung zwischen ihnen war greifbar, und Christina spürte, wie ihre Hand unwillkürlich näher zur Waffe an ihrer Hüfte wanderte.

In diesem Moment ertönte ein leises Geräusch – das Klicken eines Gewehrs. Aus der Dunkelheit heraus trat Brandt, ein spöttisches Lächeln auf den Lippen, und eine Waffe in der Hand.

„Frau Weber", sagte er, seine Stimme triefend vor falscher Freundlichkeit. „Ich muss sagen, ich bewundere Ihren Mut. Aber Mut allein bringt einen nicht sehr weit."

Christina drehte sich langsam zu ihm um, ihre Haltung blieb ruhig, obwohl ihr Herz wie verrückt schlug. „Brandt. Sie bringen ja immer einen Hauch von Drama mit."

„Ich nehme an, Sie wollten mich hier herauslocken", sagte Brandt und deutete auf Wagner. „Aber ich habe die Situation besser unter Kontrolle, als Sie denken."

Christina lächelte schwach. „Das sagen Sie jetzt. Warten Sie, bis der Rest meiner Improvisation einsetzt."

Brandts Gesicht veränderte sich leicht, doch bevor er etwas sagen konnte, krachte plötzlich ein Lichtstrahl durch die Dunkelheit. Von allen Seiten drangen Sondereinheiten hervor, ihre Waffen auf Brandt und seine Männer gerichtet.

„Überraschung", sagte Christina, ihre Stimme triefend vor Sarkasmus. „Das ist der Teil, in dem Sie aufgeben."

Brandt verzog das Gesicht zu einem kalten Lächeln. „Sie glauben, das ist vorbei? Das Spiel hat gerade erst begonnen."

Bevor Christina reagieren konnte, hörte sie einen lauten Knall – ein Schuss. Sie duckte sich instinktiv, während die Szene in Chaos ausbrach.

Alexander stürzte aus den Schatten, seine Waffe gezogen, und erreichte Christina gerade rechtzeitig, um sie hinter einer Kiste in Deckung zu ziehen. „Sind Sie verletzt?" fragte er, seine Stimme voller Sorge.

„Noch nicht", sagte sie und griff nach ihrer eigenen Waffe. „Aber ich plane, jemandem wehzutun."

Die nächsten Minuten waren ein Wirrwarr aus Schüssen, Befehlen und Chaos. Brandt und seine Männer kämpften verzweifelt, während Christina und Alexander versuchten, die Kontrolle zurückzugewinnen. Schließlich, nach einem letzten Schuss, verstummte der Lärm.

Brandt lag am Boden, blutend, aber lebendig, während Wagner mit Handschellen abgeführt wurde. Christina stand keuchend da, ihre Waffe noch in der Hand, und sah Alexander an.

„Das war knapp", sagte sie leise.

„Das war genial", erwiderte Alexander, sein Blick weich, obwohl die Anspannung noch in seinen Augen lag.

Für einen Moment standen sie nur da, die Welt um sie herum schien still zu stehen. Doch dann unterbrach Franz' Stimme über das Funkgerät die Stille: „Alles klar bei euch? Ich habe keine Lust, meine Karriere mit einem Nachruf zu beenden."

Christina lachte leise. „Wir leben noch, Franz. Aber vielleicht solltest du besser einen Krankenwagen rufen."

Kapitel 19

Der Raum war kalt und still, nur das leise Tropfen von Wasser irgendwo in der Dunkelheit durchbrach die bedrückende Stille. Christina saß mit gefesselten Händen auf einem wackeligen Stuhl, ihr Blick wanderte durch den düsteren Raum. Trotz der Situation wirkte sie ruhig, ihre Gedanken arbeiteten jedoch auf Hochtouren.

„Ein klassisches Versteck", murmelte sie vor sich hin. „Fehlt nur noch das Bösewicht-Monologisieren und ein Haifischbecken."

„Tut mir leid, ich habe die Haie zu Hause gelassen", ertönte eine Stimme aus der Dunkelheit. Dann trat Brandt ins Licht, sein Gesicht triefend vor selbstgefälliger Genugtuung. „Aber ich verspreche Ihnen, Frau Weber, dass ich trotzdem beeindruckend sein werde."

„Imponieren Sie mir lieber mit Ihrer schnellen Aufgabe", konterte Christina. „Ich habe heute Abend noch andere Pläne."

Brandt lachte trocken. „Oh, ich fürchte, Ihre Pläne haben sich geändert."

„Natürlich", sagte Christina und rollte die Augen. „Warum nicht? Es läuft ja sowieso nie nach meinem Zeitplan."

Brandt ging um sie herum, seine Schritte hallten in dem kahlen Raum wider. „Ich muss sagen, ich bewundere Ihre Hartnäckigkeit. Aber irgendwann sollten Sie akzeptieren, dass Sie verloren haben."

„Ach, das ist interessant", erwiderte Christina mit einem sarkastischen Lächeln. „Weil ich mich nicht erinnern kann, überhaupt angefangen zu verlieren."

Brandt beugte sich zu ihr hinunter, seine Augen funkelten vor Boshaftigkeit. „Sie wissen nicht, worauf Sie sich eingelassen haben, oder? Sie spielen in einem Spiel, dessen Regeln Sie nicht einmal verstehen."

Christina hielt seinem Blick stand. „Vielleicht. Aber ich spiele besser improvisiert als Sie mit einem Plan."

Brandt richtete sich auf, sein Gesicht wieder zu einer Maske der Ruhe verzogen. „Lassen Sie mich Ihnen eine Geschichte erzählen, Frau Weber. Eine Geschichte über Entscheidungen, Verrat und das, was Menschen wirklich antreibt."

„Oh, großartig", sagte Christina und lehnte sich so weit zurück, wie ihre Fesseln es zuließen. „Ich liebe eine gute Gruselgeschichte vor dem Schlafengehen."

Brandt ignorierte ihren Spott und begann zu sprechen. „Vor Jahren gab es jemanden, der dachte, er könnte mich aufhalten. Jemanden, der zu viel wusste, aber nicht genug tat, um sich zu schützen."

Christinas Herz setzte einen Schlag aus. Sie wusste, worauf er hinauswollte. „Sprechen Sie von Sophi Bauman?"

Brandt lächelte kalt. „Sie sind klüger, als ich Ihnen zugetraut hätte. Ja, ich spreche von Sophi. Eine junge Frau mit zu viel Mut und zu wenig Vorsicht. Sie dachte, sie könnte die Welt verändern. Stattdessen hat sie nur ihr eigenes Grab geschaufelt."

Christina fühlte, wie sich Wut in ihr aufbaute, aber sie zwang sich zur Ruhe. „Und was war mit Alexander? War er nur ein Bauer in Ihrem Spiel?"

Brandt schüttelte den Kopf. „Alexander war ein Mann, der zu viel Herz und zu wenig Verstand hatte. Er wollte Gerechtigkeit, aber er hat nur Chaos hinterlassen."

In diesem Moment öffnete sich die Tür, und einer von Brandts Männern trat ein, flüsterte ihm etwas ins Ohr. Brandts Gesicht wurde dunkel. „Entschuldigen Sie mich einen Moment, Frau Weber. Aber machen Sie sich keine Sorgen, ich bin bald zurück, um unser Gespräch fortzusetzen."

Als Brandt den Raum verließ, atmete Christina tief durch und begann sofort, ihre Umgebung nach etwas zu durchsuchen, das sie als Waffe nutzen konnte. Ihre Augen fielen auf eine lose Schraube am Stuhlbein.

„Okay, Christina", murmelte sie leise zu sich selbst. „Du hast schon größere Katastrophen überlebt. Zeit, kreativ zu werden."

Gerade als sie begann, die Schraube mit ihren gefesselten Händen zu lösen, hörte sie ein leises Geräusch über ihrem Funkgerät, das sie unter ihrer Jacke verborgen hatte. Alexanders Stimme war kaum hörbar: „Christina, wir sind da. Halten Sie durch."

Ein schwaches Lächeln stahl sich auf ihre Lippen. „Ich wusste, dass Sie kommen würden."

Doch ihre Freude wurde schnell von einem unheimlichen Gefühl verdrängt, als Brandt zurückkam, eine Pistole in der Hand. „Ich hoffe, Sie haben nicht versucht, etwas Dummes zu tun."

„Dumm ist relativ", sagte Christina und versuchte, so gelassen wie möglich zu wirken. „Ich nenne es Kreativität."

Brandt hob die Waffe und richtete sie auf sie. „Es tut mir leid, dass es so enden muss, Frau Weber. Aber Sie haben mir keine Wahl gelassen."

Bevor er abdrücken konnte, krachte die Tür auf, und Alexander stürmte herein, gefolgt von Franz und einem weiteren Teammitglied. „Runter mit der Waffe, Brandt!" rief Alexander, seine Stimme scharf und entschlossen.

Brandt zögerte für einen Moment, dann drehte er die Waffe zu Alexander. „Ah, da ist er. Der ewige Held. Bereit, noch einmal zu scheitern?"

Alexander reagierte blitzschnell, feuerte einen Schuss, der Brandts Waffe aus der Hand schleuderte. Christina nutzte die Ablenkung, um sich vom Stuhl zu stoßen, und landete mit einem dumpfen Aufprall auf dem Boden.

„Christina!" rief Alexander und eilte zu ihr, während Franz Brandt überwältigte.

Christina sah zu ihm auf, ein schwaches Lächeln auf ihren Lippen. „Hat ja lange genug gedauert."

„Entschuldigung, ich war beschäftigt", sagte Alexander und half ihr auf die Beine.

Während die Polizisten Brandt in Handschellen abführten, blieb Christina neben Alexander stehen, ihre Augen auf die Szene gerichtet. „Das war knapp."

„Zu knapp", murmelte Alexander, bevor er sie ansah. „Aber Sie haben es geschafft."

„Wir haben es geschafft", korrigierte sie, ihre Stimme leise.

Das Dröhnen von Schritten und gedämpften Kommandos hallte durch die Gänge des verlassenen Gebäudes. Alexander führte die Gruppe an, seine Waffe fest in der Hand, während Franz hektisch versuchte, Schritt zu halten.

„Können wir bitte langsamer machen?" keuchte Franz. „Ich bin Polizist, kein Marathonläufer!"

„Das ist keine Wahl, Franz", entgegnete Alexander knapp und blieb kurz stehen, um die Karte des Gebäudes zu überprüfen. „Christina ist im zentralen Raum. Wir müssen schneller sein als Brandt."

„Klar, keine Eile", murmelte Franz und zog seine Waffe, bevor er mit einem angedeuteten Heldenmut hinzufügte: „Ich rette sie ja gerne. Ich bin schließlich die Reserve."

„Wenn Sie Ihre Reservekraft behalten wollen, hören Sie auf zu reden und bleiben Sie konzentriert", sagte Alexander mit einem Hauch von Sarkasmus.

Patrick meldete sich über Funk. „Die Überwachungsbilder zeigen, dass Brandt mehr Leute in den hinteren Räumen hat. Wenn Sie nicht aufpassen, laufen Sie direkt in eine Falle."

„Toll", murmelte Alexander. „Warum macht dieser Mann nichts ohne ein Drama?"

„Weil er Brandt heißt", erwiderte Franz trocken. „Das ist quasi sein Job."

Alexander ignorierte den Kommentar und bedeutete Franz, ihm zu folgen. „Bleiben Sie nah bei mir. Und falls Sie irgendetwas Dummes vorhaben – lassen Sie es."

„Das beleidigt mich", sagte Franz mit einem gespielt gekränkten Gesichtsausdruck.

Der zentrale Raum lag nur wenige Meter vor ihnen, und Alexander hielt die Gruppe an, um die Situation zu bewerten. „Okay, wir haben zwei Eingänge. Franz, Sie gehen rechts herum und sichern den Seitengang. Ich nehme den Haupteingang."

Franz hob eine Augenbraue. „Und was ist, wenn jemand auf mich schießt?"

„Dann schießen Sie zurück", sagte Alexander kühl.

Mit einem tiefen Atemzug nickte Franz und verschwand in den Schatten. Alexander machte sich bereit, die Tür zum Hauptraum zu öffnen. Sein Funkgerät knackte, und Patrick flüsterte: „Brandt hat Christina als Geisel. Seien Sie vorsichtig."

„Als ob ich das nicht wüsste", murmelte Alexander und trat mit einem kräftigen Tritt die Tür auf.

Der Anblick im Raum war ein Moment, der Alexander den Atem stocken ließ. Christina stand, die Hände hinter dem Rücken gefesselt, direkt vor Brandt, der eine Waffe an ihre Schläfe hielt.

„Ah, Herr Dr. Richter", sagte Brandt mit einem breiten, fast amüsierten Lächeln. „Wie schön, dass Sie sich uns anschließen. Ich hatte gehofft, Sie würden es schaffen."

„Lassen Sie sie gehen, Brandt", sagte Alexander ruhig, aber die Spannung in seiner Stimme war unüberhörbar.

„Oh, das klingt so einfach", erwiderte Brandt und drückte die Waffe fester an Christinas Kopf. „Aber wissen Sie, Herr Doktor, einfach war nie meine Stärke."

„Das merken wir", warf Christina ein, ihr Ton trotz der Situation von trockenem Sarkasmus geprägt. „Waffen an Köpfen, große Monologe... Sie haben wirklich das Bösewicht-Klischee gemeistert."

Brandt lachte leise. „Ihr Mut ist beeindruckend, Frau Weber. Aber ich frage mich, wie lange er noch anhält."

Alexander trat einen Schritt näher. „Sie müssen nicht so enden, Brandt. Geben Sie auf. Es gibt einen Weg aus diesem Chaos."

Brandt schüttelte den Kopf, sein Lächeln verschwand. „Nein, Herr Richter. Der einzige Weg aus diesem Chaos ist mein Weg."

Plötzlich ertönte ein Geräusch aus dem Seitengang – Franz, der etwas umstieß. Brandt zuckte herum, seine Waffe einen Moment von Christina wegbewegend.

„Franz, verdammt!" zischte Alexander.

„Ups", kam Franz' leises Flüstern durch das Funkgerät.

Alexander nutzte den Moment. Mit einem schnellen Schritt war er bei Christina, riss sie aus Brandts Griff und brachte sie hinter eine Deckung. Brandt feuerte einen Schuss ab, der knapp an Alexanders Schulter vorbeiging.

„Das war knapp", murmelte Christina, während Alexander sie festhielt.

„Zu knapp", erwiderte er und löste vorsichtig ihre Fesseln.

Das Chaos brach los, als Brandts Männer in den Raum stürmten und das Feuer eröffneten. Alexander und Christina erwiderten die Schüsse, während Franz aus dem Seitengang auftauchte, wild feuernd, aber erstaunlich effektiv.

„Das ist wie in einem Actionfilm!" rief Franz, ein Hauch von Begeisterung in seiner Stimme.

„Hören Sie auf, Spaß zu haben, Franz, und konzentrieren Sie sich!" rief Christina zurück.

Der Kampf dauerte, was wie eine Ewigkeit schien, bis Brandt schließlich von einem Schuss getroffen zu Boden ging. Alexander war sofort bei ihm, während Christina die restlichen Männer überwältigte.

Brandt hustete Blut, sein Lächeln jedoch blieb. „Sie haben gewonnen, Richter. Aber glauben Sie wirklich, das war alles?"

Alexander sah ihn an, seine Augen kühl. „Ich glaube, das Spiel ist vorbei."

Brandt lachte leise, bevor er das Bewusstsein verlor. Alexander stand auf und sah zu Christina, die keuchend neben Franz stand.

„Das war knapp", sagte sie und wischte sich Schweiß von der Stirn.

„Zu knapp", antwortete Alexander, bevor er einen Moment zögerte. „Sind Sie in Ordnung?"

Christina nickte, ihre Augen trafen seine. „Ja. Danke."

Die Gruppe verließ schließlich den Raum, während Verstärkung eintraf, um die Szene zu sichern. Christina blieb kurz stehen und sah zurück auf den Chaos-Schauplatz.

„Das war's?" fragte Franz schließlich.

„Noch nicht", sagte Christina leise. „Aber wir kommen dem Ende näher."

Das Hauptquartier von Brandts Organisation war nicht das, was Christina erwartet hatte. Es war ein schickes, modernes Penthouse mit einer Panoramaverglasung, die die funkelnden Lichter der Stadt zeigte. Doch unter der glänzenden Oberfläche lag eine Dunkelheit, die im Raum spürbar war.

„Natürlich ein Penthouse", murmelte Christina und sah sich um. „Wenigstens hat der Mann Geschmack."

Alexander, der neben ihr stand, war weniger beeindruckt. „Geschmack rettet ihn nicht, wenn die Wahrheit ans Licht kommt."

„Dramatisch wie immer", sagte Christina mit einem schwachen Lächeln. „Wie wollen wir das angehen? Klopfen und höflich fragen, ob er sich ergeben möchte?"

„Das wäre mal ein interessanter Ansatz", erwiderte Alexander trocken, bevor er mit der Hand ein Zeichen gab. Franz und Patrick schlichen sich an die Seitentüren, bereit, jede Bewegung zu überwachen.

„Ihr Timing ist beeindruckend", flüsterte Christina und richtete ihre Waffe. „Aber hoffentlich nicht so knapp wie das letzte Mal."

„Haben Sie jemals Vertrauen in mich, Christina?" fragte Alexander leise, ohne sie anzusehen.

„Wenn ich es nicht hätte, wären wir beide nicht hier", antwortete sie.

Bevor Alexander darauf reagieren konnte, öffnete sich die Tür des Hauptraums, und Brandt trat ein. Diesmal war er allein, keine Männer, keine Wachen – nur er und sein kaltes Lächeln.

„Frau Weber, Herr Richter", sagte er, als wären sie alte Freunde, die sich auf einen Drink treffen. „Ich hätte wissen müssen, dass Sie den Weg hierher finden würden."

„Wir lieben eine gute Einladung", sagte Christina und zielte mit ihrer Waffe auf ihn. „Keine Tricks mehr, Brandt."

Brandt lachte leise und setzte sich in einen der Sessel, als ob er ein Gast in seinem eigenen Haus wäre. „Tricks? Glauben Sie wirklich, dass ich noch welche habe?"

Alexander trat vor, seine Stimme scharf. „Wir wissen, dass Wagner für Sie gearbeitet hat. Und wir wissen, dass Ihre ganze Operation nur eine Tarnung für etwas Größeres ist. Es ist vorbei, Brandt."

Brandt hob eine Augenbraue. „Über? Herr Richter, Sie sollten es besser wissen. Nichts ist jemals vorbei."

„Dieses Klischee habe ich schon in zu vielen Filmen gehört", sagte Christina und trat näher. „Also machen wir das kurz: Entweder Sie reden, oder wir finden es auf die harte Tour heraus."

Brandt lehnte sich zurück, ein Lächeln auf seinen Lippen. „Und wenn ich mich weigere?"

Christina zuckte mit den Schultern. „Dann machen wir das hier ungemütlich. Und glauben Sie mir, ich habe ein Talent dafür."

Brandt beobachtete sie für einen Moment, bevor er lachte. „Sie haben wirklich Mut, Frau Weber. Aber Mut allein reicht nicht aus."

Bevor Christina reagieren konnte, griff Brandt unter den Tisch, und ein leises Klicken ertönte. Plötzlich senkte sich eine metallene Barriere zwischen ihnen und Brandt, und der Raum wurde von einem Alarm erfüllt.

„Wirklich?" sagte Christina und sah die Barriere an. „Ein geheimer Schalter? Das ist doch lächerlich."

Alexander fluchte leise und zog Christina zurück, während der Raum zu vibrieren begann. „Wir müssen hier raus. Jetzt."

Doch Christina hielt ihn zurück, ihre Augen fixierten Brandt, der hinter der Barriere lachte. „Gehen Sie ruhig", rief er. „Aber die Wahrheit wird Sie einholen, ob Sie es wollen oder nicht."

„Ich hasse es, wenn Bösewichte philosophisch werden", murmelte Christina, bevor sie sich schließlich zurückzog.

Sie erreichten den Flur, wo Franz und Patrick bereits warteten, beide sichtlich besorgt. „Was zum Teufel ist hier los?" fragte Franz.

„Brandt spielt seine letzte Karte", sagte Alexander. „Er versucht, uns in eine Falle zu locken."

„Wundervoll", sagte Franz trocken. „Warum passiert das immer, wenn ich dabei bin?"

Patrick zeigte auf eine Tür am Ende des Flurs. „Ich habe einen Plan B. Aber wir müssen schnell sein."

Das Team bewegte sich hastig durch das Gebäude, während der Alarm weiter heulte. Christina spürte, wie ihr Adrenalinspiegel stieg, doch sie zwang sich, klar zu denken.

„Was, wenn das hier alles nur ein Ablenkungsmanöver ist?" fragte sie.

Alexander nickte. „Wahrscheinlich ist es das. Aber wir haben keine Wahl. Wir müssen Brandt aufhalten, bevor er uns entwischen kann."

Plötzlich krachte eine Explosion durch das Gebäude, und die Gruppe wurde zu Boden geworfen. Christina richtete sich keuchend auf und sah Alexander an. „Wenn wir das überleben, schulden Sie mir einen Drink."

Alexander lächelte schwach. „Einen Drink? Ich dachte, Sie wollen eine ganze Flasche."

„Wir werden sehen", sagte sie, bevor sie wieder auf die Beine kam.

In den folgenden Minuten kämpfte sich das Team durch das Chaos, bis sie schließlich den Kontrollraum erreichten. Dort fanden sie Brandt, der an einer Konsole arbeitete, seine Finger flogen über die Tasten.

„Nicht so schnell", sagte Christina und richtete ihre Waffe auf ihn.

Brandt drehte sich langsam um, sein Gesicht immer noch ruhig. „Sie sind wirklich hartnäckig, Frau Weber."

„Und Sie sind wirklich schlecht darin, aufzugeben", erwiderte sie.

Bevor Brandt etwas sagen konnte, stürmte Alexander vor und stieß ihn von der Konsole weg. „Es ist vorbei, Brandt."

Brandt sah ihn an, ein Hauch von Resignation in seinen Augen. „Vielleicht. Aber denken Sie daran, Herr Richter: In jedem Spiel gibt es immer einen neuen Spieler."

Christina trat vor und fixierte ihn mit einem ernsten Blick. „Vielleicht. Aber Sie werden es nicht mehr erleben."

Brandt lächelte schwach, bevor die Polizei eintraf, um ihn endgültig festzunehmen.

Alexander und Christina standen nebeneinander, keuchend und erschöpft. Für einen Moment war da nur Stille zwischen ihnen, bevor Christina schließlich sagte: „Das war... intensiv."

„Das war es", stimmte Alexander zu, seine Augen trafen ihre. „Aber wir haben es geschafft."

„Ja", sagte sie leise, ein schwaches Lächeln auf ihren Lippen. „Wir haben es geschafft."

Das erste Tageslicht kroch über den Horizont, als Christina und Alexander endlich die verfallene Villa verließen. Der kühle Morgenwind fühlte sich wie ein Schlag ins Gesicht an, aber es war eine willkommene Abwechslung nach der stickigen Enge der vergangenen Stunden.

„Ich wusste nicht, dass Adrenalin einen so wach hält", murmelte Christina, während sie auf dem Parkplatz stehen blieb und sich den Nacken rieb.

„Vielleicht sollten Sie Ihre Karriere überdenken", sagte Alexander mit einem leichten Lächeln. „Sie wären ein großartiger Stuntman."

Christina lachte schwach und wandte sich zu ihm. „Ich bin schon Polizistin. Das ist Stuntman genug."

Franz kam um die Ecke, sein Gesicht vor Müdigkeit und Euphorie gleichermaßen verzogen. „Okay, ich gebe zu, das war das verrückteste Ding, das ich je gemacht habe. Wann machen wir das wieder?"

„Wenn Sie anfangen, Ihren Papierkram rechtzeitig zu erledigen", sagte Christina trocken.

Patrick, der gerade sein technisches Equipment im Wagen verstaut hatte, fügte hinzu: „Falls jemand fragt – ich war nie hier. Mein Vertrag deckt sowas nicht ab."

„Dann sollten Sie vielleicht Ihren Vertrag überdenken", sagte Alexander und musterte Patrick mit hochgezogenen Augenbrauen.

„Oder einen neuen Beruf", fügte Christina hinzu. „Vielleicht etwas mit weniger Explosionen?"

Gerade als sie alle in Richtung ihrer Wagen gingen, erschien Klaus, immer noch mit seiner unvermeidlichen Kamera bewaffnet. „Großartige Arbeit, Leute", sagte er mit einem breiten Grinsen. „Und ich habe alles dokumentiert. Wir haben genug Material für einen Thriller."

„Klaus, wenn Sie jemals einen Film über uns machen, will ich die Hauptrolle spielen", sagte Franz mit einem schelmischen Grinsen.

„Ach, bitte", erwiderte Christina trocken. „Du wärst der Typ, der im ersten Akt erschossen wird."

Franz zog eine gespielte Grimasse, bevor er sich umdrehte und in seinen Wagen stieg. Patrick folgte ihm, während Klaus weiterhin versuchte, ein gutes Abschlussfoto von der erschöpften Gruppe zu schießen.

„Wenn ich noch einen Blitz sehe, schmeiße ich Ihre Kamera in den nächsten See", warnte Christina.

„Notiert", murmelte Klaus, aber er ließ die Kamera sinken.

Als die anderen weg waren, blieb Christina einen Moment alleine mit Alexander zurück. Sie sah ihn an, ihre Augen immer noch von der Müdigkeit, aber auch von etwas anderem erfüllt – einer Mischung aus Dankbarkeit und Neugier.

„Das war knapp", sagte sie schließlich.

„Zu knapp", erwiderte Alexander, seine Stimme leise.

„Und doch sind wir hier", fügte sie hinzu und kreuzte die Arme vor der Brust. „Was immer das heißen mag."

Alexander sah sie an, und für einen Moment war da nur Stille zwischen ihnen, eine Art unausgesprochener Verbindung, die keiner von beiden benennen konnte.

„Es bedeutet, dass wir gut zusammenarbeiten", sagte er schließlich.

Christina schnaubte. „Oder dass wir Glück haben."

„Vielleicht beides", sagte er, ein schwaches Lächeln auf seinen Lippen.

„Das hoffe ich", sagte sie leise. „Denn ich habe das Gefühl, dass wir noch nicht am Ende sind."

Alexander nickte, sein Blick ernst. „Nein, das sind wir nicht."

Bevor Christina sich abwenden konnte, hielt er sie mit einem sanften Griff an ihrem Arm zurück. „Christina… Danke. Sie haben mir heute das Leben gerettet."

Sie sah ihn an, und für einen Moment war alles andere verschwunden. Dann zuckte sie mit den Schultern und sagte mit einem leichten Lächeln: „Das war ein Gruppeneffort. Aber… gern geschehen."

Alexander ließ ihren Arm los, aber der Moment zwischen ihnen blieb bestehen. Schließlich wandte Christina sich ab und ging zu ihrem Wagen, ihre Gedanken wirbelten wie ein Sturm.

„Bis später, Alexander", sagte sie über die Schulter, bevor sie einstieg und davonfuhr.

Kapitel 20

Das sterile Weiß der Krankenhauswände war alles andere als beruhigend. Christina lag in ihrem Bett, das linke Handgelenk verbunden und eine Prellung an der Stirn, die mehr pochte, als sie zugeben wollte. Sie war offiziell außer Gefahr, doch die Stille des Raums ließ ihre Gedanken laut widerhallen.

„Wenn das alles vorbei ist, werde ich einen Monat Urlaub nehmen", murmelte sie vor sich hin. „Am besten irgendwo ohne Mord und Explosionen. Vielleicht eine Bibliothek... Nein, zu ruhig. Ein Café in Rom. Mit Wein."

Die Tür öffnete sich, und Kommissar Schmidt trat herein, ein Blumenstrauß in der Hand, der aussah, als hätte er ihn in letzter Minute von einer Tankstelle geholt.

„Weber", begann er mit seiner typischen Mischung aus Strenge und Verlegenheit. „Ich wollte sicherstellen, dass Sie nicht schon wieder versucht haben, sich selbst zu entlassen."

Christina schmunzelte schwach. „Keine Sorge, Chef. Die Krankenschwestern bewachen mich wie einen Staatsgefangenen."

Schmidt stellte die Blumen auf den Nachttisch und setzte sich auf den Stuhl neben ihr. Für einen Moment war er still, bevor er sagte: „Das war... beeindruckend. Was Sie und Ihr Team da geleistet haben."

„Ich nehme an, das bedeutet, dass ich diesmal keine Vorträge über Regelverstöße bekomme?" fragte Christina mit einem Hauch von Sarkasmus.

Schmidt hob eine Augenbraue. „Ich habe nichts versprochen. Aber ich bin froh, dass Sie noch da sind, um überhaupt Vorträge zu hören."

„Das ist rührend, Chef", sagte Christina, ihre Stimme etwas weicher. „Aber ich nehme an, Sie sind nicht nur hier, um sich zu bedanken."

Schmidt seufzte. „Nein. Ich bin hier, um Ihnen zu sagen, dass wir Brandt vollständig verhaften konnten. Und seine Aufzeichnungen... Sie haben uns die ganze Organisation geliefert."

Christina richtete sich leicht auf, ihre Augen funkelten. „Alles? Wirklich?"

„Alles", bestätigte Schmidt. „Aber das bedeutet auch, dass wir viel zu tun haben. Und, Weber... das wird nicht leicht."

„Wann war jemals etwas leicht?" fragte Christina trocken.

„Trotzdem", sagte Schmidt und stand auf. „Ich wollte Ihnen sagen, dass Sie großartige Arbeit geleistet haben. Und wenn Sie jemals wieder so nah am Tod sind, lassen Sie es mich vorher wissen."

„Ich werde eine Notiz hinterlassen", versprach Christina mit einem schiefen Lächeln.

Schmidt nickte und ging zur Tür, bevor er sich noch einmal umdrehte. „Er ist übrigens hier."

„Wer?"

„Richter."

Christinas Herz machte einen kleinen Sprung, den sie schnell zu ignorieren versuchte. „Natürlich ist er das."

Kaum war Schmidt draußen, trat Alexander ein, in seiner typischen Mischung aus Eleganz und Erschöpfung. Sein Hemd war an den Ärmeln hochgekrempelt, und seine Augen verrieten, dass er die Nacht kaum geschlafen hatte.

„Sie sehen schrecklich aus", begrüßte Christina ihn, während sie versuchte, ihr Lächeln zu unterdrücken.

„Und Sie sehen aus, als hätten Sie einen Laster überlebt", erwiderte Alexander und ließ sich auf den Stuhl fallen, den Schmidt gerade verlassen hatte.

Für einen Moment war da nur Stille, gefüllt mit all den Worten, die keiner von beiden sagen wollte. Schließlich brach Christina sie.

„Also, haben wir gewonnen?"

„Mehr oder weniger", sagte Alexander leise. „Brandt ist verhaftet. Seine Organisation zerfällt. Aber die Narben... die bleiben."

Christina nickte, ihre Augen suchten die seinen. „Das tun sie immer."

Alexander beugte sich vor, seine Ellbogen auf die Knie gestützt. „Christina, ich..."

„Wenn Sie sich entschuldigen wollen, hören Sie auf", unterbrach sie ihn sanft. „Es war eine riskante Situation, aber wir haben getan, was wir tun mussten. Und wir haben es überlebt."

„Das ist nicht, was ich sagen wollte", murmelte Alexander, seine Stimme kaum hörbar.

Christina sah ihn an, ihr Blick weicher als zuvor. „Dann sagen Sie es."

Alexander zögerte, bevor er ihre Hand nahm – vorsichtig, als wäre sie zerbrechlich. „Ich habe Angst, dass ich Sie verliere. Und ich bin nicht sicher, ob ich das noch einmal durchmachen könnte."

Christina schluckte schwer, ihre Kehle war plötzlich trocken. „Sie verlieren mich nicht, Alexander. Nicht, solange ich hier bin."

Ein schwaches Lächeln huschte über seine Lippen, und für einen Moment schien die Welt um sie herum still zu stehen. Doch dann öffnete sich die Tür wieder, und eine Krankenschwester trat ein.

„Entschuldigen Sie, aber die Besuchszeit ist vorbei", sagte sie streng.

„Natürlich", murmelte Alexander, bevor er aufstand. „Ich komme später wieder."

„Das hoffe ich", sagte Christina leise, als er den Raum verließ.

Sie lehnte sich zurück und schloss die Augen, ein Lächeln auf ihren Lippen. Für den Moment war die Welt ein wenig heller – trotz all der Schatten, die noch immer lauerten.

Christina stand vor der vertrauten Holztür des Hauses, in dem sie aufgewachsen war. Der Duft von Apfelstrudel wehte durch den Spalt, und für einen Moment fühlte sie sich wie ein Teenager, der zu spät nach Hause kam. Sie hob die Hand, um zu klopfen, doch die Tür wurde schon geöffnet, bevor sie dazu kam.

„Da bist du ja, mein tapferes Mädchen!" Tante Hilda zog sie in eine Umarmung, die irgendwo zwischen herzlich und erdrückend lag.

„Hilda, ich bekomme keine Luft", murmelte Christina, während sie versuchte, ihre gebrochene Rippe zu schützen.

„Ach, sei nicht so dramatisch", sagte Hilda, während sie Christina ins Haus zog. „Du bist schließlich Polizistin. Ein paar Kratzer können dich nicht aufhalten."

„Ein paar Kratzer?" Christina hob eine Augenbraue. „Ich habe mehr Bandagen als ein Mumienausstellung."

„Und trotzdem siehst du blendend aus", konterte Hilda mit einem Lächeln, das keine Widerrede duldete.

Der vertraute Geruch von frisch gebackenen Keksen und Tee erfüllte die Luft, als Hilda sie ins Wohnzimmer führte. Der Tisch war bereits gedeckt: Kekse, Tee, und natürlich Hildas Tarotkarten.

„Lass mich raten", sagte Christina trocken. „Du hast schon Karten gelegt, bevor ich überhaupt angerufen habe."

„Natürlich", sagte Hilda, während sie einen Keks nahm. „Was ist der Sinn des Lebens, wenn man nicht vorbereitet ist?"

Christina setzte sich auf das Sofa und lehnte sich zurück. „Also, was sagen die Karten? Soll ich die Stadt verlassen, ins Kloster gehen oder einfach nur meinen Job kündigen?"

Hilda schüttelte den Kopf. „Nein, nein, mein Schatz. Die Karten sagen, dass du am Anfang eines neuen Kapitels stehst. Ein Kapitel voller Herausforderungen... und Liebe."

„Liebe?" Christina lachte trocken. „Das muss ein Druckfehler sein."

Hilda ignorierte den Kommentar und begann, die Karten zu mischen. „Sag mir, was in deinem Kopf vorgeht. Und sei ehrlich."

Christina zögerte, bevor sie schließlich sagte: „Es war eine harte Woche. Brandt, die Explosionen, Alexander... alles."

„Alexander", wiederholte Hilda mit einem wissenden Lächeln. „Dieser Mann bringt deine Aura ganz durcheinander."

„Meine Aura?" Christina verdrehte die Augen. „Das ist keine Aura, das sind Kopfschmerzen."

Hilda legte die erste Karte auf den Tisch – „Die Liebenden". Christina starrte sie an, als wäre es ein schlechter Witz.

„Das ist nicht fair", murmelte sie. „Kannst du nicht etwas Neutraleres ziehen? Vielleicht ‚Der Einsiedler' oder ‚Der Tod'?"

„Das ist kein Spiel, Christina", sagte Hilda ernst. „Diese Karte sagt, dass du eine Entscheidung treffen musst. Eine, die dein Leben verändern wird."

Christina sah sie an, ihre Schultern sanken leicht. „Und was, wenn ich nicht weiß, welche Entscheidung die richtige ist?"

Hilda nahm Christinas Hand in ihre. „Manchmal gibt es keine richtige oder falsche Entscheidung. Es gibt nur die, die du mit deinem Herzen triffst."

„Mein Herz ist nicht gerade eine zuverlässige Quelle", sagte Christina leise.

„Vielleicht", antwortete Hilda. „Aber es ist die einzige, die zählt."

Für einen Moment war der Raum still, nur das leise Knistern des Teekessels war zu hören. Schließlich brach Christina die Stille.

„Du hast immer so einfache Antworten auf komplizierte Fragen."

„Das ist mein Job", sagte Hilda mit einem verschmitzten Lächeln. „Ich bin deine Tante."

Christina schüttelte den Kopf, konnte aber nicht anders, als zu lächeln. Sie griff nach einem Keks und biss hinein, während Hilda die Karten wieder einsammelte.

„Also, was mache ich jetzt?" fragte Christina, halb scherzend, halb ernst.

„Du machst weiter", sagte Hilda schlicht. „Und du hörst auf dein Herz."

Christina nickte, ihre Gedanken wanderten zurück zu Alexander und den letzten Tagen. „Vielleicht hast du recht."

„Natürlich habe ich recht", sagte Hilda und hob ihre Teetasse. „Ich bin schließlich Hilda Weber, die unfehlbare Wahrsagerin."

Christina lachte leise. „Unfehlbar, ja? Du hast immer gesagt, ich würde eine Lehrerin heiraten."

„Ich habe nie gesagt, wann", konterte Hilda mit einem Augenzwinkern.

Christina schüttelte den Kopf und stand auf. „Danke, Hilda. Für alles."

„Jederzeit, mein Schatz", sagte Hilda und umarmte sie erneut. „Und vergiss nicht – die Welt dreht sich weiter, egal wie schwer sie sich anfühlt."

Als Christina das Haus verließ, fühlte sie sich leichter. Die Worte ihrer Tante hallten in ihr nach, während sie in den Abendhimmel sah. Vielleicht war Hilda nicht immer rational, aber sie hatte eine Art, die Dinge klarer zu machen.

„Die Welt dreht sich weiter", murmelte sie, bevor sie in ihren Wagen stieg. „Und ich drehe mich mit."

Der Besprechungsraum im Polizeipräsidium war nicht weniger chaotisch als der Fall, den sie gerade abgeschlossen hatten. Auf dem Tisch stapelten sich Akten, Kaffeetassen und ein halb aufgegessenes Sandwich, dessen Besitzer offenbar das Interesse verloren hatte. Christina betrat den Raum und hob eine Augenbraue.

„Schön zu sehen, dass Ordnung bei uns eine Priorität hat", sagte sie trocken und schob eine Mappe zur Seite, um Platz für ihre eigene zu schaffen.

Franz, der gerade einen Donut in der Hand hielt, grinste sie an. „Wir nennen das kreative Unordnung. Es ist ein Zeichen von Intelligenz."

„Oder von Faulheit", erwiderte Christina, bevor sie sich setzte.

„Wir haben beide recht", sagte Franz mit einem Augenzwinkern und biss in seinen Donut.

Alexander trat ein, gefolgt von Kommissar Schmidt, der eine weitere Tasse Kaffee balancierte. „Gut, dass Sie alle hier sind", begann Schmidt, seine Stimme wie immer eine Mischung aus Autorität und unterschwelliger Gereiztheit. „Wir müssen diesen Fall abschließen, bevor die Presse uns auseinander nimmt."

„Keine Sorge, Chef", sagte Christina mit einem sarkastischen Unterton. „Klaus wird sicherstellen, dass wir wie Helden aussehen. Oder zumindest wie Leute, die wissen, was sie tun."

„Ich bin mir nicht sicher, ob das ein Kompliment oder eine Beleidigung war", murmelte Schmidt, während er sich setzte. „Also, was haben wir?"

Patrick, der an seinem Laptop saß, hob den Kopf. „Ich habe alle Daten von Brandts Netzwerk analysiert. Es scheint, dass seine Organisation weit größer war, als wir dachten. Aber mit seiner Verhaftung ist die Struktur zusammengebrochen."

„Das ist doch mal eine gute Nachricht", sagte Franz, der nun seinen Donut mit einem zufriedenen Lächeln verschlang.

„Nicht so schnell", warnte Alexander, während er eine der Akten durchblätterte. „Brandt hat uns einige Hinweise hinterlassen, die darauf hindeuten, dass er nicht der Einzige war, der an diesem Spiel beteiligt war."

„Großartig", murmelte Christina und lehnte sich zurück. „Das heißt, wir haben nicht nur das Spiel gewonnen, sondern auch ein Bonuslevel freigeschaltet."

Schmidt warf ihr einen strengen Blick zu, doch ein Hauch von Anerkennung blitzte in seinen Augen. „Wir kümmern uns um das Bonuslevel, wenn es soweit ist. Zuerst müssen wir sicherstellen, dass dieser Fall lückenlos dokumentiert ist."

„Lückenlos?", wiederholte Franz. „Chef, wir haben Explosionen überlebt. Ich denke, das reicht als Dokumentation."

„Nicht, wenn der Innenminister morgen nach einem Bericht fragt", sagte Schmidt kühl.

Christina schüttelte den Kopf und griff nach einer der Akten. „Ich werde die letzten Details zusammenfassen. Aber ich warne Sie – ich schreibe keine Heldenberichte."

„Das wäre auch nicht glaubwürdig", sagte Alexander mit einem schwachen Lächeln, das Christina einen Augenblick innehalten ließ.

„Oh, wie witzig", erwiderte sie, bevor sie sich wieder auf ihre Arbeit konzentrierte.

Die nächsten Minuten waren erfüllt von Papiergeraschel, Tastaturklappern und gelegentlichen Bemerkungen von Franz, die niemand ernst nahm. Schließlich lehnte sich Patrick zurück und klappte seinen Laptop zu.

„Das war's von meiner Seite", sagte er. „Brandt hat keinen Zugriff mehr auf die Systeme, und ich habe alle relevanten Daten gesichert."

„Gut gemacht", sagte Schmidt knapp, bevor er sich an die Gruppe wandte. „Und Sie alle – hervorragende Arbeit. Trotz... der üblichen Abweichungen von den Vorschriften."

„Hören Sie das, Leute?" sagte Franz mit gespieltem Stolz. „Wir sind offiziell ausgezeichnete Regelbrecher."

„Sprechen Sie nur für sich selbst", sagte Christina mit einem Grinsen. „Ich bevorzuge es, als ‚kreative Problemlöserin' bezeichnet zu werden."

Alexander schüttelte den Kopf, konnte jedoch ein Lächeln nicht verbergen. „Egal, wie Sie es nennen – wir haben diesen Fall abgeschlossen."

Schmidt räusperte sich und stand auf. „Gut, das war's für heute. Aber ich erwarte, dass Sie alle morgen wieder hier sind. Es gibt noch viel zu tun."

Als er den Raum verließ, war die Atmosphäre sofort entspannter. Franz lehnte sich zurück und legte die Füße auf den Tisch. „Also, was jetzt? Ein Feierabendbier?"

Christina sah ihn an und hob eine Augenbraue. „Nach dem Tag, den wir hatten? Ich brauche etwas Stärkeres."

„Wie wäre es mit Wein?" fragte Alexander, seine Stimme ruhig, aber mit einem Hauch von Vorschlag darin.

Christina zögerte, ihre Augen trafen seine. „Vielleicht. Aber ich wähle die Flasche."

Franz grinste. „Oh, das klingt vielversprechend. Soll ich als Anstandswächter mitkommen?"

„Nicht, wenn Sie überleben wollen", sagte Christina trocken, während sie ihre Akten zusammenpackte.

Die Gruppe löste sich langsam auf, doch Alexander blieb stehen, als Christina den Raum verließ. „Bis später?" fragte er leise.

Sie sah ihn an, ein schwaches Lächeln auf ihren Lippen. „Bis später."

Die Sonne war längst untergegangen, und die Straßenlaternen warfen ein warmes Licht auf die schmalen Kopfsteinpflastergassen von Rotenburg. Christina stand vor der Tür ihrer Wohnung und fragte sich, ob sie die Einladung, die sie unausgesprochen ausgesprochen hatte, bereuen würde.

Doch bevor sie weiter darüber nachdenken konnte, klopfte es an der Tür. Alexander stand dort, in seiner typischen Mischung aus Eleganz und Zurückhaltung, eine Flasche Wein in der Hand.

„Ein Burgunder", sagte er, als würde das jede Frage beantworten.

„Das ist ein guter Anfang", erwiderte Christina und ließ ihn eintreten.

Ihre Wohnung war klein, aber gemütlich, mit Büchern, die überall verstreut lagen, und einem Hauch von Chaos, der sie umso lebendiger wirken ließ. Alexander stellte die Flasche auf den Tisch und sah sich um.

„Ich wusste nicht, dass Sie so viele Krimis besitzen", bemerkte er, als er einen Stapel Bücher durchblätterte.

„Berufliche Weiterbildung", sagte Christina und griff nach zwei Gläsern. „Und falls Sie fragen – nein, ich habe keine davon geschrieben."

Alexander lächelte schwach, bevor er sich setzte. „Ich habe auch nicht gefragt. Aber jetzt bin ich neugierig."

„Zu spät", konterte sie und reichte ihm ein Glas.

Für einen Moment saßen sie in angenehmer Stille, der Geschmack des Weins füllte den Raum, während die Ereignisse der letzten Tage wie ein schwerer Vorhang zwischen ihnen hingen.

„Also", begann Alexander schließlich, seine Stimme ruhig, aber angespannt. „Wie geht es Ihnen wirklich?"

Christina legte ihr Glas ab und sah ihn an. „Wollen Sie die ehrliche Antwort oder die, die Sie hören wollen?"

„Die ehrliche", sagte er, ohne zu zögern.

Sie lehnte sich zurück und atmete tief durch. „Ich bin erschöpft. Körperlich, mental, emotional. Es fühlt sich an, als hätte ich die letzten Wochen auf einem Drahtseil verbracht."

„Das haben Sie auch", sagte er leise. „Aber Sie haben nie den Halt verloren."

Christina lachte bitter. „Vielleicht nicht. Aber manchmal frage ich mich, ob es das alles wert ist."

Alexander stellte sein Glas ab und beugte sich leicht vor. „Es ist es wert. Christina, Sie haben Menschen gerettet, Leben verändert. Und nicht nur durch Ihren Beruf – durch Ihre Stärke."

Sie sah ihn an, ihre Augen suchten nach einer Spur von Zweifel in seinen. Doch da war keiner. Nur Ehrlichkeit.

„Das ist nett von Ihnen", sagte sie schließlich, ihre Stimme weicher. „Aber ich bin nicht die Heldin, die Sie sehen."

„Das sagen die meisten Helden", antwortete Alexander mit einem leichten Lächeln.

„Oh, großartig", sagte Christina trocken. „Jetzt klingen Sie wie ein schlecht geschriebener Motivationsredner."

„Vielleicht", gab er zu. „Aber ich meine es ernst."

Die Stille kehrte zurück, doch diesmal war sie nicht unangenehm. Christina stand auf und ging zum Fenster, ihr Blick fiel auf die Lichter der Stadt, die unter ihr funkelten.

„Was machen wir jetzt?" fragte sie leise.

„Wie meinen Sie das?"

„Uns", sagte sie und drehte sich zu ihm um. „Nach allem, was passiert ist. Nach allem, was wir gesehen und getan haben. Wie geht es weiter?"

Alexander stand auf und trat zu ihr, seine Augen trafen ihre. „Ich weiß es nicht. Aber ich weiß, dass ich nicht will, dass das endet."

Christina schluckte schwer, ihre Kehle war trocken. „Und was, wenn es endet? Was, wenn wir einen Fehler machen?"

„Dann machen wir ihn gemeinsam", sagte er leise.

Sie lächelte schwach, und in diesem Moment schien der ganze Raum still zu stehen.

Ohne ein weiteres Wort trat Alexander näher und zog sie in seine Arme. Es war kein leidenschaftlicher, überstürzter Moment, sondern eine ruhige, bewusste Geste, die alles sagte, was Worte nicht konnten.

Christina lehnte ihren Kopf an seine Schulter und schloss die Augen. Für den ersten Moment seit Wochen fühlte sie sich sicher.

„Das fühlt sich... richtig an", flüsterte sie schließlich.

„Das tut es", stimmte er zu, seine Stimme sanft.

Sie blieben so stehen, während die Welt draußen weiterging, als hätte sie alle Zeit der Welt.

„Also", sagte Christina schließlich und löste sich leicht von ihm, ein verschmitztes Lächeln auf ihren Lippen. „Was war das? Ein Versprechen?"

Alexander lächelte schwach. „Vielleicht. Oder ein Anfang."

„Ich mag Anfänge", sagte sie und nahm sein Glas vom Tisch. „Aber wenn Sie mich zu einem weiteren Abenteuer überreden wollen, bringen Sie das nächste Mal mehr Wein mit."

„Das ist eine Herausforderung, die ich gerne annehme", sagte er, während er ihr sein Glas reichte.

Die Nacht ging weiter, gefüllt mit Lachen, leisen Gesprächen und einer Wärme, die alle Narben der Vergangenheit für einen Moment heilte. Es war kein perfektes Ende, doch vielleicht war es das auch nie.

Denn wie Hilda gesagt hatte: Die Welt dreht sich weiter. Und sie waren bereit, sich mit ihr zu drehen.

Epilog

Der Klang von Gläserklirren, Gelächter und fröhlicher Musik erfüllte den festlich geschmückten Saal. Blumenarrangements in Pastellfarben standen auf jedem Tisch, und die Luft war erfüllt von dem süßen Duft von frisch gebackenem Kuchen und Rosenblüten. Es war der große Tag von Tante Hilda und Kommissar Schmidt – ein Ereignis, das die gesamte Kleinstadt in Atem hielt.

„Wer hätte gedacht, dass Schmidt tatsächlich romantisch sein kann?" flüsterte Christina zu Alexander, während sie von ihrem Platz aus die Gesellschaft beobachtete.

„Er hat eine Schwäche für starke Frauen", antwortete Alexander trocken, seine Augen blitzten vor Amüsement.

Christina schüttelte den Kopf und nahm einen Schluck ihres Weins. „Ich hätte nie gedacht, dass Hilda jemanden findet, der ihre Leidenschaft für Tarotkarten und Chaos teilt."

„Vielleicht ist das das Geheimnis einer guten Beziehung", sagte Alexander und sah sie mit einem vielsagenden Blick an.

„Was? Karten legen und Leute zur Weißglut treiben?"

„Nicht ganz", erwiderte er. „Aber eine gemeinsame Leidenschaft schadet sicher nicht."

Hilda war der strahlende Mittelpunkt des Abends. In einem eleganten cremefarbenen Kleid mit goldenen Details sah sie aus wie eine Königin. Schmidt stand neben ihr, etwas steif, aber mit einem Ausdruck von Glückseligkeit, der selbst Christina rührte.

„Ich gebe ihm zwei Wochen, bevor er versucht, sie davon zu überzeugen, die Karten nur noch privat zu nutzen", sagte Christina und biss in ein Stück Hochzeitstorte.

„Ich gebe ihr eine Woche, bevor sie seine Büroordnung ruiniert", fügte Alexander hinzu.

Die Feier war eine Mischung aus Hildas Exzentrik und Schmidts pragmatischem Stil. Während Hilda Tarotlesungen für die Gäste anbot, organisierte Schmidt einen Zeitplan für die Tanzrunden. Es war ein Chaos, das auf seltsame Weise perfekt funktionierte.

„Komm schon, Christina!" rief Franz vom Tanzparkett. „Es ist Zeit für den Hochzeitstanz der Gäste!"

Christina verdrehte die Augen. „Haben Sie je bemerkt, wie Franz jeden Anlass nutzt, um sich in den Mittelpunkt zu stellen?"

„Das nennt man Charme", sagte Alexander mit einem Lächeln, während er ihre Hand nahm. „Wollen wir?"

Widerwillig ließ sich Christina von Alexander auf die Tanzfläche führen. Der Raum war erfüllt von Gelächter, und als sie begannen, sich im Takt der Musik zu bewegen, konnte Christina nicht anders, als zu lächeln.

„Ich glaube, ich werde mich nie daran gewöhnen, Sie tanzen zu sehen", sagte sie und musterte ihn kritisch.

„Ich bin ein Mann mit vielen Talenten", erwiderte Alexander und drehte sie elegant.

„Bescheidenheit gehört eindeutig nicht dazu."

Der Abend schritt voran, und die Gäste begannen, sich zu verabschieden. Christina und Alexander blieben noch ein wenig, um Hilda und Schmidt zu gratulieren.

„Meine liebste Nichte", sagte Hilda, während sie Christina umarmte. „Ich wusste, dass du jemanden finden würdest, der dich ergänzt."

„Das haben die Karten gesagt, oder?" fragte Christina sarkastisch.

„Natürlich", sagte Hilda mit einem Augenzwinkern. „Aber auch ohne Karten – ich sehe es in deinen Augen."

Schmidt, der neben ihnen stand, räusperte sich. „Weber, ich hoffe, Sie wissen, dass das nächste Mal, wenn Sie sich in Gefahr bringen, ich persönlich dafür sorge, dass Sie Urlaub nehmen."

„Verstanden, Chef", sagte Christina mit einem schiefen Lächeln.

„Und Richter", fügte Schmidt hinzu und wandte sich an Alexander. „Passen Sie auf sie auf."

„Das habe ich vor", antwortete Alexander mit einer Ernsthaftigkeit, die Christina einen Moment innehalten ließ.

Auf dem Weg nach Hause herrschte eine angenehme Stille zwischen ihnen. Die Nacht war klar, und die Sterne funkelten am Himmel.

„Also", begann Christina, „was jetzt? Zurück zur Routine?"

„Routine ist relativ", sagte Alexander. „Vor allem, wenn man bedenkt, dass Sie morgen wahrscheinlich wieder in einem Fall stecken."

„Vielleicht", sagte sie nachdenklich. „Aber ich habe das Gefühl, dass sich etwas verändert hat."

„Das hat es", stimmte Alexander zu. „Vielleicht ist es der Anfang von etwas Neuem."

„Oder das Ende von etwas Altem", fügte Christina hinzu und sah ihn an.

„Oder beides", sagte Alexander leise.

Als sie die Tür zu ihrer Wohnung öffnete, fiel ihr Blick auf einen Brief, der auf dem Tisch lag. Er war anonym, mit einem Wachssiegel verschlossen.

„Ich nehme an, das ist kein Liebesbrief", sagte Christina und hob ihn auf.

Alexander trat näher und musterte das Siegel. „Eher eine Einladung. Oder eine Warnung."

Christina öffnete den Brief vorsichtig. Die Worte darin waren knapp, aber eindeutig: „Manchmal bleibt die Vergangenheit nicht dort, wo sie hingehört."

Sie sah Alexander an, und für einen Moment war alles andere vergessen. „Das hört sich nicht nach einem Zufall an."

„Nein", sagte er leise. „Es hört sich nach einem neuen Fall an."

Christina saß wieder einmal in Hildas gemütlichem Wohnzimmer, das mehr wie ein Hexenlabor aussah. Der Tisch war mit Tarotkarten, Kerzen und Kristallen übersät, während der Duft von Salbei die Luft erfüllte. Hilda bereitete sich auf ihre „abschließende Lesung des Jahres" vor, was Christina dazu brachte, die Augen zu verdrehen, noch bevor das Ritual überhaupt begonnen hatte.

„Ich verstehe nicht, warum wir das immer bei gedämpftem Licht machen müssen", murmelte Christina und nippte an ihrem Tee. „Es ist, als würde ich für eine Séance vorsprechen."

„Ruhe, Kind", sagte Hilda mit ihrer gewohnten Autorität. „Die Karten sprechen am besten in einer Atmosphäre des Mysteriums."

„Oder der Dramatik", murmelte Christina, was Hilda ignorierte.

Alexander saß auf dem Sofa und beobachtete die Szene mit einer Mischung aus Faszination und Skepsis. „Ist das ein regelmäßiges Ritual, oder werde ich gerade in einen geheimen Familienkult eingeführt?"

„Ein bisschen von beidem", antwortete Christina trocken. „Halte dich zurück, sonst wirst du noch zum Opfer einer Weissagung."

Hilda sah von ihrem Kartenstapel auf. „Oh, Alexander, Sie wären ein wunderbarer Kandidat. Ihre Aura ist so... komplex."

„Das ist eine diplomatische Umschreibung für ‚verwirrt'", kommentierte Christina, bevor sie sich zurücklehnte.

Hilda zog die erste Karte. Es war „Das Rad des Schicksals". Sie hielt inne und sah Christina mit einem wissenden Blick an.

„Das Rad dreht sich, meine Liebe. Veränderungen stehen bevor."

„Ach, wirklich?" sagte Christina sarkastisch. „Weil die letzten Jahre so stabil und vorhersehbar waren."

Hilda ließ sich nicht beirren und zog die nächste Karte: „Der Turm". Alexander beugte sich leicht vor, seine Stirn gerunzelt.

„Das sieht nicht sehr beruhigend aus", bemerkte er.

„Es bedeutet Umbruch", erklärte Hilda, ihre Stimme ernst. „Aber Umbruch ist nicht immer schlecht. Manchmal muss etwas zusammenbrechen, damit Neues entstehen kann."

„Oder es bedeutet, dass wir wieder mit Explosionen rechnen müssen", fügte Christina hinzu.

Die dritte Karte war „Die Hohepriesterin". Hilda lächelte leicht. „Das ist interessant. Geheimnisse werden offenbart. Verborgenes Wissen kommt ans Licht."

„Oh, großartig", murmelte Christina. „Noch mehr Geheimnisse. Genau das, was ich brauche."

„Vielleicht sollten Sie die Karten ernst nehmen", sagte Hilda und sah ihre Nichte streng an.

„Ich nehme sie ernst", erwiderte Christina. „Ich nehme sie genauso ernst wie Schmidts Fähigkeit zu tanzen."

Hilda ignorierte die Sticheleien und zog die letzte Karte. Es war „Die Welt". Sie hielt inne, ihre Augen glitzerten, als sie aufblickte.

„Das ist ein Zeichen für Vollendung", sagte sie. „Ein Ende und ein Anfang. Ihr Schicksal erfüllt sich, Christina."

„Mein Schicksal? Klingt anstrengend", sagte Christina, obwohl ihre Stimme weicher war.

Alexander nahm ihre Hand, seine Berührung leicht, aber beständig. „Vielleicht ist es nicht nur dein Schicksal, sondern unser gemeinsames."

Christina sah ihn an, ihre Stirn leicht gerunzelt, bevor ein Lächeln über ihre Lippen huschte. „Sehen Sie, Hilda? Sogar er kann poetisch sein."

Hilda ignorierte den Kommentar und packte ihre Karten zusammen. „Das Schicksal hat gesprochen. Was auch immer kommt, ihr beide werdet es zusammen bewältigen."

Christina stand auf, streckte sich und nahm den mysteriösen Brief von früher aus ihrer Tasche. „Nun, wenn das Schicksal uns ein neues Abenteuer schicken wollte, hat es geliefert."

Hilda warf einen Blick auf den Brief und nickte langsam. „Das ist keine Überraschung. Ihr Weg ist noch lange nicht vorbei."

„Ich habe nichts anderes erwartet", murmelte Christina, während sie den Brief zurücksteckte.

Alexander trat näher, seine Stimme leise. „Bist du bereit, dich dem zu stellen?"

Christina sah ihn an, ihre Augen funkelten vor Entschlossenheit. „Bereit? Nein. Aber wann waren wir das je?"

Hilda lächelte zufrieden, während sie die Kerzen ausblies. „Was auch immer passiert, meine Liebe – die Karten sind auf deiner Seite."

„Das hoffe ich", sagte Christina mit einem letzten Blick auf den Tisch.

Die Nacht war ruhig, als sie das Haus verließen, doch in der Luft lag eine Spannung, die auf etwas Größeres hinwies. Die Sterne funkelten hell, und der Weg vor ihnen war ungewiss – aber sie waren bereit, ihn gemeinsam zu gehen.

Обновленная обложка с перерисованным лицом главной героини. Теперь оно выглядит более выразительно, с акцентом на её уверенность и саркастичную натуру. Если нужно внести дополнительные изменения, дайте знать!

Don't miss out!

Visit the website below and you can sign up to receive emails whenever Charlotte Berger publishes a new book. There's no charge and no obligation.

https://books2read.com/r/B-A-CIOUC-ZHIIF

BOOKS 2 READ

Connecting independent readers to independent writers.

Also by Charlotte Berger

Der Jade-Glücksdrache: Ein charmanter Detektivroman voller Geheimnisse und Romantik

Der Geisterjäger von Heidelberg: Ein spannender Krimi zwischen Realität und Mythos

Tod am Bodensee: Ein romantischer Krimi

Die Karten des Todes: Ein romantischer Krimi voller Geheimniss

About the Author

Die ehemalige Polizeipsychologin Charlotte Berger kennt die Berliner Unterwelt wie ihre Westentasche. Ihre Romane zeichnen sich durch komplexe Charaktere und überraschende Wendungen aus, gewürzt mit einer Prise romantischen Humors.